Mark Miller
Ich finde dich wieder

Mark Miller

ICH FINDE DICH WIEDER

Roman

Aus dem Französischen
von Anja Mehrmann

PIPER

Mehr über unsere Autorinnen, Autoren und Bücher:
www.piper.de

Wenn Ihnen dieser Roman gefallen hat, schreiben Sie uns unter Nennung des Titels »Ich finde dich wieder« an empfehlungen@piper.de, und wir empfehlen Ihnen gerne vergleichbare Bücher.

Von Mark Miller liegen im Piper Verlag vor:
Uns bleibt immer New York
Ich finde dich wieder

Inhalte fremder Webseiten, auf die in diesem Buch (etwa durch Links) hingewiesen wird, macht sich der Verlag nicht zu eigen. Eine Haftung dafür übernimmt der Verlag nicht. Wir behalten uns eine Nutzung des Werks für Text und Data Mining im Sinne von § 44b UrhG vor.

Deutsche Erstausgabe
ISBN 978-3-492-06466-8
© XO Editions 2022
Titel der französischen Originalausgabe:
»Sur la route de Key West«, XO Editions, Paris 2022
© der deutschsprachigen Ausgabe:
Piper Verlag GmbH, München 2024
Dieses Werk wurde vermittelt durch die EDITIO DIALOG, Lille
(www.editio-dialog.com).
Redaktion: Nadine Lipp
Satz: psb, Berlin
Gesetzt aus der Sabon
Druck und Bindung: CPI Books GmbH, Leck
Printed in the EU

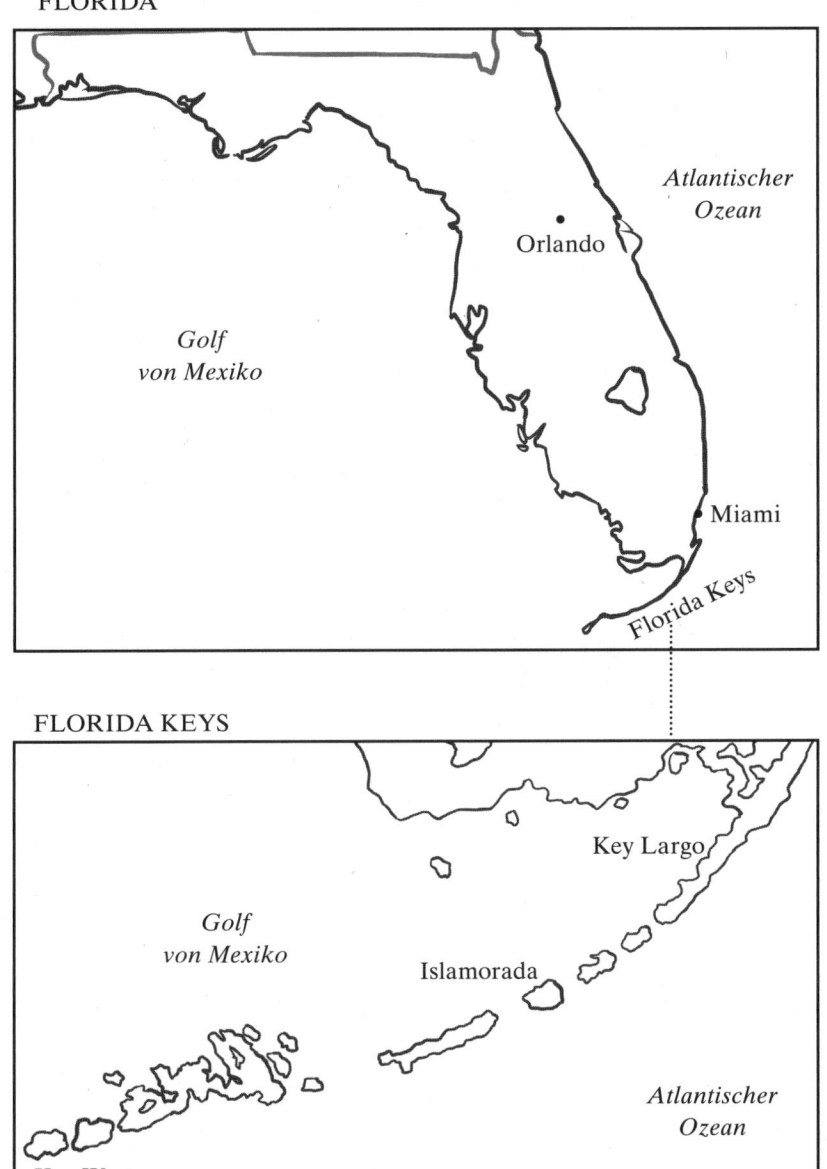

Für Lisa

Leben heißt, den Tod eines Kindes zu überleben.

Jean Genet

**Liebe ist immer noch das Beste,
was jemals gegen Migräne erfunden wurde.**

Aus: Zoë Gwendoline Mackenzie, *Zoë muckt auf*

Prolog

Staat New York, 23. Dezember 2017

Mein Name ist Tom Baldwin, ich bin Schriftsteller. Und Schriftsteller haben zu viel Fantasie. Dieser Meinung war jedenfalls Annabelle, meine Ex-Frau. Josh, mein wunderbarer kleiner Josh, pflegte hingegen zu sagen: »Dad erfindet Geschichten.«

Und mein geliebtes Kind hatte recht. Denn das tue ich im Grunde: Ich erfinde Geschichten. Die Geschichte, die ich euch jetzt erzählen werde, habe ich mir aber nicht ausgedacht. Obwohl es wünschenswert wäre... Sie beginnt am 23. Dezember in der Nähe von Philipstown im Staat New York. Am Abend dieses Tages ging die Welt unter... meine Welt jedenfalls.

Es war etwa 18:30 Uhr, wir kamen aus Fishkill und fuhren auf dem U.S. Highway 9 Richtung Süden. Josh saß auf der Rückbank und plapperte unaufhörlich vor sich hin, als ein orangefarbener Lkw vom Scheitelpunkt der Küstenstraße auf uns zukam.

Es war ein riesiger Oshkosh-Betonmischer mit vierzehn Rädern und Frontentladung – das erfuhr ich jedoch erst hinterher, da ich ihn nur von vorn gesehen hatte, und auch den Namen des Modells nahm ich erst beim Unterzeichnen der Unfallpapiere zur Kenntnis. Während er uns entgegenkam, hatte ich für einen Augenblick das Gefühl, dass der riesige Truck angesichts des dichten Schneefalls ein bisschen zu schnell unterwegs war.

Ich weiß noch, dass ich kurz beunruhigt war – womöglich eine Art Vorahnung –, aber nur für den Bruchteil einer Sekunde. Denn obwohl wir gerade erst losgefahren waren, hörte Josh nicht auf zu plappern und herumzuzappeln und nahm so einen Teil meiner Aufmerksamkeit in Anspruch.

Joshs Mutter erwartete uns in North Haven, und es war schon klar, dass wir uns verspäteten, was sie mir garantiert vorwerfen würde. Auch wenn sie Weihnachten und den Jahreswechsel mit unserem Sohn verbringen durfte und nicht ich. So hatte es die Richterin entschieden.

»Das war echt super, Dad«, sagte Josh.

»Ja«, antwortete ich lächelnd. »Das war klasse.«

Josh erwiderte mein Lächeln, und mir wurde ganz warm ums Herz. Ihm zuliebe hatte ich den Garten in einen beleuchteten Mini-Vergnügungspark verwandelt (keine Sorge, nur LEDs), der von Rentieren bevölkert und mit einem blinkenden Schlitten und bunten Girlanden geschmückt war. Wir hatten Weihnachtslieder aufgelegt: *Santa Claus is Coming to Town* von The Crystals, *White Christmas* von Darlene Love, *Frosty the Snowman* von The Ronettes und so weiter.

»Glaubst du, Mom wird sauer sein, weil wir zu spät sind?«, fragte mich mein sechsjähriger gewitzter Sohn, der zu früh auf die Welt gekommen und dem Leben stets einen Schritt voraus war. Dabei betrachtete er mich mit seinen großen blauen Augen aufmerksam im Rückspiegel.

»Ach, es ist doch Weihnachten«, tat ich seine Bedenken etwas zu schnell ab. »An Weihnachten ist niemand sauer.«

»Niemand außer Mom«, antwortete er.

Niemand außer Mom ... Wie recht er damit hatte ... Wäre ich in Gedanken weniger mit den Bemerkungen meines Sohnes beschäftigt gewesen, hätte ich vielleicht anders gehandelt, aber es wäre grausam und ungerecht, ihm die Verantwortung für die folgenden Ereignisse zuzuschieben.

»Dad, das ist aber ein großer Laster!«, sagte er plötzlich.

Der gigantische Oshkosh war nur noch ungefähr dreihundert Meter von uns entfernt und hatte seine Geschwindigkeit keineswegs gedrosselt. Ich hingegen hatte verlangsamt, denn es schneite immer stärker, und der Asphalt war inzwischen von einer Schneeschicht bedeckt, in der allein die Reifenspuren noch sichtbar waren.

»Dad, der Film war echt lustig«, sagte Josh. »Hat er dir gefallen?«

»Ja, Buzz. Sehr. Und dir?«

Ich nannte ihn Buzz wegen Buzz Lightyear, der sprechenden Actionfigur aus den *Toy-Story-Filmen,* die wir uns schon unzählige Male angesehen hatten. Buzz ist der lustige Weltraumranger mit der Devise: »Bis zur Unendlichkeit und noch viel weiter!« Buzz war Joshs Lieblingsfigur.

Als der Lkw nur noch zweihundert Meter entfernt war, verlor der Toyota-Pick-up-Fahrer hinter uns die Geduld und beschloss, uns im Anstieg zu überholen. Angesichts des Schneegestöbers und des geringen Abstands zu dem entgegenkommenden Truck war das ziemlich riskant. Er zog kurz auf die Gegenfahrbahn, um die Entfernung abzuschätzen, dann trat er das Gaspedal durch. Als er ausscherte, betätigte der Lkw Lichthupe und Hupe. Der kraftvolle Klang durchriss die kalte Luft und klang wie ein wütendes: »Hey, Arschloch, was machst du da? Siehst du nicht, dass es schneit?« Ich bin mir sicher, dass der Fernfahrer in seiner mit Lichterketten weihnachtlich geschmückten Kabine herzhaft geflucht hat. Und dann erschauderte ich. *Er wird es nicht schaffen.*

»Dad, wenn ich groß bin, darf ich dann neben dir sitzen?«

Ich antwortete nicht, war viel zu sehr mit dem beschäftigt, was auf der Straße vor sich ging. Ich trat kräftig auf die Bremse und blickte wütend zu dem Fahrer auf der linken Seite hinüber. Jetzt befand er sich auf meiner Höhe, aber ich sah nur die Beifahrerin, eine Blondine, noch keine zwanzig, die meinen Blick Kaugummi kauend erwiderte und sich der Gefahr offenbar genauso wenig bewusst war wie ihr dämlicher Begleiter. Ich geriet in Panik.

»Dad, der Lastwagen, er fährt gleich in das Auto!«, rief Josh plötzlich, mein wunderbarer cleverer Josh, mit einem Anflug von Panik in der Stimme. Er hatte sich vorgebeugt und zerrte an seinem Sicherheitsgurt, um besser durch die Frontscheibe sehen zu können.

Aber es muss alles viel chaotischer abgelaufen sein, als mein Gedächtnis es wiedergibt. Mein analytischer Verstand zieht im Nachhinein die einzelnen Details heraus, eins nach dem anderen, wie ein Mikadospieler die Stäbe.

Er wird es nicht schaffen...

Allmählich verdichtete sich dieser Gedanke zur Gewissheit. Der Fernfahrer ließ mehrmals die Lichthupe durch die silbrig wirbelnden Schneeflocken aufblitzen, er betätigte auch erneut die Hupe, die ein zweites Mal heulte, ein ohrenbetäubender Lärm, der an meinen Nerven zerrte. Ich spannte jeden Muskel an, schloss die feuchten Handflächen fest um das Lenkrad, streckte die Arme aus und bemerkte nebenbei, dass Josh verstummt war. Mir schlug das Herz bis zum Hals, ich glaube, ich war schweißgebadet.

Na los, mach schon, jetzt überhol doch, du Arschloch! Der Vollidiot hätte den Fuß vom Gaspedal nehmen und zurückscheren können, aber nein, er musste es unbedingt durchziehen!

»Dad ...«, stieß Josh entsetzt hervor.

Der Pick-up beschleunigte und überholte. In letzter Sekunde scherte er ein, gerade noch rechtzeitig, um nicht gegen die riesige Stoßstange des auf ihn zurasenden Lkws zu prallen, aber viel zu früh, um nicht mit uns zu kollidieren. Die rechte Seite seines Hecks streifte meinen Chevy vorne links, zwar nur leicht, aber es reichte, um uns von der Fahrbahn zu drängen und auf die Böschung zurasen zu lassen. Ich fluchte leise, spürte, wie wir die Bodenhaftung verloren, und klammerte mich mit aller Kraft ans Lenkrad. Josh schrie auf, als unser Wagen heftig schleudernd direkt auf die große Schneewehe am Straßenrand zuraste. Wir flogen darüber hinweg, überschlugen uns und landeten auf der anderen Seite des Hangs auf dem Wagendach.

Eine halbe Sekunde lang war es seltsam still. Die Zeit wirkte wie angehalten, schien zu schweben, während sich der Wagen wie in Zeitlupe drehte.

Darauf folgten ganz viele Geräusche – ein anhaltendes Quietschen, Knacken, Knirschen und das Zersplittern von Glas, als der tonnenschwere Chevy kopfüber landete, die Karosserie von allen Seiten eingedrückt wurde, die Fenster und die Windschutzscheibe zersprangen und der Airbag mich wie ein Fausthieb traf. Ich hörte Josh schreien, aber es klang, als wäre ich unter Wasser oder hätte Wachsstöpsel in den Ohren.

Dann das schreckliche hohle Kreischen von Blech, als die Vorderseite des Wagens gegen einen Baumstamm krachte und so stark eingedrückt wurde, dass sie sich förmlich darum wickelte. Auf einmal waren Joshs Schreie verstummt.

Stille...

Ein schrilles Pfeifen in meinen Ohren und das klickende Geräusch eines sich drehenden Rades, begleitet vom gleichmäßigen *Plopp-plopp* einer Flüssigkeit, die irgendwo heruntertropft. Ich atme die kalte Luft ein, die mir in der Lunge brennt; der Wind weht zu den zerborstenen Fenstern und zur Windschutzscheibe herein, nasse Schneeflocken fliegen herein. Ich habe Schmerzen in der Brust, in den Rippen und vor allem im Gesicht; der leere Airbag hängt schlaff zwischen mir und dem Armaturenbrett. Die Scheinwerfer und die Lichter im Inneren des Wagens sind erloschen, während das Radio seltsamerweise noch funktioniert, sodass Darlene in der nach allen Seiten offenen Fahrgastzelle noch immer *Christmas (Baby Please Come Home)* singt.

Und dann fällt es mir auf, erwischt mich eiskalt und erschreckt mich mehr als alles andere: *die Stille hinter mir.*

In der nächsten Sekunde verliere ich das Bewusstsein.

Ich werde weggebracht. Im Krankenwagen. Hin und wieder komme ich kurz zu mir. Wenn ich mich doch nur durch die Sauerstoffmaske hindurch verständlich machen und nach meinem Sohn fragen könnte! Offenbar versuche ich es, aber heute bin ich mir da nicht mehr so sicher, heute weiß ich gar nichts mehr mit Sicherheit. Außer dass Darlene Love in meinem Kopf seltsamerweise weiterhin *Christmas* sang. Dann das Koma. Volle sechs Tage außerhalb der Zeit, außerhalb der Welt.

Bis ich die schreckliche Wahrheit erfuhr.

Mein Ex-Schwiegervater überbrachte mir die Nachricht. Ihn als Überbringer schlechter Nachrichten zu bezeichnen, wäre in diesem Fall deutlich untertrieben. Der Vater meiner Ex-Frau heißt Raynard Lanier Wailand III., ist dreiundsiebzig Jahre alt und verwitwet. Er ist die personifizierte New Yorker Upper Class. Sehr intelligent, sehr gierig und über die Maßen Furcht einflößend. Hart in geschäftlichen Dingen, aggressiv im Umgang mit Menschen. Fordernd, einschüchternd, arrogant... und noch vieles mehr. Es gab Zeiten, als mir beim bloßen Anblick seiner weißen Mähne, seines Pferdegesichts und seiner blassblauen Augen das Blut in den Adern gefror. Es gab Zeiten, da hatte ich vor Annabelles Vater regelrecht Angst.

Aber das ist vorbei...

Raynard Wailand ist Geschäftsmann, Philanthrop, Mäzen und ein echter Scheißkerl. In New York gibt es keine Abendgesellschaft, keine Vernissage, keine Premiere, zu der er nicht eingeladen ist. Er ist von der Statur ein bisschen größer als ich, und aufgrund der Natur unserer Beziehung hat er sich dieses Vorteils während all der Zeit, in der wir miteinander zu tun hatten, bedient, um mich von oben herab zu behandeln und einzuschüchtern. An diesem Tag jedoch steht ihm der Sinn offensichtlich weder nach dem einen noch dem anderen.

Mein Ex-Schwiegervater hat Josh abgöttisch geliebt. Und diese Liebe zu seinem Enkel hat ihn dazu getrieben, sich weitaus mehr in unser Leben und vor allem in Joshs Erziehung einzumischen, als ich hinzunehmen bereit war. Wir hatten heftige Auseinandersetzungen deswegen, denn Raynard Wailand sprach mir immer wieder das Recht ab, in meiner Eigenschaft als Vater zu entscheiden, was für meinen Sohn das Beste war.

Soweit ich mich erinnere, hat sich Annabelle stets auf die Seite ihres Vaters geschlagen.

Doch als er an diesem Tag die Tür zu meinem Krankenzimmer öffnet, ist von dem arroganten, autoritären Mann, als den ich ihn kennengelernt habe, nichts zu sehen. Es ist ein in Halbdunkel getauchter kleiner Raum im Health Alliance Hospital in Kingston. Ausgestattet mit einem Krankenbett, einem Nachttisch, einem schmalen Fenster mit heruntergelassener Jalousie, das auf einen verschneiten Parkplatz hinausgeht, mit Monitoren und Apparaten, die dumpfe, regelmäßige Geräusche von sich geben. Friedlich. Beruhigend.

Raynard Wailands Gesichtsausdruck hingegen ist alles andere als friedlich. Er wirkt aufgelöst, verstört. Seine Augen sind rot geädert, so als hätte er gerade geweint. Was vermutlich auch stimmt. Mit zusammengebissenen Zähnen nähert er sich meinem Bett und blickt auf mich herab. In seinen Augen liegt eine derartige Verzweiflung, dass ich beschämt und verwirrt den Blick abwende.

Jetzt schluchzt er. Von Trauer geschüttelt, steht er mit baumelnden Armen da wie ein angeschlagener Boxer, und ich betrachte ihn mit grenzenloser Verwunderung. Nie zuvor habe ich Raynard Wailand weinen sehen. Noch erstaunlicher ist, dass er es in meiner Gegenwart tut, hemmungslos, ohne jeden Versuch, seine Tränen vor mir zu verstecken. Doch plötzlich starrt er mich mit einer Art irrer Wildheit an. Ich versuche, dem furchterregenden Blick seiner blauen Augen standzuhalten, muss aber schließlich doch wegsehen.

»Was ich dir jetzt sagen muss, fällt mir nicht leicht«, sagt er gedehnt, mit schmerzerfüllter Stimme und noch immer mit dieser hassverzerrten Miene, in die sich aber auch unendliche Trauer mischt. »Ich wünschte sehr, ich müsste es nicht tun. Eigentlich sollte Annabelle hier sein, aber sie hatte weder die Kraft noch Lust, dich zu ... na ja, mit dir zu reden. Deshalb bin ich hier ... du bist gerade aufgewacht, und ich bin es, der ...«

Er verstummt, aber ich habe bereits verstanden. Am liebsten würde ich ihn anflehen, einfach zu schweigen, denn ich will den Rest nicht hören.

»Josh ist tot«, fährt er fort, so leise, dass ich ihn bitten muss, die Worte zu wiederholen.

Mit offenem Mund starre ich ihn an. Er hat noch immer feuchte Augen und einen wütenden Blick. Mir dagegen läuft nun eine Träne über die Wange, gefolgt von einer zweiten, dann einer dritten. Ich sage kein Wort. Und obwohl Raynard Wailand zweifellos gern verschwinden würde, bleibt er stehen und starrt mich wortlos an, ohne jede Spur von Mitgefühl, so als blickte er einem Mörder ins

Gesicht. Schweigend weinen wir beide, vereint im Kummer, getrennt durch Hass.

»Du bist schuld an Joshs Tod«, fügt er schließlich hinzu.

ERSTER TEIL

Die Florida Keys

1

Islamorada

When you're on a golden sea,
you don't need no memory.

Weezer, *Island in the Sun*

Die Florida Keys. Vielen gelten sie als das Paradies auf Erden. Für mich sind sie einfach ein Ort, an dem ich alles vergessen kann, auch wenn ich nicht *wirklich* vergesse.

Tatsächlich entspricht die Gegend genau dem, was man sich unter einem Garten Eden vorstellt. Eine Kette von über zweihundert kleinen und größeren Inseln, miteinander verbunden durch eine einzige Straße, den U. S. Highway 1, der sich wie ein zweihundert Kilometer langes Komma zwischen dem Golf von Mexiko und dem Atlantik tief im Süden von Florida erstreckt. Wenn ich morgens aufstehe, sehe ich hinter Palmen, die in der Meeresbrise rauschen, den Ozean. Außerhalb der Regenzeit scheint mit hoher Wahrscheinlichkeit die Sonne, und der Himmel ist wolkenlos blau. Fast das ganze Jahr über herrschen milde Temperaturen zwischen fünfundzwanzig und dreiunddreißig Grad, ausgenommen im schwülen, feuchten Sommer, der von Juni bis September dauert und von Tropenstürmen und Orkanen durchzogen ist.

Ausgerechnet auf einen dieser feuchten Tage fiel Joshs Geburtstag, er ist an einem 29. Juli geboren. Und natürlich ist dieser Tag neben seinem Todestag der schlimmste im ganzen Jahr für mich.

Aber zurück zu den Florida Keys. Vor einem Jahr hatte ich einem alternden, aus der Mode gekommenen Schauspieler sein Haus am Meer in Islamorada abgekauft. Er musste sich finanziell wieder ein bisschen auf Vordermann bringen, um seinen Lebensstil beibehalten zu können (immerhin blieben ihm noch ein Penthouse in New York und ein Haus in Pacific Palisades). Es war eine sehr schöne karibische Villa aus weiß gestrichenem Holz. Der umlaufende Balkon verfügte über eine ausgesprochen hübsche Brüstung und bildete die Überdachung der Säulenveranda zu ebener Erde. Umgeben von üppig blühender Vegetation, war das Haus durch einen riesigen, makellosen und mit Palmen bepflanzten Rasen vom Strand getrennt. Ein in jeder Hinsicht prachtvoller Ort. Und sündhaft teuer. Das Anwesen lag versteckt inmitten von Bäumen und in Achtung gebietendem Abstand zu den anderen Anwesen, deren Eigentümer stark auf Diskretion bedacht waren, da die Reichen und Berühmten hier (Gene Hackman wohnt ganz in der Nähe) gern selbst entscheiden, wann sie sich zeigen.

Das Ganze hat mich eine Menge Geld gekostet, aber es lief ziemlich gut für mich, jedenfalls auf der materiellen Seite.

Eines muss ich klarstellen: Als mein kleiner Josh noch lebte, träumte ich davon, ein neuer J.D. Salinger, Hemingway oder Jonathan Franzen zu werden. Ich wollte den großen Roman schreiben, der mich direkt in den Pantheon der amerikanischen Literatur befördern und mir den National Book Award, den Pulitzerpreis und den PEN/Faulkner Award bescheren würde – und den Nobelpreis mit fünfzig. Nicht mehr und nicht weniger. Meine Freizeit verbrachte ich ausschließlich damit, an der Verwirklichung dieses Traums zu werkeln, meiner Kathedrale aus Papier.

Nach dem Unfall verzichtete ich auf diese absurden – und für mich wohl unerreichbaren – Träume und schrieb innerhalb von neun Monaten kurz nacheinander drei Liebesromane. Sie waren das literarische Äquivalent zu den romantischen Komödien, die ich mir damals im Fernsehen anschaute, weil ich sonst nichts vertrug ... vor allem keine Dramen, in denen Verkehrsunfälle und Kinder vorkamen.

Bei einer Abendgesellschaft der Wailands hatte ich einen Agenten kennengelernt, ein Typ aus Miami, dem ich meine Texte schickte. Mitten in einer windigen Novembernacht, in der der Ozean toste, rief er mich an, um mir mitzuteilen, dass er bis drei Uhr nachts wach geblieben sei, um mein Manuskript zu lesen. Die Missgeschicke von Zoë Gwendoline Mackenzie hätten ihn sowohl zum Lachen als auch zum Weinen gebracht, und er sei sich sicher, dass wir »mit diesem Stoff für gebrochene Herzen den Markt richtig aufmischen« würden.

»Wie meinst du das?«, fragte ich.

»Ich meine, dass hier ein Stoff vorliegt wie Brown Sugar, Ecstasy, Speedball oder Crack, mein Lieber ... Glaub mir, nach der ersten Dosis Tom Baldwin werden sie alle mehr haben wollen.«

Am nächsten Morgen schickten wir die drei Manuskripte an Penguin Random House, Harper Collins, Simon & Schuster und Myers & Son.

Drei Wochen später erhielten wir die erste Antwort. Sie war positiv.

Einen Monat später antworteten auch die anderen drei Verlagshäuser. Alle ebenfalls positiv.

Nach weiteren zwei Wochen stellte uns Rosie Myers, Gründerin des Verlags Myers & Son, in ihren Büroräumen im One World Trade Center in Manhattan einen als Vorschuss getarnten Scheck über dreihunderttausend Dollar aus. Ich hatte nicht gewusst, dass so etwas in der Hyperkonkurrenz der Verlagswelt, in der es bald mehr Autoren und Verleger als Leser geben wird, überhaupt möglich war.

An meinem Kummer änderte das aber, wie ihr euch sicherlich vorstellen könnt, nicht das Geringste. An diesem unendlichen Schmerz, der in jeden Winkel meiner Existenz vorgedrungen war. Der es mir zeitweise unmöglich machte, die kleinsten Aufgaben zu erledigen, der mich nichts anderes tun ließ als schreiben. Letzteres bescherte mir allerdings eine beachtliche Einkommensquelle, denn der erste und auch der zweite Roman waren durchschlagende Erfolge. Gleichzeitig war das Schreiben ein Mittel, meinen Geist beschäftigt und die Gespenster auf Abstand zu halten. Jedenfalls tagsüber. Nachts kamen immer die Albträume, die Weinkrämpfe und manchmal auch Selbstmordgedanken.

Aber ich habe die Prüfung bestanden, wie man so schön sagt. Und obwohl der Schmerz auch nach drei Jahren noch da war, konnte ich ihn zumeist doch besänftigen, ihn sozusagen auf Zimmerlautstärke stellen, wenn ich schon nicht in der Lage war, ihn zum Schweigen zu bringen.

Nur an Joshs Todestag und an seinem Geburtstag gelang es mir nicht. Diese Tage waren jedes Mal die Hölle. Wie in den Jahren zuvor fing es am 29. Juli bereits in den frühen Morgenstunden an. Ich wachte weinend auf, war unfähig, mich zu beherrschen. Eine ganze Weile blieb ich niedergeschlagen im Bett liegen, wartete auf den Sonnenaufgang und dachte, wie gern ich in der Zeit zurückgehen, den Film zurückspulen, mich an jenem Abend nicht zu spät auf den Weg machen würde. Aber das Leben ist kein Film. Es gibt keinen zweiten Anlauf. Man muss stark sein, heißt es, muss dem Unglück stoisch begegnen. Das ist alles Unsinn. Erzählt mir nichts von Trauer, und erspart mir vor allem das Modewort »Resilienz«. Erzählt mir nichts von Vergessen und vom Vergehen der Zeit. Ich will nicht vergessen. Weint lieber. Weint aus tiefster Seele, weint, so viel ihr wollt. Es ist euer gutes Recht, zu weinen und zu leiden, denn das Leben tut weh, es hat scharfe Zähne, und früher oder später, das könnt ihr mir glauben, wird es euch auf die eine oder andere Weise für all die kleinen Glücksmomente bezahlen lassen, die es euch gewährt hat.

Und so schleppte ich mich an jenem Morgen in beigefarbenen kurzen Chinos und weißem T-Shirt in die Küche wie ein bedrücktes Kind.

Ich betätigte die Kaffeemühle und bereitete mir mit der Elektra-Kaffeemaschine einen Espresso zu – Kona-Kaffee aus Hawaii, ganze Bohnen. Durch die Fensterscheibe nahm ich den dunklen Himmel wahr, hinter den von Windböen geschüttelten Palmen lugte der graue Ozean hervor. Das Wetter passte zu meiner Stimmung. Nur die Seevögel schienen es zu genießen und ließen sich wie himmlische Surfer im Wind treiben. Insgeheim war ich froh darüber, dass das Wetter mir erlaubte, mich zu Hause einzuigeln und zu arbeiten.

Ich saß bereits an meinem Rechner – eine dicke Holzplatte aus Rohholz dient mir als Schreibtisch und steht am Fenster mit Blick auf den Ozean –, ich saß also am Schreibtisch und tippte den ersten Satz des fünften Bandes über Zoë Gwendoline Mackenzies sentimentale Missgeschicke (und selbstverständlich über ihre *sexuellen Missgeschicke*, seit *Fifty Shades of Grey* und *After* geht es immer auch um Sex): »Es geschah am Weihnachtsmorgen, als Zoë vor dem Tannenbaum kniete und Perrys Geschenk auspackte.« Genau in diesem Augenblick ertönte das Glockenspiel der Türklingel, ein paar ätherische Noten des Jazzpianisten Bill Evans.

Verflixt, Tucker!

Ich hatte vergessen, dass mein Kumpel Tucker Devine kommen würde, um mir zu helfen, den Zimmern in dem kleinen Gästehaus den letzten Anstrich zu verpassen, nachdem ich endlich beschlossen hatte, es zu vermieten. Allerdings war es seine Idee gewesen, nicht meine.

»Dann hast du ein bisschen Gesellschaft, es ist einfach jemand in der Nähe«, hatte er gesagt. »Die Leute wären weit genug weg, um dir nicht auf den Wecker zu gehen, aber nahe genug, damit du dich weniger allein fühlst.«

»Ich fühle mich nicht allein.«

»Lügner. Und außerdem, wer weiß? Vielleicht vermietest du es an eine hübsche junge Frau, die dich fragt, ob ihr euch nicht den Sonnenuntergang anschaut, bei einem Bierchen am Strand. Schon mal an so was gedacht?«

»Und wenn es ein Arschloch aus Miami ist, das sich an Bitcoin-Spekulationen bereichert hat und hier an jedem Wochenende die Puppen tanzen lassen will?«

Tucker hatte mit den Schultern gezuckt.

»Ich kenne dich, Tom Baldwin, du besitzt genug Menschenkenntnis, um ein mieses Arschloch zu erkennen, wenn du eins siehst. Außerdem bist du derjenige, der die Mieter aussucht, Mann, vergiss das nicht. Es ist eine Art Casting. Und du bist der Boss.«

Es war Tucker. Er lehnte an seinem Pick-up, einem Ford F-150, den er auf dem Sandweg geparkt hatte, und hielt trotz der morgendlichen Stunde eine Flasche Heineken in der Hand. Seine Cargoshorts hatten unzählige Taschen, und auf seinem T-Shirt stand: WER MICH ANFASST, IST TOT. Tucker Devine ist dreiundvierzig und ein leicht aufbrausender Typ. Er ist gedrungen, hat kurze Beine und den Kopf einer Bulldogge. Er trägt einen sehr schmalen Schnurrbart, und sein Blick wirkt leicht aggressiv. Wenn man ihn nicht kennt, wirkt er auf den ersten Blick vielleicht mürrisch oder sogar unangenehm, aber der Schein trügt. Tucker ist ein gutmütiger Typ und einer der Menschen, derentwegen ich mich hier sofort wohlgefühlt habe. Auf der Insel ist er der Einzige, der meine Geschichte kennt. Er betreibt das *Blue Motel* am Overseas Highway und organisiert gelegentlich Angelausflüge für Touristen, die Speerfische, Goldmakrelen und Tarpune fangen wollen. Islamorada ist die Welthauptstadt der Hochseefischerei. Nirgendwo gibt es mehr Fangschiffe pro Quadratkilometer.

»Legen wir gleich los?«, fragte er mich an jenem Morgen. »Oder muss ich wieder alles alleine machen?«

Die Sonne ging gerade unter, als ich das Schild mit der Aufschrift ZU VERMIETEN an die Fassade hängte. Zusätzlich hatte ich online je eine kleine Anzeige auf Realtor, Trulia und Zillow geschaltet. Die Palmen wogen sanft im Wind; zum Abend hin kam der Ozean ein wenig stärker in Bewegung.

Tucker reichte mir eine kalte Dose Dr. Pepper aus der Kühlbox. An seinem T-Shirt, den Armen, sogar an seinen Augenbrauen und am Schnurrbart klebte gelbe Farbe wie bei einem Hund, der die Schnauze gerade in ein Glas Mayonnaise gesteckt hat.

»Na also«, sagte er, »bald brennt hinter diesen Fenstern abends Licht, und du hast bezaubernde Nachbarn.«

»Oder schreckliche«, entgegnete ich.

»Tom Baldwin, der Optimist«, sagte er nur.

Ich dankte ihm für seine Hilfe, woraufhin er mir einen Schlag verpasste, der mir fast die Schulter ausrenkte. Dann stieg er in seinen Pick-up. Während er davonfuhr, drehte ich mich zum Gästehaus um. Wir hatten das Licht angelassen. Zum ersten Mal seit langer Zeit leuchteten die Fenster in dem sich niederlassenden abendlichen Grau. In der Ferne wirkte der hinter Wolken violett und orange schimmernde Himmel wie eine Film- oder Werbekulisse über dem Ozean ... eine dieser tragbaren Wände, die entfernt werden, sobald die entsprechende Szene abgedreht ist.

Ich löschte sämtliche Lichter im Gästehaus, schloss die Tür ab und ging zu mir. Der Wind frischte weiter auf.

Zurück an meinem Schreibtisch, holte ich den Rechner aus dem Ruhezustand, und mein Textverarbeitungsprogramm zeigte mir sogleich die Seite an, an der ich zuletzt geschrieben hatte. Mechanisch beschloss ich, meine Mails zu checken, bevor ich mit der Arbeit fortfahren würde. Es dauerte eine gefühlte Ewigkeit, bis sich die Mailbox öffnete und mein Blick auf die letzten E-Mails in meinem Posteingang fiel. Fast sofort blieb er an einer Nachricht hängen, deren Absendername aus einer Reihe von Buchstaben und Ziffern bestand. Der Betreff lautete:

JAHRESTAG

Kalter Schweiß trat mir auf die Stirn, ähnlich dem Kondenswasser auf meiner sehr kalten Limonadendose. Ich las den aus einem einzigen Satz bestehenden Text, der einschlug wie ein Blitz:

DEIN SOHN LEBT.

2

Chris

**It's one of those moments,
that's got your name written all over it.**

Cole Swindell, *You Should Be Here*

Wie betäubt starrte ich auf den Bildschirm. Meine Nackenhaare hatten sich aufgestellt, mein Herz schlug mir bis zum Hals. Ich zweifelte keinen Moment daran, dass es sich um einen üblen Scherz handelte. Aber wer erlaubte sich etwas derart Grausames? Warum tat mir jemand drei Jahre nach dem Unfall so etwas an?

Ich war verblüfft und wütend zugleich. Diese Nachricht beleidigte Joshs Andenken. Wer war so unverfroren, den Tod meines Kindes zu benutzen, um sich an mich heranzuschleichen? Ich hatte keine Ahnung. Ein Teil von mir wollte die Mail sofort in den Papierkorb verschieben, ihn leeren und sich dann um andere Dinge kümmern. Der andere, hartnäckigere Teil wollte *wissen*. Rasch tippte ich:

WER BIST DU?

Und schickte die Nachricht ab. Die Antwort kam postwendend. Oder vielmehr die Nichtantwort:

Mail Delivery Subsystem, mailer-daemon@googlemail.com
Unknown user.

Natürlich, der Absender hatte eine Adresse angelegt, um diese Mail zu schreiben, und sie dann sofort wieder gelöscht. Aber die Frage lautete nach wie vor: *Warum?* Wer verspürte ausgerechnet an diesem schmerzlichen Tag das Bedürfnis, mich auf diese Art zu quälen? Für eine Sekunde dachte ich an meine Ex-Frau Annabelle, aber nein, das war absurd. Annabelle war nach Joshs Tod genauso am Boden zerstört gewesen wie ich. Wir hatten unsere Differenzen gehabt, und sie würde mich ewig hassen, weil ich ihrer Meinung nach die Schuld an seinem Tod trug, aber nur ein Psychopath konnte danach gieren, mich auf diese Weise zu bestrafen. Außerdem hatte ich seit drei Jahren nichts mehr von ihr gehört.

Raynard Wailand?

Nein. *Nicht einmal er ...*

Es stimmt: Als seine einzige Tochter sich in einen mittellosen Literaturstudenten verliebt hatte, der von einer Karriere als Schriftsteller träumte, und erst recht, als sie ihm erlaubte, bei ihr einzuziehen und seine Tage mit Schreiben zu verbringen, während sie, schwanger von ihm, die Brötchen verdiente, hatte Raynard Wailand begonnen, diesen Eindringling zu hassen, der ihm seine Tochter gestohlen hatte. Und er hatte es mir bei jeder sich bietenden Gelegenheit gezeigt.

Ich erinnerte mich an zahllose Demütigungen, sarkastische Bemerkungen und erniedrigende Sticheleien, eine grausamer als die andere. War es Mobbing gewesen? Zweifellos. Es gab Zeiten, da gelang es ihm, mir jedes Selbstvertrauen zu nehmen, Zeiten, in denen ich nach und nach zu der Überzeugung kam, dass er recht hatte, dass ich ein Versager, ein Schmarotzer, ein Nichtsnutz war. Hatte ich seinetwegen mit dem Trinken angefangen? Möglich. Aber das war nicht der einzige Grund. Was ich schrieb, war nicht gut, meine Beziehung mit seiner Tochter verschlechterte sich zusehends, der Tod meiner Mutter hatte mir stärker zugesetzt, als ich gedacht hätte. Okay, es macht keinen Sinn, nach Ausreden zu suchen. Ich war damals ein Trinker. Ein Säufer. Basta.

Doch obwohl mein Ex-Schwiegervater ein Scheißkerl ist und – wie mir von Anfang an klar war – eine sehr individuelle Form von Wahnsinn in sich trägt, liebte er Josh über alles. Niemals hätte er den Namen seines Enkels in den Schmutz gezogen, niemals hätte er an dessen Gedächtnis gerührt, nicht einmal, um mich zu verletzen. Sein Tod hatte ihn fast genauso zerrissen wie Annabelle und mich. Und er hat sich nie wirklich davon erholt. Ich bin mir sicher, dass der Krebs, der im Jahr darauf bei ihm diagnostiziert wurde, eine Folge dieser Tragödie war.

Also wer? Und plötzlich kam mir ein Gedanke. Oder vielmehr eine Hoffnung. Unsinnig. Wahnwitzig. Es war unmöglich, das wusste ich.

Ich musste mit jemandem darüber reden, hier und jetzt. Tucker konnte mir in diesem Fall nicht helfen. Tucker Devine ist ein aufrichtiger, direkter Typ, der keiner Fliege etwas zuleide tun würde. Ich dachte an jemand anderes, einen durchtriebeneren Typen, der mein Literaturagent und gleichzeitig mein Freund geworden war: Christophorous Georgiadis.

Die Fahrt von Miami nach Islamorada dauert normalerweise anderthalb Stunden ... Allerdings kann die tatsächliche Dauer stark davon abweichen, und in der Rushhour werden leicht drei Stunden daraus. Genau einhundertdreiundzwanzig Kilometer liegen zwischen Chris' Maisonettewohnung in Coral Gables und meinem Haus am Strand. Er hat die Entfernung selbst auf dem Tacho seines Porsche Cayenne abgelesen. So ist Chris, er zählt alles: Kilometer, Stunden, Minuten und vor allem Dollar.

Der Sohn von Onesimos und Kalliopi Georgiadis, die 1993 aus Thessaloniki gekommen waren, wuchs im Kreis der griechischen Community im County Broward nördlich von Miami auf. Aber Chris hat sich eigentlich nie als Grieche gefühlt. Er ist ein typischer heutiger Vierzigjähriger: Geschichte interessiert ihn nicht und Geografie noch weniger. Ich bin mir nicht mal sicher, ob er Bücher mag, aber im Lesen von Verträgen ist er unübertroffen. Bevor er Literaturagent wurde, war er Anwalt für Unternehmensrecht.

Sobald ich den Motor seines Porsches hörte, stürmte ich nach draußen. Chris schlug bereits die Wagentür zu. Er trug eine Bundfaltenhose und eine sehr elegante Jacke aus weichem, beige meliertem Leinen zu einem weißen Baumwollhemd und einer getüpfelten Krawatte, alles schmeichelhaft in Szene gesetzt vom rötlichen Licht der Dämmerung. Chris liebt es, sich nach der Mode der Neunzigerjahre zu kleiden; er sieht aus wie eine Figur aus *American Psycho*. Wie üblich glänzten seine mit stark fixierendem Gel gestylten schwarzen Haare; er hat mandelförmige, sehr dunkle und funkelnde Augen und ein Schauspielergesicht, das eine

Mischung aus Männlichkeit und nahezu weiblicher Verführungskraft ausstrahlt.

»Was ziehst du für ein Gesicht?«, fragte er, als er mich sah. »Du siehst aus, als wärst du einem Gespenst begegnet. Warum wolltest du nicht am Telefon darüber reden?«

»Weil ich einem Gespenst begegnet *bin*. Komm rein.«

Das tat er, und ich merkte, dass er sich bereits fragte, wie lange die Sache wohl dauern würde. Der Satz »Zeit ist Geld« wurde eigens für Chris erfunden.

»Verdammte Scheiße.« Das war sein einziger Kommentar, jedenfalls anfangs. Er starrte genauso entgeistert auf den Bildschirm wie ich ein paar Stunden zuvor. »Was ist das für ein Schwachsinn?«, fragte er.

»Eine anonyme Nachricht.«

Er schwieg einen Augenblick, dann platzte er heraus: »Von wegen anonym! Welcher Geisteskranke hat dir dieses Ding geschickt? Jetzt sag bloß nicht, du glaubst ihm.«

»Nein, natürlich nicht.«

Aber er hörte den leisen Zweifel in meiner Stimme.

»Tom, um Himmels willen! Hast du darauf geantwortet?«

»Die Adresse ist ungültig, sie wurde gelöscht.«

»Ach, das ist doch Bullshit! Glaub mir, da draußen gibt es jede Menge Bekloppte.«

Kopfschüttelnd lief er wie ein Löwe im Käfig in meinem mit Bücherwänden geschmückten Büro auf und ab. Über der Tür hing ein Schild, das verkündete: »*Pause kannst du später machen, geh wieder an die Arbeit*«. Ermahnungen dieser Art waren überall im Haus verteilt. In der Küche stand: »*Such nach einer Idee*«, im Wohnzimmer: »*Mach* den Fernseher aus und dich selbst an die Arbeit«, sogar über meinem Bett war zu lesen: »*Schau lieber in deinen Rechner als an die Zimmerdecke*«.

Chris rückte mechanisch seinen Krawattenknoten zurecht.

»Hast du eine Ahnung, wer dir das geschickt haben könnte?«

»Nicht die geringste.«

Draußen vor den Fenstern verfinsterte sich der Himmel, der Ozean nahm eine bedrohliche Färbung an, Hitzeblitze färbten den Horizont weiß. Gewitter kommen am Golf von Mexiko häufig vor, gerade im Sommer.

»Nicht mal dein beschissener Schwiegervater würde so etwas tun«, sagte Chris mit finsterer Miene.

»*Ex*-Schwiegervater«, stellte ich richtig. »Nein. Natürlich nicht. Raynard war ganz vernarrt in Josh.«

Chris wirkte ebenso ratlos wie ich.

»Drei Jahre später, das ergibt doch keinen Sinn«, sagte er. »Du solltest es der Polizei melden.«

»Eine anonyme Mail, in der jemand behauptet, dass Josh noch am Leben ist? Die Cops haben Wichtigeres zu tun.«

»Und warum rufst du ausgerechnet mich an?«

»Meine Güte, Chris, ich musste mit jemandem darüber reden, dem ich vertraue. Und dann wollte ich wissen, ob du glaubst, dass es auch nur den Hauch einer Chance gibt, dass ... na ja, du weißt schon, was ich meine.«

Er starrte mich an. Und in seinen schwarzen Augen sah ich, dass er Mitleid mit mir hatte. Chris mag gierig sein, geizig und manipulativ, aber er ist auch mein Freund.

»Tom, ist das dein Ernst?«
Ich sah, dass er zögerte. Er atmete aus. Lange.
»Tom, *dein Sohn ist tot*. Es bricht mir das Herz, es dir noch einmal sagen zu müssen, aber ich habe Annabelle und deinen Ex-Schwiegervater trauern sehen, ich war dabei, als der Arzt in dem Haus auf Long Island seinen Tod festgestellt hat. Während du bewusstlos im Krankenhaus lagst. Ich habe ihn gesehen, verdammt. Tot. Es war für alle schrecklich, aber es gibt nicht den geringsten Zweifel, Tom. Diese Mail ist ein Bluff. Einfach nur Bullshit.«

Nach dem Unfall war mein Sohn nicht im Krankenhaus gestorben. Er war aus der Intensivstation entlassen worden und nach Hause zurückgekehrt … oder zumindest auf Raynard Wailands Anwesen in North Haven, das in der Nähe von Sag Harbor im Nordosten von Long Island lag. Alle gingen davon aus, er sei über den Berg.

Zwei Tage später ist er dann gestorben, nachts, an einer Hirnblutung, kurz bevor ich aus dem Koma erwacht bin.

Chris und ich saßen noch eine Weile schweigend da. Es gab nichts hinzuzufügen.

»Wie weit bist du eigentlich mit dem neuen Zoë-Mackenzie-Band?«, fragte Chris einige Minuten später, um das Thema zu wechseln, aber auch weil die erotisch-sentimentalen Missgeschicke von Zoë Gwendoline Mackenzie auch seine Kasse klingeln ließen.

»Ich habe heute Morgen den ersten Satz geschrieben.«
Ich sah die Verblüffung, die sich in seinen Zügen abzeichnete.

»Was soll das heißen, du hast heute Morgen den ersten Satz geschrieben?«, fragte er, ohne sich die Mühe zu machen, seine Besorgnis zu verbergen. »Willst du mich verarschen? Der letzte Roman ist vor acht Monaten erschienen. Was hast du denn die ganze Zeit gemacht?«
»Ich habe etwas anderes geschrieben.«
Diesmal zog er auf eine beinahe komische Art die Augenbrauen hoch. »Was meinst du mit ›etwas anderes‹?«
»Es heißt *Der Unfall*.«
Chris musterte mich argwöhnisch.
»Was ist es? Welches Genre?«, fragte er zögerlich.
»Postmodern, würde ich sagen ... eine Mischung aus David Foster Wallace und Thomas Pynchon.«
Es war unübersehbar, dass er sich fragte, ob ich ihn auf den Arm nehmen wollte. Ich löste mich aus meiner Erstarrung, holte das Manuskript aus einer Schublade und legte es auf die Arbeitsfläche. Ein schönes dickes Bündel von fünfhundert beidseitig bedruckten Blättern. Sprich fast tausend Seiten, geschrieben im Lauf von ungefähr zweihundertvierzig fieberhaften Nächten kreativer Trance, befeuert von literweise haiwaiianischem Kaffee. Der Grund, warum ich wie eine ausgegrabene Leiche aussah, warum meine Eingeweide in den Streik getreten waren, meine Hoden in Flammen standen und sich schwarze Ringe unter meinen Augen gebildet hatten.
Vorsichtig warf er einen Blick auf das Deckblatt:

TOM BALDWIN
DER UNFALL

»Moment mal, willst du das Ding unter deinem richtigen Namen veröffentlichen?«

»Mhm. Und es ist kein Ding. Es ist mein Meisterwerk.« Er legte die Stirn noch tiefer in Falten.

Zwei Jahre zuvor hatten wir einvernehmlich beschlossen, dass ich Zoë Gwendoline Mackenzies romantisch-sexuelle Abenteuer unter Pseudonym veröffentlichen würde. Nicht dass ich mich für meine Texte geschämt hätte. Ehrlich gesagt, fand ich sie sogar ziemlich gut. Ich hielt mich streng an die Regeln des Genres und fügte eine kleine persönliche Note aus Humor und Stil hinzu. Wie sagte Nabokov noch gleich? »Auf den Stil kommt es an.«

Aber ich wusste, dass es kompliziert sein würde, zur gehobenen oder vermeintlich gehobenen Literatur zu wechseln – die Idee, eines Tages meinen »großen Roman« zu schreiben, hatte ich noch nicht vollständig aufgegeben –, nachdem ich Romane über eine junge Frau veröffentlicht hatte, die den ganzen Tag Bollinger-Champagner trinkt, auf Geldscheinen Liebe macht und unter der Dusche die *Dreigroschenoper* trällert. Versucht mal, einen Verleger danach davon zu überzeugen, dass ihr der nächste Bret Easton Ellis seid.

»Tom, hast du an deine Leserinnen gedacht?«, fragte Chris leise, aber mit einem mir wohlbekannten Unterton, der besagte: »Hör auf zu spinnen, Mann!«

»Was meinst du mit ›an meine Leserinnen gedacht‹?«

»Es ist nicht das, was sie von dir erwarten.«

»Nicht das, was sie *von mir erwarten*? Wegen dieses Dings da«, ich tippte mit dem Zeigefinger auf den dicken Papierstapel, »wird man eines Tages vielleicht an Universitäten über mich und mein Werk sprechen.«

Chris hatte angefangen, im Zimmer auf und ab zu gehen und hin und wieder eine Hand über verschiedene Objekte gleiten zu lassen, als wollte er sagen: »Alles, was du hier hast, verdankst du Zoë Gwendoline Mackenzie.«
»Du wirst bald genauso viele Leser haben wie Stephen King«, sagte er. »Leser, Tom. Leute, die deine Bücher *wirklich* lesen, die sie verschlingen, die ungeduldig und hoffnungsvoll auf den nächsten Band warten. Keine Möchtegern-Bohemiens, die sich den jüngsten angesagten Roman an gut sichtbarer Stelle ins Regal stellen. Was glaubst du, wie viele Leute haben *Unendlicher Spaß* zu Ende gelesen?«
»Ich. Ich habe es gelesen.«
»Tom, du bist vierzig Jahre alt«, sagte er mit Nachdruck. »Du hast alle Zeit der Welt, um dieses... *Meisterwerk* zu veröffentlichen. Und wenn es so weit ist, werde ich dir dabei helfen. Aber nicht jetzt. Behalte es in der Hinterhand. Verleih ihm den letzten Schliff. Schreib später noch eins, wenn du Lust hast, aber kümmere dich bis dahin um Zoë Gwendoline Mackenzie, um ihren Herzschmerz, ihre Sexgeschichten... und unser Geld.«

Ich wusste, dass Chris neben der Arbeit ein fröhliches, lasterhaftes Leben führte, in dem Alkohol, Kokain, Frauengeschichten und Sportwagen eine große Rolle spielten. Und ich wusste auch, dass er ständig in den Miesen war.

»Tom, ich will mich nicht künstlich aufregen«, sagte er, das schöne, halb engelhafte, halb dämonische Gesicht zu einer Grimasse verzogen, »jedenfalls nicht heute... Aber du musst dich wieder an die Arbeit machen. Es war Zoë, die dir dieses schöne Haus und dein neues Leben hier finanziert hat, vergiss das nicht.«

»Zoë existiert nicht.«

»Falsch. Sie existiert für Zigtausende Menschen. Und für sie ist Zoë lebendiger als ihr Ehemann, ihre Schwiegermutter, der Nachbar oder der Chef. Sie schenkt ihnen Träume, Freude und Trost. Sie hebt ihre Stimmung und bei manchen vielleicht auch noch etwas anderes. Du leistest mit dieser Figur einen Beitrag zum öffentlichen Wohlbefinden, quasi zum Gesundheitswesen.«

»Chris...«

»Hör zu, ich würde einen Bauchtanz vor dir aufführen, nackt, mit Honig beschmiert und einer blinkenden Lichterkette um den Schwanz, wenn auch nur die geringste Chance bestünde, dich damit umzustimmen, aber ich glaube, du stehst nicht auf so was. Denk an mich, an die Hypothek auf meiner Maisonettewohnung in Coral Gables, an meine acht Kinder, meine drei Ehefrauen, die sich nie wieder satt essen werden, wenn...«

»Ist ja gut, schon gut! Ich habe verstanden. Und du hast keine Ehefrau, wenn ich dich daran erinnern darf. Und Kinder hast du auch nicht.«

»Wenn du meinst.«

3

Tom ruft den Arzt an

> **All the times that I cried.**
>
> Cat Stevens, *Father and Son*

Sobald Chris gegangen war, stürzte ich zu meinem Rechner. Nicht um zu arbeiten, nein, nicht um mich Zoë Gwendoline Mackenzie zu widmen, sondern um per Suchmaschine einen Namen und eine Telefonnummer ausfindig zu machen.

In mir war ein winziger Zweifel geblieben.

Obwohl ich wusste, dass es absurd war. Aber schließlich glauben Milliarden von Menschen an einen Gott, den sie nie gesehen haben. Andere glauben, dass Elvis nicht gestorben ist oder auch Michael Jackson noch lebt; auf den einschlägigen Video-on-Demand-Plattformen werden die wildesten Verschwörungstheorien verbreitet. Also, nervt mich nicht.

Mit Einbruch der Dunkelheit schaltete sich draußen die Beleuchtung am Fuß der Palmen automatisch ein und ließ die hohen Stämme wie Wachtposten wirken, die nachts auf diesen Winkel des Paradieses aufpassten.

Plötzlich wurde mir bewusst, dass meine Erinnerung drei Jahre nach dem Unfall einige Schwächen aufwies.

Ich konnte mich nicht mehr an den Namen unseres ehemaligen Hausarztes erinnern, der sämtliche Wailands behandelt und Joshs Tod festgestellt hatte. In der Antike wurden die Überbringer schlechter Nachrichten getötet. Offenbar hatte mein Gedächtnis das Gleiche mit dem Arzt getan. Van Soundso hieß er ... Das war alles, woran ich mich erinnerte. Dann fiel mir wieder ein, dass der werte Herr Doktor den Namen einer Filmfigur trug. Eine Komödie von Lubitsch, genau. Und plötzlich wusste ich es wieder. Die Übereinstimmung jagte mir einen Schauer über den Rücken. *Ein himmlischer Sünder,* ein Film aus dem Jahr 1943, den ich mehrmals gesehen hatte. Es geht darin um einen Henry Van Cleve, ein reicher Mann, der kurz nach seinem Tod im Fegefeuer landet. Ich erinnerte mich sogar an den ungefähren Wortlaut eines Zitats daraus: »All meine Verwandten sprachen ganz leise und sagten nur Gutes über mich. Da wusste ich, dass ich tot bin.«

Dr. Van Cleve – so hieß der Arzt!

Dr. Alvin Van Cleve war sehr groß, ein fast zwei Meter großer Riese. Er war der Hausarzt der Wailands und ein grundgütiger, ernster und kompetenter Mann, ein riesiger Teddybär mit runden Wangen, einem beeindruckenden Schnurrbart, Brille und sanftem Blick. Einfühlsam. Wohlwollend.

Die Namensüberschneidung hatte mir Gänsehaut verursacht. Ich suchte im Internet nach ihm und fand ihn schließlich auch. Er praktizierte nach wie vor in Manhattan. Ich blickte auf die Uhranzeige auf dem Bildschirm und beschloss, nicht bis zum nächsten Morgen zu warten. Vielleicht hatte ich Glück und er war noch in der Praxis.

Ich wusste, dass das Ganze keinen Sinn hatte, und als das Freizeichen ertönte, fragte ich mich, wie ich ihm die Sache erklären sollte. Mir blieb keine Zeit, noch länger darüber nachzudenken, denn es wurde abgehoben, und gleich darauf hüllte mich die vertraute warme Stimme des Arztes ein:

»Dr. Van Cleve.«

»Herr Doktor … Hier ist Tom Baldwin. Erinnern Sie sich an mich?«

Der Riesenteddy ließ zwei endlose Sekunden verstreichen, die er zweifellos benötigte, um seine Überraschung zu verarbeiten.

»Tom? Sind Sie es wirklich? Selbstverständlich erinnere ich mich an Sie. Wie geht es Ihnen?«

Ich stellte mir vor, wie er seine runde Brille auf die Schreibtischunterlage legte und sich die müden Augen rieb, was er, wie ich wusste, während seiner Sprechstunde sehr häufig tat.

»Es geht mir gut. Ich lasse mir die Sonne Floridas auf die müden Knochen scheinen.«

»Und wo genau in Florida?«, fragte er, zweifellos, um das Gespräch in Gang zu halten, und nicht aus echtem Interesse.

»Auf den Keys.«

»Oh! Da war ich letztes Jahr. Meine Frau hatte die Idee. Hätte ich gewusst, dass Sie dort wohnen, wären wir bei Ihnen vorbeigekommen.«

Aber wir wussten beide, dass ein Besuch bei mir das Letzte gewesen wäre, wozu er Lust gehabt hätte.

»Herr Doktor, ich muss Ihnen eine Frage stellen, die

Ihnen merkwürdig vorkommen wird ... vor allem jetzt, nachdem drei Jahre vergangen sind.«

Das darauffolgende Schweigen verriet mir, dass Dr. Van Cleve wenig Lust hatte, in der Vergangenheit zu wühlen, und ich konnte ihn verstehen. Schließlich war Josh sechs Jahre lang sein Patient gewesen, und auch für ihn mussten die damaligen Ereignisse ein schlimmer Schock gewesen sein.

»Sind Sie absolut sicher, dass Josh tot ist?«

Diesmal schien das Schweigen eine Ewigkeit zu dauern. So lange, dass ich schließlich fragte: »Doc? Sind Sie noch da?«

»Warum stellen Sie mir diese Frage, Tom?«

Die Stimme am anderen Ende der Leitung klang unendlich traurig. Meine Kehle war wie zugeschnürt, ich war den Tränen nah, und es dauerte eine Weile, bis ich antworten konnte.

»Ich habe eine Nachricht erhalten, in der behauptet wird, dass mein Sohn lebt.«

»Wissen Sie, von wem die Nachricht stammt?«

»Nein. Sie war anonym.«

»Und wann haben Sie sie erhalten?«

»Vor ein paar Stunden.«

Erneutes Schweigen. Dann ein abgrundtiefer Seufzer: »Löschen Sie die Nachricht, Tom, und vergessen Sie sie. Bitte. Ich weiß nicht, wer Ihnen geschrieben hat und aus welchem Grund, aber ich kann Ihnen mit hundertprozentiger Sicherheit bestätigen, dass Josh tot ist. Glauben Sie mir, ich würde Ihnen sehr gern etwas anderes sagen. Aber ich kann nicht. Es hat mir das Herz gebrochen, vielleicht nicht so sehr wie Ihnen, Tom, aber es war der schmerzhafteste Augenblick in meiner beruflichen Laufbahn. Es tut mir wirklich sehr leid.«

Plötzlich kam ich mir dumm vor und schmeckte den bitteren Likör der Verzweiflung. Es gibt nichts Schlimmeres als eine Hoffnung, die enttäuscht wird.

»Danke, Herr Doktor.«

»Ist alles in Ordnung mit Ihnen?«

Ohne zu antworten, legte ich auf. Ich betrachtete die beleuchteten Palmen draußen vor dem Fenster, sie waren verschwommen wegen der Tränen, die mir in die Augen stiegen. Ich saß ganz starr da, so starr, als hätte man mir schnell abbindenden Zement injiziert. Durch den Tränenschleier hindurch sah ich den Satz auf dem Bildschirm leuchten: »DEIN SOHN LEBT.«

Verdammter Hurensohn, dachte ich. *Mögest du in der Hölle schmoren.*

4

Kay und Randy

She'll just tell you that she came.

Al Stewart, *Year of the Cat*

Am nächsten Tag kam der Anruf. Eine sympathische, heitere Stimme, die mir sofort gefiel.

»Hallo, ich rufe wegen der Anzeige an«, sagte sie nur.

Ich hatte eine grauenvolle Nacht hinter mir, in der ich geweint, rasende Wut auf den Verfasser der Mail empfunden und finstere Gedanken wiedergekäut hatte, und erst gegen fünf Uhr morgens hatte ich mich beruhigt und war endlich eingeschlafen.

»Welche Anzeige?«, fragte ich entgeistert.

Schweigen in der Leitung.

»Die Anzeige auf Realtor… Wegen der Vermietung… In Islamorada… Habe ich mich verwählt?«

Ich blickte zur Decke. »Äh, nein… nein… Sie sind hier richtig.«

»Ich heiße Kay Calloway. Mein Mann und ich würden uns das Haus gern mal anschauen.«

»Und wann?«

»Heute, wenn das möglich ist. Wir sind vor drei Wochen aus Chicago hierhergekommen, und seitdem suchen wir etwas Möbliertes zum Mieten. Ihr Haus scheint uns perfekt geeignet. Liegt es tatsächlich direkt am Strand mit Palmen, wie auf dem Foto?«

Ich spürte ihre Begeisterung.

»Ja, absolut. Es ist sehr schön hier«, bestätigte ich und bereute bereits, dass ich das Haus zur Miete angeboten hatte.

Ein Paar. Der Stimme nach zu urteilen noch ziemlich jung. Warum nicht? »Es ist eine Art Casting. Und du bist der Boss«, hatte Tucker gesagt. Der erste Kontakt war jedenfalls positiv. Die Stimme war angenehm und schien einer Person zu gehören, die gern und häufig lächelte.

»Einverstanden. Können Sie gegen 15 Uhr hier sein?«, fragte ich. Ich wollte das Haus vorher noch lüften, um den Geruch von frischer Farbe loszuwerden, und einmal durchsaugen.

»15 Uhr. Perfekt. Und Sie sind…?«

»Tom Baldwin.«

»Dann also bis später, Tom.«

Als die beiden aus dem Wagen stiegen, war der Himmel noch schwärzer als am Vorabend. Donner grollte über dem Meer. Zunächst hörte ich nur ein Motorengeräusch. Ich trat zur Tür hinaus. Der Ozean hatte eine entmutigende Farbe angenommen, es wehte ein starker Wind, und ich befürchtete, dass es bald regnen würde. Aber für jemanden aus Chicago dürfte Wind eigentlich kein Problem sein, oder?

Ein Kastenwagen, ein weißer Ford Transit Cargo, erschien auf der Sandpiste zwischen den von Böen zerzausten Bäumen. Kay stieg als Erste aus, und ich weiß noch genau, was ich in dieser Sekunde dachte: »O mein Gott, mit diesem Lächeln und diesen Augen kann sie bestimmt jeden um den Finger wickeln, Männer, Frauen, Kinder, ja sogar Tiere.« Kay Calloway hatte kastanienbraunes Haar, riesige grüne, beinahe durchscheinende Augen, und sie war geradezu teuflisch hübsch. Ich schätzte sie auf ungefähr dreißig. Sie trug ausgefranste Jeansshorts, ein knallrotes aufgeknöpftes Hemd, das sie in der Taille unterhalb eines weißen Bikinioberteils verknotet hatte, und Tennisschuhe, deren Weiß ihre Beine noch brauner wirken ließ. Ihre Lippen waren in einem ziemlich auffallenden Karminrot geschminkt. Später sollte ich erfahren, dass sie eigentlich dezentere Rottöne bevorzugte – oder überhaupt auf Lippenstift verzichtete –, an jenem Tag aber bei dem Hausbesitzer Eindruck schinden wollte.

»Was für ein Wetter«, sagte sie und blickte mir unverwandt in die Augen, während der Wind in ihren Haaren spielte.

Ich will euch nichts vormachen: Randy, ihrem Mann, schenkte ich in diesem Augenblick praktisch keine Beachtung. Kay besaß die Fähigkeit, die Aufmerksamkeit aller auf sich zu ziehen wie ein Magnet.

Trotzdem drehte ich den Kopf, als er näher kam. Randy war groß und athletisch. Mit seinem attraktiven Gesicht, dem kantigen Kiefer, dem maskulinen Schnurrbart und den hellen Augen sah er dem Sänger der Countryband Midland zum Verwechseln ähnlich. Seine Miene verriet deutlich sein Misstrauen, als er einen muskulösen Arm ausstreckte, um mir die Hand zu geben. Während er mich aus schmalen Augen musterte, schien er ganz in die Prüfung meiner Person vertieft, als taxiere er einen möglichen Rivalen oder sogar einen Feind – ein Verhalten, das mir absolut nicht gefiel –, und ich dachte erneut an Tuckers Worte: »Du bist der Boss.«

»Hallo, ich bin Randy, der Ehemann dieser schönen Frau«, sagte er, wobei er das Wort *Ehemann* besonders betonte. Er ließ den Blick über das Meer und die Palmen schweifen, ehe er seinen wasserblauen Blick auf Kay richtete.

»Das reinste Paradies, was? Kommt solches Wetter hier öfter vor?«, fragte er mich in argwöhnischem Ton, als hätte er es mit einem unseriösen Gebrauchtwagenhändler zu tun, der ihn über den wahren Kilometerstand des Tachos täuschen will.

»Im Sommer gibt es häufig Gewitter«, gab ich unumwunden zu, denn ich hatte bereits beschlossen, mein Gästehaus nicht an dieses Pärchen zu vermieten. Ich wollte, dass sie rasch wieder verschwanden.

»Dürfen wir es uns ansehen?«, meldete sich Kay zu Wort. »Ich bin mir absolut sicher, dass das Wetter hier fast immer schön ist.«

»Es ist einfach perfekt«, sagte die junge Frau, nachdem der Rundgang durch die Zimmer beendet war. Ihre Augen leuchteten förmlich.

Sie warf einen letzten Blick aus einem der Wohnzimmerfenster und klatschte wie ein kleines Mädchen in die Hände.

»O mein Gott, diese Aussicht! Der Ozean! Es ist einfach unglaublich! Randy, was meinst du? Hast du es gesehen?«

»Ja, ist alles super«, räumte Randy widerstrebend ein, »aber die Miete ist nicht gerade billig.«

»Das ist eben der Preis dafür, hier zu leben«, sagte ich. »Es ist tatsächlich recht teuer, aber ich finde mit Sicherheit jemanden, der das Haus zu diesem Preis nimmt.«

Mir war bewusst, dass ich mich geradezu rüpelhaft benahm. Tatsächlich unternahm ich keinerlei Anstrengung, die beiden zum Einzug zu überreden. Ich suchte eher nach einer Möglichkeit, sie von ihrem Vorhaben abzubringen. Ich wollte diesen unangenehmen, hochmütigen großen Kerl nicht als Mieter und Nachbarn haben.

»Hurrikans gibt es übrigens auch«, fügte ich hinzu. »Die kann man hier aus nächster Nähe erleben. Sie kommen völlig ungehindert vom Ozean herein. Es ist wirklich spektakulär.«

»Hurrikans?«, wiederholte Randy. »Wow, das gefällt mir!«

»Das Haus da drüben, ist das deins?«, wollte Kay wissen.

Im Halbdunkel des aufziehenden Gewitters schienen ihre Augen zu leuchten wie biolumineszierende Algen im Meer. An dem finsteren Himmel grollte unheimlich der Donner.

»Ja, dort lebe und arbeite ich.«

Sie trat auf die kleine Veranda hinaus. Das Rauschen der Palmen und das Brausen des Meeres hüllten uns ein.

»Du arbeitest von zu Hause? Was machst du denn beruflich?«

»Ich schreibe Romane.«

»Ach, tatsächlich? Bist du Schriftsteller?«

Es klang beinahe ekstatisch, so als hätte sie gerade erfahren, dass Brad Pitt oder Will Smith ihr Nachbar sein würde. Sie lächelte und hatte dabei immer noch dieses betörende Leuchten in den Augen.

»Oh, Mann«, sagte Randy und seufzte. »Hättest du das bloß nicht gesagt.«

Ich drehte mich zu ihm und blickte ihn fragend an.

»Kay verbringt ihre ganze Freizeit mit Lesen«, erklärte er.

Sie bedachte mich mit einem komplizenhaften Augenzwinkern, und die Härchen in meinem Nacken richteten sich auf wie Eisenspäne, die von einem Magneten angezogen werden.

»Tatsächlich? Was liest du denn so?«

»Romane und Sachbücher«, sagte sie. »Richard Powers, Jay McInerney, Joan Didion, Zadie Smith ... Im Augenblick lese ich *Die Nickel Boys* von Colson Whitehead.«

»Verstehe«, sagte ich und konnte den Blick nicht von ihren grünen Augen abwenden.

»Wie war noch gleich dein Name?«

»Tom Baldwin.«

Sie schüttelte den Kopf.

»Tut mir leid, ich glaube nicht, dass ich schon etwas von dir gelesen habe.«

Ich lächelte.

»Ist nicht weiter verwunderlich, ich schreibe unter Pseudonym. Und den Autoren nach zu urteilen, die du gerade genannt hast, schreibe ich nicht die Art von Literatur, die du magst.«

»Warum denn nicht?«, fragte sie überrascht. »Ich liebe das geschriebene Wort in all seinen Formen.«

»Oh, das stimmt«, bestätigte Randy und nickte. »Sie würde sogar die Einkaufslisten fremder Leute studieren, einfach aus Freude am Lesen.«

Erneut bedachte sie mich mit diesem verschwörerischen Lächeln, das Randy aus dem Gespräch ausschloss und zu bedeuten schien: »Hör nicht auf diesen Trottel, er hat keine Ahnung. Ich bin ein viel feinsinnigeres und raffinierteres Wesen als er.« Und innerhalb einer Sekunde sah ich mich vor meinem inneren Auge lange, spannende Gespräche mit meiner neuen Nachbarin führen. Zumindest solange ihr Ehemann nicht in der Nähe war. *Vergiss es,* flüsterte eine Stimme in meinem Kopf, *das ist kein guter Plan.*

»Würdest du mir gelegentlich eins deiner Bücher ausleihen, Tom?«, fragte Kay. »Ich würde sehr gern etwas von dir lesen. Wirklich.«

»Kein Problem.«

»Und lebst du allein hier? Oder gibt es auch eine Mrs Baldwin?«

»Ich lebe allein«, antwortete ich, obwohl mir bewusst war, dass der Hauseigentümer die Fragen stellen sollte und nicht die potenzielle Mieterin.

Randy schlug sich mit der flachen Hand auf den Nacken.

»Gibt es hier viele Mücken?«

»Millionen«, versetzte ich. »Vor allem im Sommer, wenn es schwül ist.«

»Von wegen Paradies«, wiederholte er in verdrossenem Ton, aber weder Kay noch ich schenkten ihm Beachtung.

»Wenn du einverstanden bist, nehmen wir das Haus«, sagte sie. »Wir haben alle nötigen Papiere dabei. Ich habe gerade nur noch den Wunsch, meine Sonntage auf dieser Veranda zu verbringen, lesend und ab und zu aufs Meer schauend.«

»Ja, das ist super!«, hörte ich mich zu meiner eigenen Überraschung sagen.

In jener Nacht hatte ich einen grauenhaften Albtraum. In dem Traum – der in meinem eigentlichen Albtraum steckte wie eine russische Puppe in der anderen – standen sämtliche Fenster offen und schlugen im Wind, als ich ruckartig aufwachte. Keuchend und nass geschwitzt richtete ich mich im Bett auf und hörte eine dünne, ferne Stimme, die mich nach draußen rief. *Joshs Stimme*... Im Traum sprang ich aus dem Bett und stürmte in meinen Schlafshorts nach draußen, während ein heftiger Wind an den Palmen rüttelte. *Josh*, dachte ich. *Mein kleiner Josh! Du lebst!*

Barfuß lief ich über den frisch gemähten Rasen, dann über den weichen Sandstrand bis zu dem Bootsanleger, der ins Meer hinausragt und an dem der Vorbesitzer sein Boot festzumachen pflegte.

»Josh!«, brüllte ich.

Mein kleiner Junge stand am Ende des Anlegers, den Rücken zum Meer gewandt, auch er im Pyjama. Er fuchtelte wild mit den Armen und rief um Hilfe.

»Dad!«, schrie er verzweifelt. »Dad!«

Ich betrat den Steg, meine Fußsohlen knallten auf die Bretter, während ich auf Josh zurannte. Um uns herum erhob sich der totenbleiche Ozean zu hohen Wellenbergen und bedrohlichen Tälern, fahle Blitze durchzuckten die Nacht, schossen aus ungeheuerlichen, haushohen Gewitterwolken.

»Josh!«

»Dad!«

Aber dann geschah etwas Seltsames. Je weiter ich auf ihn zulief, desto länger wurde der Holzsteg, dehnte sich rasch aus, wuchs erst um Dutzende, dann um mehrere Hundert Meter in Richtung Horizont, sodass ich mich Josh nicht mehr näherte, sondern mich im Gegenteil mit jeder Sekunde weiter von ihm entfernte, bis die Gestalt meines wild gestikulierenden kleinen Jungen nur noch ein winziger Punkt war und schließlich am Horizont verschwand …

Ich wachte auf und starrte in das dunkle Zimmer. Im Haus war es still, in mir aber tobte ein Gefühl tiefer Verzweiflung, ein alles durchdringender Schmerz und eine bodenlose Leere.

5

Raynard Wailand

There's a time that I remember.

Maroon 5, *Memories*

Am Morgen trank ich meinen Kaffee, fuhr den Rechner hoch und kehrte zu Zoë Gwendoline Mackenzies Abenteuern zurück. In dem neuen Band namens *Zoë muckt auf* gerät sie erneut mit ihrem Lieblingsfeind Dylan Stark aneinander, dessen Aussehen und Charakterzüge weitestgehend denen meines ehemaligen Schwiegervaters entsprechen.

Genau wie Stark ist er ein attraktiver Typ mit einer dichten weißen Mähne, maßgeschneiderten Anzügen und einem strahlenden Lächeln. Wie Raynard Wailand interessiert sich auch meine Romanfigur nur für eines: Geld verdienen, und zwar so viel wie möglich. Und die Konkurrenz ausstechen. Auch Stark kann sein Gegenüber mit einem eisigen Blick erstarren lassen wie Mr Freeze mit seiner Kältekanone, er kann aber auch überaus kameradschaftlich und lustig sein, so als wäre das Leben für ihn eine unerschöpfliche Quelle des Staunens und der Belustigung.

Während meine Finger über die Tastatur flogen und Dylan Stark mal wieder die übelsten Drohungen gegen

Zoë ausstieß, kam mir der Streit zwischen meinem Ex-Schwiegervater und mir bei unserem letzten gemeinsamen Weihnachtsfest in den Sinn. Raynard hatte mich in der großen Küche in seinem Haus in North Haven abgepasst, als Annabelle und Josh sich im Swimmingpool vergnügten. Er fragte mich, ob ich vorhätte, mir irgendwann einen richtigen Job zu suchen.

»Ich habe einen Job«, antwortete ich. »Ich schreibe.«

In seinen Augen las ich tiefe Verachtung für diese Tätigkeit.

»Ich meine einen *bezahlten* Job«, stellte er klar. »Keine Pseudobeschäftigung, die darin besteht, auf Kosten meiner Tochter zu leben und am Bildschirm Wörter aneinanderzureihen, während du lächerlichen Träumen von Größe nachhängst, die höchstwahrscheinlich niemals in Erfüllung gehen werden.«

Jedes Wort war sorgfältig gewählt, um mich zu verletzen, dessen war ich mir bewusst, aber dieses Wissen nahm der Beleidigung nicht den Stachel.

»Was sich zwischen deiner Tochter und mir abspielt, geht dich nichts an, Raynard«, erwiderte ich und schaffte es nur mit Mühe, ruhig zu bleiben.

Ich hatte zu viel getrunken, obwohl es erst fünf Uhr nachmittags war, und wenn ich trank, wurde ich manchmal aggressiv. In diesem Zustand ließ man mich besser in Ruhe. Aber Raynard Wailand war nicht die Sorte Mensch, die sich von einem Säufer beeindrucken lässt. Er hatte die Größeninsel umrundet und kam auf mich zu.

»Und ob mich das was angeht, du verdammter Säufer«, flüsterte er und blies mir seinen Atem ins Gesicht. »Du stinkst nach Alkohol. Und ich werde nicht länger zulassen, dass du dich am helllichten Tag in meinem Haus und vor den Augen meines Enkelsohns volllaufen lässt, hast du das verstanden?«

Mein Ex-Schwiegervater ist ein kräftiger Mann, größer als ich, der ich nur mittelgroß bin, und ich bin mir sicher, dass er trotz des Altersunterschieds die Oberhand behalten hätte, wäre es zu einer Prügelei zwischen uns gekommen. Aber ich hatte eine Riesenwut im Bauch. Es fehlte nicht viel, und es wäre an jenem Nachmittag in jener Küche zu Handgreiflichkeiten gekommen.

»Fass mich nicht an«, knurrte ich. »Geh zurück, verdammt...«

»Und wenn nicht?«

Raynard Wailand brannte darauf, mich zu schlagen, es war unübersehbar, dass er nur auf den richtigen Moment wartete. In seinen blauen Augen brannte ein fiebriger Irrsinn, seine scharfen Züge waren nur Millimeter von meinem Gesicht entfernt. Und in diesem Moment erblickte ich Josh, der in der Küchentür stand. Ich weiß nicht, wie lange schon. Mit Tränen in den Augen schaute er uns zu, schockiert von dem, was er gesehen... oder gehört hatte.

Raynard bemerkte meinen Blick und drehte sich um.

»Josh, mein Schatz!«, rief er aus, während sich sein Gesichtsausdruck komplett veränderte, sich förmlich auflöste und schließlich zu einem Lächeln gerann, aber Josh war bereits weinend geflohen.

Ich erinnere mich sehr genau an das, was mein Ex-Schwiegervater als Nächstes sagte, während er mit dem

Finger auf mich zeigte: »Du Scheißkerl, wenn du diesem Kind auch nur ein Haar krümmst, *bringe ich dich um.*«

Ich war fassungslos. »*Wie bitte?* Was redest du denn da, Raynard? Ich könnte Josh niemals etwas antun! Bist du verrückt geworden?«

»Du hast unseren Sohn traumatisiert!«, attackierte mich Annabelle noch an demselben Abend, nachdem sie Josh ins Bett gebracht hatte. »Diesmal bist du zu weit gegangen!«

Sie schrie regelrecht, denn sie wusste, wenn Josh erst einmal eingeschlafen war, konnte ihn praktisch nichts mehr wecken.

»Was?!«

»Du warst am helllichten Tag betrunken! Und du hast vor Joshs Augen seinen Großvater angegriffen!«

»Wie bitte? Dein Vater hat *mich* angegriffen!«

»Dein Sohn hat gesehen, wie du ihn bedroht hast, Tom!«

»Ich hatte keine Ahnung, dass Josh dort war. Und ich habe Raynard nicht bedroht, er war es, der ...«

Aber ich wusste, dass es zwecklos war. Annabelle hatte sich schon vor langer Zeit auf die Seite ihres Vaters geschlagen und mich im Stich gelassen.

»Du weißt, dass Dad kurz davor ist, seine Anwälte auf dich loszulassen. Ich musste ihn anflehen, es nicht zu tun ... Um Himmels willen, Tom! Er bezahlt nicht nur unsere Miete, sondern auch noch mein Gehalt!«

»Und deshalb soll ich mich ständig von ihm demütigen und beleidigen lassen?«

»Tom, das bildest du dir ein. Dad kann brutal sein, das stimmt, aber er mag dich.«

Ich konnte nicht fassen, wie blind sie war.
»Wie bitte? Dein Vater hasst mich. Er kann mich nicht ausstehen, und das weißt du genau!«
»Wenn du ein bisschen weniger trinken würdest, könnte er dir vielleicht mehr Wert...«

In jenem Moment waren wir uns dessen vielleicht nicht bewusst, aber unsere Ehe war schon lange kaputt. Im Eimer. Dem Untergang geweiht. Eine letzte Szene noch: Josh und ich spielen im Pool, verfolgt vom wachsamen Blick seines Großvaters, der mit nacktem Oberkörper in einem Korbsessel auf der Terrasse des Hauses in North Haven sitzt. Raynard Wailand mustert mich unentwegt aus schmalen eisblauen Augen, während Josh zu mir kommt und so leise, dass es sonst niemand hören kann, zu mir sagt: »Du riechst nach Alkohol, Dad.«

Ja, damals war ich ein Säufer. Heute bin ich trocken, aber mein Sohn ist tot.

6

Erstes Gewitter

There ain't enough going on down here.
Eric Clapton, *Mainline Florida*

An dem Tag, an dem Kay und Randy Calloway in mein Gästehaus einzogen, hatte sich über den Upper Keys zwischen Key Largo und Lower Matecumbe Key ein Gewitter zusammengebraut. Es goss wie aus Eimern. Zum Glück hatten die beiden nur zwei Koffer mit Kleidung, ein paar Lampen und Küchenutensilien und vor allem Bücherkartons dabei.

Kay war Randys Ford Transit in einem kleinen silbermetallicfarbenen SUV hinterhergefahren. Sie trug eine weite Jogginghose, ein ärmelloses Shirt, das den Blick auf einen flachen Bauch mit gut definierten Muskeln erlaubte, die viel zu große Regenjacke war schon klitschnass. Randy war von Kopf bis Fuß in Denim gehüllt. Er trug einen hellen Stetson und sogar Westernstiefel. Mit dem dazu passenden Schnurrbart fehlten ihm zum Cowboy nur noch ein Pferd und ein Paar Sporen.

Ich half ihnen, ihre bescheidenen Besitztümer so schnell wie möglich ins Haus zu tragen, wobei ich ihnen ein paar gute Ratschläge gab. Gegen Mittag bot Randy mir ein

Bier an, das ich ablehnte; danach setzten wir uns zu dritt auf die Veranda und sahen zu, wie der Regen vom Vordach tropfte. Den Blick auf den grauen Ozean jenseits der Palmen gerichtet, erklärte ich, dass es zu dieser Jahreszeit vor Mücken nur so wimmelte, die auf den Keys besonders gefräßig seien, und dass sie auf das in Chicago erstandene Mückenspray besser verzichten sollten, um sich vor Ort ein neues zu kaufen und sich sofort großzügig damit einzusprühen. Ich sagte ihnen außerdem, dass sie, wollten sie wandern gehen, knöchelhohe Schuhe anziehen sollten (Kay trug Flip-Flops) und wegen der Skorpione und Giftschlangen gut aufpassen mussten, wohin sie die Füße setzten. Ich erklärte, dass es zu dieser Jahreszeit fast jeden Tag ein heftiges Gewitter gab und sie deshalb den Wetterbericht zurate ziehen sollten, bevor sie aufs Meer hinausfuhren, selbst wenn es nur mit dem Stand-up-Paddelboard war.

»Das reinste Paradies, was?«, wiederholte Randy sarkastisch.

»Es ist ein Paradies für Fischer«, sagte ich, »und auch ein Vogelparadies. Ihr werdet große Silberreiher sehen, Seidenreiher, Rosalöffler, Braunpelikane, Fischadler, Spechte und tausend andere Arten ... Lasst niemals einen Angelhaken oder eine Angelschnur in der Natur zurück, und wenn ein Vogel sich in den Haken verbeißt, müsst ihr die Schnur abschneiden, damit er nicht daran erstickt.«

»So viele Vögel, einfach wundervoll«, sagte Kay fröhlich und nippte an ihrem Bier. »Hier wird es mir gefallen, da bin ich mir sicher.«

»Ihr könnt auch tauchen oder paddeln oder Kajak fahren«, erklärte ich. »Sogar mit Delfinen schwimmen. In jeder Vollmondnacht findet am Strand von Morada Bay das Vollmondfest statt. Da wird barfuß im Sand getanzt, es gibt DJs und ein Feuerwerk. Gegen neun geht es los, und alle Feierwütigen des Archipels finden sich dort ein.«

»Das klingt wundervoll«, wiederholte Kay.

Sie schien tatsächlich im siebten Himmel zu sein, und sogar Randy, der inzwischen bei seinem fünften oder sechsten Bier war, wirkte interessiert.

»Zum Trinken und Feiern wäre da noch die Duval Street in Key West. Dort gibt es alle möglichen Bars, Pubs und Shows, aber auch ziemlich viele Touristen.«

»Treten dort nicht auch die Dragqueens auf?«, fragte Kay.

»Genau. Es gibt sogar eine Dachterrasse, auf der man splitterfasernackt etwas trinken kann, wenn einem danach ist.«

Sie lachte, ein warmes Lachen, das mich leicht erschauern ließ. Und auch Randy lachte. Er wirkte weniger misstrauisch als beim letzten Mal.

»Angelscheine für Süß- und Salzwasser kann man sich im Internet herunterladen, man kann sie aber auch in den Geschäften für Anglerbedarf kaufen. Und vergesst Sonnencreme und Sonnenbrille nicht. Auf dem Meer sind die Sonnenstrahlen besonders intensiv.«

»Hast du schon immer hier gelebt, Tom?«, wollte Kay wissen und richtete den warmen Blick ihrer grünen Augen auf mich.

»Ich bin erst vor etwas mehr als einem Jahr hierhergezogen.«

»Und wo warst du vorher?«

»In New York«, antwortete ich und senkte den Kopf.

Nach kurzem Schweigen sagte Kay: »Ich mag dich... Ich glaube, wir werden uns gut verstehen.«

Es kam einfach so aus ihrem Mund, ganz spontan. Und ich sah, dass Randy genauso überrascht war wie ich. Erneut suchte Kay meinen Blick, und diesmal spürte ich, dass meine Kehle ganz trocken wurde, als ich in diese riesigen, strahlend grünen Seen schaute.

»Ich irre mich bei Menschen nur selten«, fügte sie hinzu, »und ich glaube, dass du ein guter Mensch bist... Ich freue mich sehr, hier zu sein. Wir werden uns bestimmt ausgezeichnet verstehen, nicht wahr, Schatz?«

Das Gespräch hatte eine höchst unerwartete Wendung genommen.

»Merkst du nicht, dass du ihn in Verlegenheit bringst?«, sagte Randy, und ich glaubte, erneut eine Spur von Eifersucht in seiner Stimme wahrzunehmen. »Ich hol mir noch ein Bier«, fuhr er fort, »Tom, bist du sicher, dass du keins willst?«

»Ja, ganz sicher, danke.«

Sobald wir allein waren, warf ich Kay einen Blick zu. Sie erwiderte ihn ein bisschen zu lange, und ich wandte mich ab, denn ich erschauerte bei dem, was ich in ihren grünen Augen las... oder zu lesen glaubte. Eine beginnende Komplizenschaft. Unverstellte Zärtlichkeit und einen stummen Hilferuf... Aber vielleicht liegt es auch an den tragischen Ereignissen, die folgen sollten, dass ich rückblickend in ihren Augen etwas zu sehen glaubte, das zu jenem Zeitpunkt nicht da war.

Gegen Abend legte sich der Sturm, und ich ging mit meinem Stand-up-Paddle zum Strand. Auf dem Board stehend, paddelte ich langsam an der Küste entlang bis zu der Mangrove auf der anderen Seite der Insel. Die Dämmerung färbte das unentwirrbare Durcheinander der Vegetation feuerrot. Ein flimmerndes Licht, das die Traubenbäume, die Mastixsträucher, die sich windende Masse der Würgefeigen, die Stämme und Lianen und die aus dem Wasser ragenden großen Wurzeln in eine kupferfarbene Glut tauchte, als stünde die Mangrove in Flammen. Hin und wieder glitt ich an einem Strand voll zerbrochener Muschelschalen vorbei oder an einem Stück Watt, das eine Schneise in den Wald trieb. Es fühlte sich ein bisschen an wie zur Zeitendämmerung, als der Mensch noch keinen Fuß auf die Erde gesetzt hatte.

Dann kehrte ich um, vorbei an Bootsanlegern und Marinas mit Hunderten festgemachter Jachten, an Freizeitkomplexen und zwischen Palmen versteckten schönen karibischen Häusern. Ich hatte das Board gerade aus dem Wasser an den Strand gezogen und wollte es hochheben, da hörte ich vom Gästehaus her laute Stimmfetzen. Zögernd hob ich den Kopf und blickte zu den beleuchteten Fenstern hinüber, die sich aus dem Abendschatten hervorhoben.

Was ich durch die Fensterscheiben sah, schien ein überaus heftiger Streit zwischen Kay und Randy zu sein. Ihre Gestik ließ kaum einen Zweifel daran, dass es eine gewalttätige Auseinandersetzung war.

Von meinem Standort aus konnte ich den Wortlaut des Streits nicht verstehen, aber ich empfand ein tiefes Unbehagen angesichts des unangemessenen Verhaltens meiner neuen Nachbarn und auch wegen der besorgniserregenden Spannung zwischen ihnen. Ich beobachtete ihre verzerrten Gesichter und aufgerissenen Münder, und irgendwann kam Randy Kay so nah, dass ich glaubte, er würde sie schlagen. Und da erinnerte ich mich an den stummen Hilferuf, den ich am Nachmittag in den Augen der jungen Frau zu lesen gemeint hatte. Diese abscheuliche Szene hatte etwas zutiefst Unheimliches an sich … und mir schoss der Gedanke durch den Kopf, dass der Einbruch von Kay und Randy in meine bis dahin freudlose, aber friedliche Existenz mich auf eine Art und Weise zu erschüttern drohte, die weder Tucker noch ich vorhergesehen hatten.

7

Kay

It's only the ocean and you.

Jack Johnson, *Only the Ocean*

Als ich am nächsten Morgen gerade meinen Kaffee austrank, klopfte es an der Tür. Fünf Minuten zuvor hatte ich durch das Küchenfenster gesehen, wie Randy mit verschlossener Miene in seinen Ford Transit gestiegen und weggefahren war.

Ich öffnete die Tür, und vor mir stand Kay. Lächelnd. Als hätte der Streit vom Vorabend keinerlei Spuren bei ihr hinterlassen. Aber bei mir hatte er welche hinterlassen … und auf einmal war mir in ihrer Gegenwart unbehaglich zumute.

»Guten Tag«, sagte sie, »ich hoffe, ich störe nicht. Ich wollte mir gern einen deiner Romane ausleihen.«

Sogar in Jeans, blauem Leinenhemd und Sandalen strahlte sie eine gewisse Klasse aus. Ihre kastanienbraunen Haare waren nass und darum dunkler als am Vorabend, die großen Augen verquollen und leicht gerötet, als wäre sie zu lange im Wasser geblieben. Offenbar bemerkte sie meinen Blick, denn sie sagte: »Ich habe gerade ein langes Bad genommen. Es ist wirklich paradiesisch hier.«

Sie schaute mich durchdringend an, und ohne es zu wollen, sah ich für eine halbe Sekunde ein Bild vor meinem inneren Auge: Kay, die tropfnass im Bikini aus dem Wasser kommt ... Ich schüttelte mich.

»Komm herein«, sagte ich in einem derart gelangweilten Tonfall, dass es an Unhöflichkeit grenzte. Sie trat ein.

»Kaffee?«

»Gern«, sagte sie.

»Crema, Espresso, mit Zucker, Latte, Cappuccino, Moccaccino?«

»Einen Latte mit Zucker, bitte. Was würdest du mir raten, mit welchem Buch soll ich denn anfangen?«, fragte sie, sobald sie die Küche betreten hatte.

Die Anwesenheit dieser hübschen, allzu heiter und sorglos wirkenden, zu oft lächelnden Frau in meinem Single-Haushalt, noch dazu ohne ihren cholerischen, eifersüchtigen Ehemann, bereitete mir immer größeres Unbehagen. Ich hatte mir die Papiere angesehen, die sie mit dem Mietvertrag abgegeben hatten. Trotz seiner Cowboyallüren war Randy tatsächlich als Pharmavertreter tätig. Am Abend zuvor hatte er mir erklärt, dass er unter der Woche häufig unterwegs war, in Motels schlief und dass sein neues Gebiet den gesamten Süden Floridas umfasste. Folglich ließ er seine Frau oft allein.

Denk nicht mal dran, Tom Baldwin.

»*Uns bleibt immer New York*, mein Erstling«, antwortete ich nach kurzem Zögern. »Aber ich sage es noch einmal: Wahrscheinlich ist es nicht die Art von Lektüre, die dir zusagt.«

»Ich würde mir mein Urteil gern selbst bilden, in Ordnung?«, entgegnete sie, und diese Antwort gefiel mir.

Für eine Sekunde schloss ich die Augen und ließ mir die Morgensonne, die zum Fenster hereinfiel, ins Gesicht scheinen. Dann drehte ich mich um und reichte ihr ihre Tasse.

»Der Kaffee ist gut«, verkündete sie nach dem ersten Schluck.

»Ich habe Randy heute Morgen wegfahren sehen«, sagte ich mit Unschuldsmiene.

»Ja, er ist die ganze Woche unterwegs.«

»Und du, Kay? Was hast du gemacht, bevor ihr hergezogen seid?«

Ich lehnte mit dem Rücken an der Arbeitsfläche und beobachtete sie. Erneut musste ich mich zusammenreißen, um sie nicht gierig anzustarren. Ohne mich um Erlaubnis zu bitten, zog sie einen Stuhl hervor und nahm am Küchentisch Platz.

»Ich war bei der Polizei«, erklärte sie. »Ermittlerin ... Mordkommission. Zehn Jahre lang ... Aber irgendwann ertrug ich die viele Gewalt nicht mehr, und ich konnte mir nicht vorstellen, die nächsten zehn Jahre so weiterzumachen.«

Ich nahm die Anspannung in ihrer Stimme wahr.

»Dann ist etwas vorgefallen, und ich habe beschlossen aufzuhören, mir einen Tapetenwechsel zu gönnen ... Randy hatte ein Angebot aus Florida bekommen, und wir haben uns gedacht, dass das die richtige Gegend ist, um noch einmal neu anzufangen.«

Die letzten Worte klangen ein wenig mutlos, so als

glaubte sie nicht wirklich daran. Ich dachte wieder an den Streit vom Vorabend und fand, dass es tatsächlich nicht besonders gut angefangen hatte, ihr neues Leben. *(Ach ja? Hast du dich denn nie mit deiner Frau gestritten?)* Ich traute mich nicht nachzufragen, was passiert war. Ihre Miene hatte sich plötzlich verfinstert, und sie wirkte nicht so, als hätte sie Lust, darüber zu reden.

Ich ging in mein Arbeitszimmer und kam mit *Uns bleibt immer New York* zurück. Auf dem Cover ist eine blonde Frau von hinten zu sehen, darüber steht mein Pseudonym: Mark Miller.

»Danke«, sagte sie, schon im Aufstehen begriffen, und ging zur Spüle, um ihre Tasse abzuwaschen. »Ich will dich nicht länger stören.«

Und dann sah sie mich mit einem absolut hinreißenden Blick an.

»Einen Schriftsteller zu stören, das ist, als würde man einem Junkie Stoff anbieten«, entgegnete ich. »Im Grunde wartet er nur darauf.«

Sie lachte ein bisschen zu laut über meinen jämmerlichen Witz, und dann war sie so plötzlich wieder weg, wie sie gekommen war. In meinem Kopf meldete sich erneut die leise Stimme der Vernunft: *Denk nicht mal dran...*

Gleich darauf kehrte ich in mein Büro zurück und setzte mich an den Computer, war aber nicht in der Lage, auch nur einen Satz zu schreiben. Außerdem quälte mich die Erinnerung an die E-Mail und an den Albtraum wenige Nächte zuvor. Und da war noch etwas: Mir war klar, dass Kays spontaner Besuch genau die Art von Ablenkung war, die ich mir nicht allzu oft leisten konnte. Daher griff ich kurz entschlossen nach meinem Handy und suchte in meinen Kontakten nach Annabelles Nummer. Wie lange hatte ich sie nicht mehr angerufen? Zwei Jahre? Drei?

Eine Computerstimme teilte mir mit, dass die Nummer nicht mehr vergeben sei. Und im Grunde war es besser so. Was hatte ich mir auch dabei gedacht? Was versuchte ich mir zu beweisen?

Ich weiß nicht, wie viel Zeit ich so in Gedanken versunken dasaß. In meinem Kopf herrschte ein finsteres, misstönendes Chaos. Plötzlich fing das Handy auf dem Tisch an zu vibrieren und zu klingeln. Chris.

»Arbeitest du?«, fragte er ohne jede Vorrede.

Wenigstens das muss ich meinem Agenten zugestehen: Er macht nur selten Umschweife, wenn es um seine und also auch um meine Interessen geht.

»Ja, Meister«, sagte ich.

»Und woran?«

»Natürlich an der Schlampe Zoë Gwendoline Mackenzie«, gab ich zurück, leicht genervt von seinem inquisitorischen Gebaren.

»Tom, du weißt schon, dass diese Art zu reden inzwischen ziemlich out ist, oder?«, sagte er gedehnt.

»Und du weißt, dass ich normalerweise ein echter Gentleman bin, ein wohlerzogener Typ, zu dessen Wortschatz solche Ausdrücke absolut nicht gehören, was dir eine Ahnung davon vermitteln sollte, wie sehr mir deine Fragen auf den Geist gehen.«

Er lachte. »Tom Baldwin! Da ist er ja wieder! Na, dann noch frohes Schaffen, mein Lieber. Die wunderbare Zoë

Gwendoline Mackenzie verdient deine volle Hingabe. Sie hat dich reich gemacht. Und deine Leserinnen macht sie glücklich.«

»Und sie zahlt den Großteil der Raten für deine Luxuswohnung in Coral Gabels, stimmt's?«, fügte ich hinzu.

»Weshalb ich jeden Morgen eine Kerze für sie anzünde und ihr ein sehr langes Leben wünsche.«

»Chris, ich muss dich etwas fragen«, platzte ich heraus.

»Ich höre.«

»Nach dem Unfall ... hast du Josh da noch gesehen?«

Ein langes Schweigen.

»Tom, verdammt, du musst damit aufhören. Vergiss diese elende Nachricht!«

»Aber es muss einen Grund dafür geben, dass jemand sie geschrieben hat.«

Ein Seufzer am anderen Ende der Leitung.

»Zweifellos. Und ich würde zu gern wissen, welches Riesenarschloch das getan hat, um ihm die Eier zu flambieren. Aber eins steht fest: Dieser Mensch lügt, Tom.«

»Hast du ihn nach dem Unfall gesehen oder nicht?«

»Tom ...«

»Antworte.«

»Ich habe den Sarg gesehen, ja. Wie alle, die an jenem Tag anwesend waren.«

»Du hast gesagt, du hättest Joshs Leichnam gesehen.«

»Ja, in seinem Sarg. Verdammt noch mal, Tom, du gehst mir auf die Nerven!«

»Tut mir leid«, sagte ich, aber mein Magen zog sich schmerzhaft zusammen.

Chris beruhigte sich sofort wieder. »Entschuldige, mir

tut es auch leid. Tom, verdammt, ich mache mir einfach Sorgen um dich ...«

»Ist nicht nötig«, antwortete ich. »Ich werde den blöden neuen Band schon schreiben.« Und damit legte ich auf.

Was ich auch tat. Schreiben, meine ich. Am Abend waren die ersten drei Kapitel fertig. Ich las sie noch einmal durch und fand sie ziemlich gut. Dann brühte ich mir die x-te Tasse Kaffee auf und betrat mit nacktem Oberkörper die Seite der Veranda, die zum Meer zeigt. Die Abenddämmerung senkte sich über Islamorada. Trotz der schwarzen Wolken im Westen wurde es nicht kühler, das Thermometer an der Wand zeigte noch immer fünfunddreißig Grad an.

Im Gästehaus waren fast alle Zimmer beleuchtet, und ich bemerkte, dass das Licht an den Stellen, an denen zuvor nur Dunkelheit und Stille gewesen waren, der Landschaft ein neues Aussehen verlieh. Es wirkte nun alles freundlicher, irgendwie tröstlich, trotz der Streitszene, die ich mitbekommen hatte.

Ich hatte den Kaffee gerade ausgetrunken und wollte wieder ins Haus gehen, da ging eine Gestalt aus dem Nachbarhaus die Stufen der Veranda rasch hinunter, überquerte den Rasen in Richtung Strand und bahnte sich anmutig einen Weg zwischen den Palmen hindurch. Es war Kay. Im Bikini. Elfenbeinfarben, wie mir schien, obwohl sich die genaue Farbe im bläulichen Abendlicht nur schwer bestimmen ließ. Das Höschen ging hoch bis zur Taille, bestand jedoch aus sehr wenig Stoff und brachte ihre Figur voll zur Geltung.

Sie lief bis zum Wasser und ging hinein, ohne zu zögern. Ich sah, wie sie untertauchte, sich wieder aufrichtete und die nassen langen Haare über die Schulter warf, wobei sie aufs Meer hinausblickte, eine Geste, die einer Wassernymphe würdig war. Die Wellen erzeugten ein leises, an knisterndem Stoff erinnerndes Geräusch, wenn sie auf dem Sand ausliefen, das Licht wurde von Minute zu Minute schwächer, um schließlich einer Nacht zu weichen, die nicht weniger stickig war als der Tag. Ich beobachtete sie noch eine Weile, regungslos, einsam, unbemerkt. Überwältigt von einem erschütternden, herzzerreißenden Gefühl der Zärtlichkeit und einem heftigen Verlangen nach dieser Frau, die ich kaum kannte.

Ein Teil von mir hatte nur einen Wunsch: zu ihr zu gehen. Auf der Stelle. Doch ein anderer Teil schrie mich an, mich unbedingt von den beiden fernzuhalten.

8

Kilgore

> But now i's gettin' late
> and the moon is climbin' high.
>
> Neil Young, *Harvest Moon*

Es war schon lange dunkel, als Kilgore seinen großen GMC Sierra auf den Morada Way lenkte. Er fuhr im Schritttempo, zunächst auf dem asphaltierten Abschnitt, den er aber bald verließ, um auf der sandigen Piste zwischen Buschwerk und Würgefeigen weiterzufahren. Es war kurz vor Mitternacht. Kilgore stellte den Motor ab und schaltete die Scheinwerfer aus. Das Haus war kaum zwanzig Meter entfernt.

Es war ein schöner, großer Wohnsitz im bahamaischen Stil mit langen Balkonen und einer umlaufenden Säulenveranda. Aus den Fenstern drang kein Licht. Es goss wie aus Kübeln, und ehe Kilgore aus dem Pick-up stieg, zog er seine Regenbekleidung aus wasserdichtem schwarzem Gewebe an und setzte sich einen Hut aus demselben Stoff auf den kahlen Schädel. Er war groß, sogar sehr groß, und mager.

In aller Ruhe, als hätte er die ganze Nacht Zeit, ging er auf das Haus zu, während er es noch immer mit seltsam abwesender, gleichgültiger Miene betrachtete. Seine Schritte wurden durch den Sand gedämpft und vom Lärm des Regens übertönt. Nach ungefähr zehn Metern blieb er stehen, da, wo das wild wuchernde Gebüsch den gepflegten und mit Palmen gesäumten Rasenflächen Platz macht. Durch die Bäume vor Blicken geschützt, stand er im Regen und beobachtete das Haus eine Weile. Im Schatten des Huts, von dessen Rändern der Regen tropfte, lagen seine Augen tief in den Höhlen. Sein Gesicht war kantig, mit hohlen Wangen und vorspringenden Knochen. Die Augen funkelten wie Feuersteine, obwohl die Unbeweglichkeit des restlichen Gesichts an Katalepsie grenzte. Kilgore war ein Typ, der für Gefühle so zugänglich war wie ein Hai für Zärtlichkeit. Außerdem war er ein äußerst patenter Mann. Und die wenigen Menschen, die von seiner sehr besonderen Fähigkeit Kenntnis hatten, wussten sie angemessen zu würdigen.

Wie die Haie oder die Alligatoren, von denen die Upper Keys heimgesucht wurden, war auch Kilgore ein perfekt an seine Aufgabe und seine Umgebung angepasstes Wesen.

Er richtete den Blick auf das kleinere Nachbarhaus, das ungefähr dreißig Meter von dem anderen entfernt lag. Hinter einem Fenster brannte Licht. Davor stand ein SUV.

Nachdem er alles in Augenschein genommen hatte, ging Kilgore zu dem großen Pick-up zurück, setzte sich hinters Steuer und fuhr weg, wie er gekommen war – einsam, unbemerkt, von der Nacht verschluckt. Aber im Gegensatz zu Tom Baldwin war er mit keinem anderen Gedanken beschäftigt als mit dem an die Arbeit, die ihn erwartete.

Kurz nach Mitternacht sah Tucker Devine, wie der große, knochige Typ im langen schwarzen Regenmantel die Rezeption seines Motels betrat. Zwei Stunden zuvor hatte er ihm ein Zimmer vermietet. Tucker war in der Lage, die Kunden des Motels in Rekordzeit einzuschätzen, und er irrte sich nur selten. Natürlich gab es da die Ehebruch begehenden Paare, aber die erkannte er auf den ersten Blick. Meistens kamen sie aus Key West, Key Largo, aus Marathon oder sogar aus Miami hierher, um nicht erkannt zu werden. Es gab abgebrannte Touristen – häufig junge Pärchen, die nachts Lärm machten –, Handelsvertreter, die sich nach einem anstrengenden Arbeitstag volllaufen ließen, Vogelkundler und Amateurfotografen und Leute, die auf die Keys kamen, um sich dem Sportfischen hinzugeben. Aber der große, magere Glatzkopf mit den schwarzen Augen und dem Gesicht, das an eine Messerklinge erinnerte, gehörte zu keiner dieser Kategorien. Der war aus einem völlig anderen Holz geschnitzt. Und Tucker fragte sich, warum so ein Typ in seinem Motel herumlungerte.

Eines stand fest: Er hatte eine spontane Abneigung empfunden, ein instinktives Misstrauen diesem neuen Gast gegenüber, sobald er den Mund aufgemacht hatte.

Der Typ – Tucker schätzte ihn auf ungefähr fünfzig – durchquerte die kleine Rezeption und ließ Sand und feuchte Fußabdrücke auf dem Fußboden zurück. Offenbar war er am Ufer entlanggegangen. Bei Tucker angekommen, streckte er wortlos eine Hand aus.

Tucker zuckte gelassen mit den Schultern und hörte auf, Winston zu streicheln, seinen unfassbar hässlichen Kater mit der eingedrückten Nase, dem hervorlugenden Reißzahn und dem bösen Blick, der in diesem Moment jedoch friedlich schnurrend auf dem Empfangstresen lag. Tucker drehte sich um und machte Anstalten, nach dem Schlüssel zu greifen. Nummer 17.

»Die Klimaanlage in meinem Zimmer funktioniert nicht«, sagte der Mann mit einer Stimme, die weniger Ausdruckskraft hatte als eine Computerstimme. »Können Sie das in Ordnung bringen oder mir ansonsten ein anderes Zimmer geben?«

Seufzend drehte sich Tucker wieder um und legte den Schlüssel auf den Tresen. »In Ordnung. Ich sehe es mir morgen früh an.«

Die Züge des Mannes waren von geradezu verstörender Emotionslosigkeit, während die schwarzen Augen in den tiefen Höhlen förmlich zu brennen schienen. Eine Marmorstatue, deren Augen man durch LEDs ersetzt hatte. Und seine großen Hände mit den erstaunlich langen Fingern streichelten nun Winston, der es offenbar genoss, denn er hatte die Augen halb geschlossen und schnurrte wie ein Zweitaktmotor.

»Nein, jetzt.«

Tucker zog die Brauen hoch. »Verzeihung?«

»Sie kümmern sich jetzt darum.«

Tucker seufzte erneut. Er kannte sich nur zu gut, um zu wissen, dass sein Temperament manchmal mit ihm durchging, aber so war er nun mal, er wurde leicht wütend.

»Hören Sie, Freundchen«, sagte er. »Es ist nach Mitternacht. Die anderen Gäste schlafen. Und deshalb werde ich mich erst morgen darum kümmern. Sie können entweder warten oder sich ein anderes Motel suchen, Sie haben die Wahl.«

Der Mann rührte sich nicht vom Fleck. Ungerührt fuhr er fort, Winston zu streicheln.

Verdammt noch mal, worauf wartet der? Ist der Typ taub oder was?

Allmählich fing diese undurchdringliche Miene an, Tucker Angst einzujagen. Der Typ hatte wirklich etwas Gruseliges an sich. Er betrachtete die Hand, die den Kater streichelte. Sie war von Winstons Rücken zu seinem Hals gewandert, den sie nun umschloss. Tucker sah deutlich, wie der Kater sich versteifte und sich seine Augen vor Überraschung weiteten, als der Mann zudrückte.

»Hey! Was machen Sie da?«

Winston öffnete das Maul, zischte, knurrte, stieß ein entsetzliches Miauen aus, seine Augen quollen hervor, und er verstummte abrupt, als der Mann ihm die Luft abgedrückt hatte. Tucker sah das Entsetzen im Blick des Katers, der sich aus dem tödlichen Griff zu befreien versuchte, und bekam es nun selbst mit der Angst zu tun.

»Schon gut, in Ordnung. Ich gebe Ihnen ein anderes Zimmer«, sagte er. »Aber lassen Sie bitte meinen Kater los.«

9

Tom wird bestohlen

What the hell am I supposed to do?
Lord Huron, *The Night We Met*

»Ihr Geist mobilisiert nun all seine unbewussten Ressourcen«, sagt Dr. Veronica Fox mit monotoner Stimme und wohlberechneter Langsamkeit zu mir.

Darauf folgt ein langes Schweigen. Ich kenne das, ich bin nicht zum ersten Mal hier. Also, auf geht's in die hypnotische Trance.

»… sie erzeugen in Ihnen auf jeder Ebene und bei jedem Atemzug einen Zustand immer tieferer Hypnose, so intensiv, dass Sie in einen angenehmen Zustand tiefer Trance versetzt werden …«

Dr. Fox sitzt zu meiner Linken in einem Ohrensessel in der Nähe eines Fensters, das zur Whitehead Street hinausgeht, auf der genau in diesem Augenblick ein roter Trolley vorbeifährt. Ihre Praxis befindet sich in der Nachbarschaft des hochherrschaftlichen Audubon House und des Key West Museum of Art & History im historischen Zentrum von Key West, das mit den vielen Conch Houses, den adretten »Seemuschelhäusern«, aus weiß getünchtem Holz aus dem 19. und frühen 20. Jahrhundert beeindruckt.

»Ich lade Sie ein, sich zu entspannen, Tom. Lenken Sie die Aufmerksamkeit auf die Art, wie Sie in diesem Sessel sitzen, auf Ihre Hände, die auf den Lehnen liegen, Ihre Füße, die den Boden berühren, auf Ihre Atmung, auf die Art, wie sie sich allmählich verändert...«

»Ja.«

Genauso langsam fährt sie fort: »In dem Augenblick, in dem Sie in diesen veränderten Bewusstseinszustand eintreten, Tom... wenn Sie es beschlossen haben... nicht früher... wie läuft das normalerweise ab?«

»Ich bin von meiner Umgebung abgeschnitten, ganz auf mich selbst konzentriert.«

»Genau... richtig... Sind Sie so weit, Tom?«

»Ich glaube, ja«, sage ich mit geschlossenen Augen.

»Dann können Sie sich jetzt ein bisschen tiefer entspannen... jetzt oder später... ganz nach Belieben.«

Aber hallo, ich bin so entspannt, wie man es nur sein kann, alles ist plötzlich ganz leicht, so luftig und vergeistigt, echt irre.

»Was empfinden Sie jetzt, wenn Sie Ihre Erinnerungen herbeirufen, Tom? Diese schönen Erinnerungen? Sie sehen die Bilder, hören die Klänge. Und diese Bilder und Klänge erlauben Ihnen, sich bewusst zu machen, dass es nicht mehr so schmerzhaft ist wie zuvor... Merken Sie, dass es weniger schmerzhaft ist?«

»Ja, es ist weniger schmerzhaft.«

»Genau... Und auch Ihre Nächte werden nach und nach immer besser, Sie haben weniger Albträume, nicht wahr?«

»Ja, das stimmt.«

In den Sekunden danach überfluten mich die Erinnerungen. Josh, Annabelle und ich, wie wir am Strand von East Hampton Hummerbrötchen essen; die Sommerferien, die wir auf dem Anwesen ihres Vaters an der Actors Colony Road auf der Halbinsel New Haven verbringen; die über dem funkelnden Wasser der Peconic Bay untergehende Sonne und mein Ex-Schwiegervater, der neben mir in einem Weidensessel sitzt, einen Martini Dry mit zwei Oliven in der Hand hält und sagt: »Lehrer, das ist ein ehrenwerter Beruf, Tom. Aber er ist nicht für Leute wie uns gedacht. Du bist ein intelligenter Bursche, das wusste ich vom ersten Moment an. Ich könnte einen Platz im Organigramm meines Unternehmens für dich finden. Einen Posten, der des Mannes meiner Tochter würdig ist. Einen sehr gut bezahlten Posten.« Das war, bevor ich mit dem Trinken angefangen hatte. Wie Donald Trump hat auch Raynard Wailand Milliarden Dollar gescheffelt und besitzt Immobilien, Hotels und Golfplätze auf mehreren Kontinenten.

Ich bin zweifellos seine größte Enttäuschung. Dass seine einzige Tochter, sein Augapfel, eines Tages beschloss, einen Literaturstudenten zu heiraten, der so arm war wie eine Kirchenmaus oder wie eine Figur aus einem Roman von Erskine Caldwell, hat er als Verrat empfunden. Dass ich die angebotene Stelle ablehnte, um weiterhin schreiben zu können, empfand er als Demütigung. Die Wahrheit ist, dass er immer wieder versucht hat, mich aus seinem und dem Leben seiner Tochter zu drängen. Der Tag unserer Scheidung muss ein großer Triumph für ihn gewesen sein.

Eine andere Erinnerung kommt hoch, genau wie bei den vorherigen Sitzungen. Die Weihnachtsferien 2010 im Deer Valley Resort, damals noch von meinem Ex-Schwiegervater bezahlt. Wir waren in einem der luxuriösen Chalets des Ferienkomplexes untergebracht, den er in dem Wintersportgebiet besitzt. Damals, ganz am Anfang, waren Annabelle und ich wahnsinnig ineinander verliebt, und es störte mich nicht übermäßig, dass sie einen Vater hatte, der genug Knete besaß, um uns einen derart noblen Skiurlaub zu ermöglichen. Schließlich konnte sie nichts dafür, dass sie ein Kind reicher Eltern war.

Wir sitzen auf dem Kelim vor dem großen Kamin aus Naturstein, über uns an der Wand hängt ein gewaltiges Relief von Lee Bontecou. Nach einem anstrengenden Tag auf Skiern wärmen wir uns am Feuer, während draußen dicke Schneeflocken vom Himmel fallen. Und da verkündet sie mir, dass sie schwanger ist.

»Ich frage mich, ob Sie jetzt wieder den Unfall vor sich sehen«, sagt Dr. Veronica Fox leise neben mir. »Ob Sie etwas anderes sehen als das, was Sie mir bereits erzählt haben. Und wenn wir diesmal ein bisschen tiefer gehen, Tom? Ein bisschen weiter... Wie der Wassertropfen, der langsam den Stein höhlt. Ganz langsam. Sie können jetzt damit anfangen, Tom... oder später... Das entscheiden Sie ganz allein.«

»Ich verstehe es nicht recht«, sagte Dr. Veronica Fox, als die Sitzung zu Ende war. »Da ist immer diese Blockade. Sobald es um den Unfall geht und wir tiefer in Ihre Erinnerungen einzutauchen versuchen, blockiert Sie etwas. Es ist wie eine Tür, die wieder zugeht. Ich habe noch nie erlebt, dass jemand unter Hypnose derart verschlossen bleibt wie Sie.«

Dr. Veronica Fox war die beeindruckendste Hypnotherapeutin, die man sich vorstellen kann. Nicht allein aufgrund ihrer natürlichen Autorität, sondern auch wegen ihres Äußeren. Bei etwa einhundertzwanzig Kilogramm Körpergewicht war sie eins dreiundachtzig groß und ähnelte dem Plus-Size-Model Velvet d'Amour, dazu hatte sie Augen im schönsten Vergissmeinnichtblau und trug sommers wie winters pastellfarbene Kostüme von Henning in Übergröße, die ihr ausgezeichnet standen. Sie war mir von Freunden aus Miami empfohlen worden, die sie als beste Hypnotiseurin von ganz Florida betrachteten (und glaubt mir, in Miami gibt es dafür eine noch größere Klientel als in New York).

Dr. Fox klatschte in die Hände und sprang auf. Mit ihren Absätzen überragte sie mich um gut fünfzehn Zentimeter, ganz zu schweigen davon, dass sie in der Lage gewesen wäre, mich einfach hochzuheben wie ein Kind.

»Wir sehen uns nächsten Monat, Tom. Wir müssen diese Blockade unbedingt auflösen.«

Ich hatte ihr nichts von der Nachricht auf meinem Rechner erzählt, nichts von den Schritten, die ich in den darauffolgenden Tagen unternommen hatte, nichts von meinen neuen Nachbarn. Wozu auch?

Ich verließ Key West und machte mich auf den Rückweg nach Islamorada. Die Sonne schien, und es war sehr warm. Der Asphalt des Overseas Highway, der die Keys miteinander verbindet und auch »der Highway über den Ozean« genannt wird, zitterte im Dunst der Hitze, die

Karosserien der Autos glitzerten, und der Ozean selbst funkelte wie ein Fluss aus Diamanten unter einem kristallblauen, von Meeresvögeln bevölkerten Himmel.

Als ich eine Stunde und fünfzig Minuten später vor meinem Haus ankam, hatte sich das Wetter allerdings wieder geändert. Der Himmel war dunkel, der Wind hatte aufgefrischt, und Donnergrollen war zu hören. Ich stieg die Stufen zur Veranda hinauf und sah, dass die Haustür sperrangelweit offen stand und im Wind schlug wie die Tür eines Saloons im Wilden Westen. Ich spannte mich sofort an. Einbrüche kommen auf den Keys häufig vor, aber meistens sind Zweitwohnsitze betroffen, weil die Einbrecher dort seltener gestört werden. Hatte ich beim Verlassen des Hauses vergessen, die Tür zu verriegeln? Absurd. Ich litt unter dem Drang, immer wieder zu kontrollieren, ob ich die Haustür auch richtig abgeschlossen habe... obwohl ich diesen Drang inzwischen so gut unter Kontrolle hatte, dass ich es nur noch ein- oder zweimal tun musste.

Ich betrat das Haus und sah sofort, dass meine erste Annahme zutraf: ein Einbruch.

Im Wohnzimmer herrschte das reinste Durcheinander, die Schubladen waren ausgekippt, alle Bücher lagen auf dem Boden. Keine Ahnung, was die Einbrecher zu finden gehofft hatten, aber sie waren vermutlich nicht auf ihre Kosten gekommen: Bei mir war kaum etwas zu holen. Ich sammelte weder Schmuck noch Uhren, und mein Geld verwahrte ich auf gut geschützten Konten, in Lebensversicherungen und Sparplänen.

Auf den ersten Blick schien im Wohnzimmer nichts zu fehlen. Ich ging in mein Büro, und dort sah ich, dass die

Einbrecher trotzdem nicht mit leeren Händen gegangen waren. Sie hatten meinen Computer und die externe Festplatte mitgenommen.

Ein Motorengeräusch. Ich blickte auf, ging zur Tür. Es war Kay, die in ihrem SUV zurückkam. Als sie ausstieg, voll beladen mit Einkaufstüten von Publix, erkannte sie an meiner finsteren Miene offenbar, dass etwas nicht in Ordnung war, denn sie fragte: »Was machst du nur für ein Gesicht, Tom? Was ist los?«

»Bei mir ist eingebrochen worden.«

Überrascht stellte sie die Tüten vor sich auf den Boden.

»Oh! Und wurde etwas gestohlen?«

»Mein Rechner und die externe Festplatte.«

»Das ist alles?«

»Ich glaube schon.«

Ich ging wieder ins Haus, und sie folgte mir.

»Wow!«, rief sie, als sie sah, in welchem Zustand das Wohnzimmer war. Es sah aus, als wäre ein Tornado darüber hinweggefegt.

»Viel mehr gab es auch nicht zu stehlen«, sagte ich und ging wieder in mein Büro, um die Überprüfung fortzusetzen.

Kay folgte mir dorthin. Während sie mir zuschaute, inspizierte ich das Zimmer. Zum Glück hatten die Einbrecher weder meine seltene Ausgabe von Faulkners *Snopes*-Trilogie noch den Briefwechsel zwischen Truman Capote und Cecil Beaton, William Goyen und Gloria Vanderbilt mitgenommen, zwei Werke, die sie zu einem guten Preis hätten verkaufen können und an denen mein Herz besonders hing.

Allerdings wurde ich jetzt ziemlich nervös, denn es fehlte noch etwas anderes. In wachsender Panik durchsuchte ich immer wieder dieselben Schubladen, um mich ein weiteres Mal zu vergewissern, obwohl ich doch wusste, dass ich sie längst überprüft hatte. Kein Zweifel. Außer dem Rechner und der Festplatte hatten sie auch den Ausdruck meines neuen Romans mitgenommen.

Der Unfall.

Für eine Sekunde schloss ich die Augen und verfluchte mich innerlich selbst. Ich Idiot! Als wüsste ich nicht, was eine Cloud oder ein Back-up ist. Ich hätte die Datei auch per Mail an mich selbst schicken können, um sie zu sichern.

Aber ich hatte es nicht getan ... Oder, anders gesagt: Ich besaß keine Kopie des besten Textes, den ich je geschrieben hatte. Es war nichts mehr davon übrig, weder in meinem Haus noch sonst wo. Außer vielleicht in den Händen dieser Möchtegern-Meisterdiebe.

10

Befragungen

Somewhere on US 1.

Jimmy Buffett, *Floridays*

Es fühlte sich an, als hätte mir jemand einen Fausthieb in den Magen versetzt.

»Bist du dir sicher, dass es wirklich keine Kopie davon gibt? Vielleicht von einem Teil?«, fragte Kay bestürzt, als ich ihr gesagt hatte, was noch gestohlen worden war.

Sie sah mich aufmerksam an. Ihr Tonfall war der einer Mutter, die mit einem leichtsinnigen Kind spricht, und ich schüttelte verärgert den Kopf.

»Das tut mir aufrichtig leid«, sagte sie.

Danach wagte sie nichts mehr zu sagen. Kurz, aber schrill drang der Ton eines Martinshorns von der Allee herein, und ein Streifenwagen hielt vor den Beeten mit Bougainvilleen. Ich hatte die Dienststelle des Sheriffs von Islamorada angerufen, die derjenigen des Countys Monroe mit Sitz in Key West untergeordnet war. Mit seinen roten und apfelrunden Wangen, seinem Wanst und den schneeweißen Augenbrauen erinnerte der Polizist, der aus dem Wagen stieg, an einen Weihnachtsmann ohne Bart und Kiepe oder auch an Mr Potato Head aus *Toy Story*. Sein Name und sein Dienstgrad standen auf der Brusttasche seines Hemds: Captain John Marie Gustave Lafleur, ein Name, der nach Louisiana und nach Bayous roch.

»Ich bin Tom Baldwin«, stellte ich mich vor. »Danke, dass Sie so schnell gekommen sind.«

»Mrs Baldwin«, sagte Lafleur und wollte auch Kay feierlich die Hand reichen, nachdem er meine geschüttelt hatte.

Sie warf mir einen kurzen Blick zu.

»Oh, nein, ich bin Kay Calloway«, stellte sie klar, »ich wohne im Haus nebenan, im Gartenhaus.«

Ich sah, wie der schon von Natur aus hochrote Captain Lafleur noch tiefer errötete, als hätte er einen unverzeihlichen Fehltritt begangen. Eilig begann er, das Türschloss zu untersuchen.

»Sieht nicht so aus, als wäre es aufgebrochen worden«, stellte er fest.

»Dieses Schloss lässt sich wahrscheinlich leicht mit einem Dietrich öffnen«, gab ich zu bedenken. »Möchten Sie eine Tasse Kaffee, Captain?«

»Gern. Mrs Calloway, würden Sie uns bitte begleiten? Vielleicht habe ich noch ein paar Fragen an Sie.«

Erneut bezog ich wie ein professioneller Barista vor meiner Elektra Stellung, der großen italienischen Kaffeemaschine mit einem integrierten Mahlwerk und einer Dampfdüse.

»Mit oder ohne Zucker?«, fragte ich den rotwangigen Polizisten.

»Bitte mit. Obwohl mein Geschmackssinn immer noch weg ist.«

»Wieso denn das?«, fragte ich.

Captain Lafleur verzog das Gesicht. »Vor vier Monaten hatte ich Corona. Bei einer vorläufigen Festnahme hat mich der Befragte angespuckt, und er war positiv. Vor drei Wochen wurde ich aus dem Krankenhaus entlassen, und ich kann immer noch nicht wieder riechen und schmecken. Aber die verlorenen Kilos habe ich alle wieder drauf.«

Ich nickte. Zwei Freunde von mir, einer aus New York, der andere aus Miami, waren gleich zu Beginn der Pandemie gestorben. Trotzdem wünschte ich, Captain Lafleur würde sich auf meine Probleme konzentrieren.

»Was haben die Einbrecher entwendet?«, fragte er und zog die buschigen Brauen hoch, um das Ausmaß seiner Konzentration zu unterstreichen.

Trotz der Hitze trug er ein steifes blaues Hemd, das über seinem Wanst spannte, eine Krawatte, die von einer Klammer aus Messing gehalten wurde, und unter seinen Achseln zeichneten sich große dunkle Halbkreise ab.

»Einen Computer, eine Festplatte, ein Manuskript.«

»Ein *was*?«

»Ich bin Schriftsteller. Ich schreibe Romane. Man hat mir den Text meines nächsten Romans gestohlen.«

Ich sah die Verwirrung in den jetzt schmalen, ohnehin von Natur aus kleinen Augen des Polizisten. Sicher fragte er sich gerade, welchen finanziellen Wert besagtes Manuskript besaß.

»Finden Sie das nicht seltsam?«, fragte er mit erfrischender, allerdings wenig Erfolg versprechender Offenherzigkeit.

»Ja, genau wie Sie«, gestand ich.

Er hatte ein kleines schwarzes Heft herausgeholt wie Inspektor Columbo und machte sich Notizen. Ich bezweifelte, dass er jemals Gebrauch davon machen würde, musste aber dennoch den Schein wahren.

»Wann ist es zu dem Einbruch gekommen?«

»Heute Morgen, als ich in Key West war.«

Beinahe hätte ich erwähnt, dass ich bei meiner Therapeutin gewesen war, hielt mich aber im letzten Augenblick zurück, weil mir klar wurde, dass Kay mir aufmerksam zuhörte. Warum lag mir so viel daran, dass sie von meinen Besuchen bei der Hypnotherapeutin nichts erfuhr?

»Und Sie? Wo waren Sie?«, fragte der Captain nun Kay.

»Ich war unterwegs, ein paar Einkäufe erledigen«, antwortete Kay.

»Waren Sie länger weg?« Diese Frage richtete sich an mich.

»Ungefähr drei Stunden«, sagte ich.

»Und Sie?«, wiederholte der Cop, erneut an Kay gewandt.

»Ähm ... eine knappe halbe Stunde.«

Er nickte.

»Das ist kein großes Zeitfenster, um zu handeln«, sagte Lafleur, die weißen Augenbrauen noch immer hochgezogen. »Die Einbrecher müssen auf der Lauer gelegen haben.«

Da war ich seiner Meinung. Wer bei mir eingebrochen hatte, musste uns überwacht haben – es sei denn, sie hätten zufällig angeklopft und festgestellt, dass niemand zu Hause war.

»Wie lange wohnen Sie schon im Nachbarhaus?«, fragte er Kay.

»Seit ein paar Tagen.«

»Und wo waren Sie vorher?«

»Ich sehe da keinen Zusammenhang«, erwiderte sie verärgert.

Er betrachtete sie von unten herab mit diesem typischen Polizistenblick, der besagt: *Das zu beurteilen, überlassen Sie lieber mir, junge Frau, und beschränken Sie sich darauf, meine Fragen zu beantworten.*

»In Chicago«, antwortete sie schließlich.

Ich sah, wie Captain Lafleur seine buschigen weißen Augenbrauen noch ein bisschen höher zog, falls das überhaupt möglich war.

»Erlauben Sie, dass ich einen Blick hineinwerfe?«, fragte er dann und deutete auf das kleine Haus, das aus dem Küchenfenster zu sehen war.

Ich beobachtete Kay. Sie war nicht Zoë Gwendoline Mackenzie, meine Romanfigur, die den Polizisten Lafleur zweifellos als »auf Bäumen lebenden Nichtsnutz« oder »hirnlosen Australopithecus« bezeichnet oder andere bissige und zugleich blumige Ausdrücke für ihn gefunden hätte. Aber in ihren Augen lag in diesem Moment ein Funkeln, das Zoës würdig gewesen wäre. Ein wütendes, empörtes Strahlen, das sie, ich muss es einfach sagen, noch schöner machte. Ich glaubte, sie würde gleich platzen, aber meine niedergeschlagene Miene schien sie ein wenig zu besänftigen. Sie nickte schweigend. Also überquerten wir im Gänsemarsch die dreißig Meter Rasen, die unsere Häuser voneinander trennten, ehe Kay die Stufen zur Veranda hinaufstieg und die Haustür aufschloss. Dann forderte sie den Captain mit einer Geste zum Eintreten auf.

»Leben Sie allein?«, fragte er, während er sich einmal um sich selbst drehte, um das Wohnzimmer in Augenschein zu nehmen.

»Nein, ich bin verheiratet«, antwortete Kay, und ihre Stimme klang immer feindseliger. »Randy, mein Mann, ist Handelsvertreter. Er ist geschäftlich unterwegs.«

»Gestatten Sie, dass ich mich hier ein wenig umsehe?«, fragte Lafleur daraufhin mit allzu sanfter Stimme.

Kay machte sich so steif, als wäre sie von einem Skorpion gestochen worden. Sie war zweifellos kein Mensch, der sich einschüchtern ließ, nicht einmal von einem Cop in Uniform.

»Dafür brauchen Sie einen Durchsuchungsbefehl«, erklärte sie.

»Heißt das, Sie weigern sich?«

Ich beschloss dazwischenzugehen. »Captain, ich versichere Ihnen, das wird nicht nötig sein. Mrs Calloway hat ganz offensichtlich nichts mit dieser Geschichte zu tun.«

Ich blickte Kay an.

»Diese Verdächtigungen sind lächerlich, und ich finde sie, ehrlich gesagt, sogar beleidigend«, setzte ich meine Ansprache an den Polizisten fort, ohne Kay aus den Augen zu lassen.

Der dicke Mann bedachte mich mit einem Blick, der des bösen Imperators Zurg aus *Toy Story 2* würdig gewesen wäre.

»Ganz, wie Sie wollen«, sagte er, nachdem er zwei oder drei Sekunden hatte verstreichen lassen. »Schließlich wurde bei Ihnen eingebrochen, nicht bei mir.« Er zuckte mit den Schultern. Ich hatte ihn gekränkt.

»Ich glaube, ich bin hier fertig. Wenn es Neuigkeiten gibt, werde ich es Sie wissen lassen.«

Damit kehrte er uns den Rücken, ging zu seinem Wagen und fuhr mit quietschendem Getriebe davon. Der Auspuff spuckte mehrere schwarze Rauchwolken aus, während der Cop mit Vollgas über den Sandweg raste und in der Vegetation verschwand.

»Es tut mir leid«, sagte ich und drehte mich zu Kay.

Nun war sie es, die mit den Schultern zuckte.

»Mach dir keine Gedanken, Tom. Daran bin ich gewöhnt, schließlich habe ich bei der Polizei gearbeitet. Nur dass ich früher diejenige war, die sich so aufgeführt hat. Worauf ich nicht gerade stolz bin. Ich brauche einen Drink«, fügte sie hinzu. »Willst du auch einen?«

Erneut lehnte ich ab.

»Tom, es tut mir wirklich leid«, sagte sie, nachdem sie einen Schluck Scotch genommen hatte. »Dieses Manuskript war vermutlich sehr wichtig für dich.«

Ich senkte den Kopf.

»Ja, ziemlich. Aber es ist kein Weltuntergang.«

Nein, das war es tatsächlich nicht. Den Weltuntergang hatte ich bereits erlebt.

»Passiert so etwas häufiger hier in der Gegend?«, fragte sie, nachdem sie noch einen Schluck genommen hatte.

»Wahrscheinlich nicht öfter als anderswo auch. Und bestimmt seltener als in Chicago.«

Sie nickte.

»Du glaubst nicht, was man in Chicago alles erlebt«, sagte sie und zuckte wieder mit den Schultern. »Na ja, vielleicht lag es auch daran, dass ich zu sensibel bin. Ich glaube, ich bin nicht wirklich für diesen Beruf gemacht«, fügte sie hinzu und setzte erneut das Glas an die Lippen.

»Und was willst du in Zukunft tun? Hast du eine Idee?«

Sie bedachte mich mit einem unerwarteten Lächeln.

»Was hältst du von einem Souvenirladen mit dem Namen ›Kay auf den Keys‹?«

»Würde ordentlich was hermachen«, sagte ich und erwiderte ihr Lächeln.

»Es gäbe darin Verkaufsstänader mit Postkarten, Schwertfische aus Plastik an den Wänden, Wanderkarten, Taucherbrillen und Schnorchel, Sonnenschirme, Schwimmringe und Badeanzüge – und selbstverständlich ein Regal mit Büchern, in dem die Werke von Mark Miller ganz vorn stehen.«

»Das wäre natürlich super«, sagte ich.

Wir lachten.

Und ich erkannte, dass Kay mir gefiel, dass sie mir ein bisschen zu gut gefiel für eine verheiratete Frau, die nur einen Katzensprung von mir entfernt wohnte.

Was spielst du da für ein Spiel, Tom Baldwin? Hör sofort damit auf.

Erneut Motorenlärm auf dem Sandweg. Kays Gesichtsausdruck veränderte sich komplett, ihre gute Laune war wie weggeblasen.

Mit besorgter Miene schaute sie auf die Uhr.

»Verdammt, das ist Randy! Ich glaube, du solltest jetzt besser gehen, Tom.«

Den letzten Satz sagte sie in lockerem Ton, doch unter dem aufgesetzten Gleichmut ahnte ich etwas Finsteres, ohne sagen zu können, was es war.

»Ich glaube, dafür ist es ein bisschen zu spät«, sagte ich, denn aus dem Wohnzimmerfenster sah ich bereits, wie Randy den Motor abstellte und mich durch die Windschutzscheibe des Kastenwagens beobachtete, in der sich große schwarze Wolken spiegelten.

Über dem Meer ertönte ein Donnerschlag. Randy stieg aus. Er ließ mich nicht aus den Augen. Und ich muss sagen, dass ich selten einem derart grimmigen Blick, einem solch feindseligen Gesichtsausdruck begegnet war. Instinktiv spannte ich mich an, als ich seine Stiefelabsätze über den Boden der Veranda hämmern hörte. Dann öffnete sich die Haustür, und ich stand auf, wobei ich versuchte, mir nichts anmerken zu lassen. Aber auf das, was dann folgte, war ich absolut nicht vorbereitet.

»Verdammt noch mal, was hast du in meinem Haus zu suchen?«, fauchte er mich in einem unglaublich giftigen Ton an.

Angesichts dieser atemberaubenden Aggressivität fühlte ich mich, als hätte er mich geschlagen, und ich erstarrte vor Wut und Fassungslosigkeit.

»Was hast du da gerade gesagt?«, stieß ich aufgebracht hervor.

Ich weiß nicht, ob ihm in diesem Augenblick bewusst wurde, dass er zu weit gegangen war, dass er nicht auf diese Art mit dem Mann sprechen konnte, der ihnen sein Haus vermietet hatte, denn bevor ich weiter protestieren konnte, erhellte ein breites Lächeln Randys Gesicht, das seinen braunen Schnurrbart hochzog und den makellosen Schmelz seiner weißen Zähne entblößte.

»Hab dich nur verarscht, Kumpel!«, rief er. »Tut mir

leid, wenn ich dir Angst eingejagt habe. Scheiße, Alter, wenn du dein Gesicht sehen könntest! Du siehst aus, als wärst du einem Gespenst begegnet. Ich bitte vielmals um Entschuldigung, wirklich. Tut mir leid, das war nicht lustig.«

Er lachte. Ein übertriebenes Lachen, das unecht klang. Ich war völlig aus dem Konzept, wusste nicht, wie ich mich verhalten sollte.

»Randy«, meldete sich nun Kay zu Wort, »bei Tom ist eingebrochen worden.«

Er betrachtete mich wie einen Schwerverletzten. »Was?! Nein! Ohne Scheiß? Wann ist das passiert?«

»Gerade eben«, sagte Kay, »der Sheriff ist gerade erst weg. Er wollte unser Haus durchsuchen. Tom hat es nicht zugelassen.«

Ich begriff, dass sie auf diese Art meine Anwesenheit in ihren vier Wänden zu rechtfertigen versuchte.

»Verdammt«, sagte Randy, »hoffentlich haben sie nichts Wichtiges gestohlen.«

Ich antwortete nicht, warf Kay aber einen verschwörerischen Blick zu. Ein Fehler. Randy ertappte mich dabei und verzog sofort das Gesicht. Sein Lächeln, das plötzlich zu einem galligen, verzerrten Grinsen erstarrt war, wirkte jetzt bedrohlich.

»Ich gehe dann mal wieder«, sagte ich. »Ich muss nachsehen, ob sie noch etwas anderes mitgenommen haben.«

Und damit ließ ich die beiden allein. Oder besser gesagt: Ich floh vor ihnen. Und drängender denn je stellte sich mir die Frage, an was für Menschen ich mein Haus vermietet hatte.

11

Ausflug aufs Meer

> People say I've got a drinkin' problem.
> Midland, *Drinkin' Problem*

Zum Stand-up-Paddeln war das Wetter zu schlecht, deshalb entschied ich mich fürs Kajak. Ich musste den Kopf frei kriegen, die negativen Gedanken vertreiben, die mich quälten. Auf dem Rückweg überraschte mich der Regen, ein warmer, dichter Schauer wie eine Dusche, und ich paddelte energisch durch die Wellentäler und -berge bis zum Strand. Der Regen, der auf meinen Neoprenanzug prasselte, klebte mir die Haare an die Stirn, als ich das Kajak auf den nassen Sand zog. Das Licht nahm rasch ab, der Ozean toste.

Plötzlich hörte ich Schreie aus Kays Haus dringen und erstarrte. Ich war diesmal dem Gartenhaus näher als beim letzten Mal, und als ich den Kopf hob, konnte ich die Gesichter der beiden deutlich hinter der Fensterscheibe erkennen. Ich hatte mich ihnen so weit genähert, dass ich die beunruhigende Spannung zwischen ihnen erkannte. Ein Schaudern überlief mich, denn sie stritten sich erneut.

Etwas an dieser Flut von Schreien, Beschuldigungen und Aufforderungen, an dieser nahezu identischen Wiederholung der ersten abscheulichen Szene, ließ mir das Blut in den Adern gefrieren. Ich wusste, wie es zu solchen Auseinandersetzungen kam. Ähnliches hatte ich gegen Ende meiner Ehe mit Annabelle erlebt, als ich genau wie Randy, wie man so schön sagt, häufig einen über den Durst trank. Allerdings hatte ich nie die Hand gegen meine Ex-Frau erhoben. Und auch gegen keine andere Frau. Hatte es nie auch nur im Entferntesten in Erwägung gezogen. Ich fragte mich, ob das auch bei Randy der Fall war. Ob er Kay geschlagen hatte. Wie würde ich reagieren, wenn ich eines Tages mitbekäme, dass er sich an ihr vergriff?

Als hätte ein launischer Gott meine Gedanken gelesen und beschlossen, mich auf die Probe zu stellen, sah ich Randy in der Küche auf Kay zugehen. Sie wich zurück, bis sie mit dem Rücken an der Wand stand.

Um Himmels willen!

Er hob die rechte Hand und stützte sie dicht neben Kays Kopf an die Wand, beugte sich über sie, sodass er mit Stirn und Nase ihr Gesicht berührte, eine eindeutig bedrohliche Haltung. Mit zusammengebissenen Zähnen, die Augen dunkel, liebkoste er dann sehr zärtlich Kays Wange, spielte mit ihrem Haar, während er leise ein paar Worte murmelte, deren verletzenden Inhalt ich nur erahnen konnte, und Kay wirkte wie gelähmt, schien zu keiner Bewegung und keiner Reaktion mehr fähig.

Ich bebte vor Wut. Ich spürte, wie übermächtiger Zorn in mir hochkochte. Ich ließ das Kajak los und lief schnell auf das Haus zu, denn die Szene wurde dadurch noch unerträglicher, dass sie sich neben meinem Zuhause abspielte, in meinem Eigentum.

Doch auf den letzten Metern verschwand Randy plötzlich aus meinem Blickfeld, vielleicht auch aus dem Zimmer, und Kay schaute aus dem Fenster und entdeckte mich. Sie erkannte meine Wut und Entschlossenheit und signalisierte mir vermutlich aus diesem Grund mit flehendem Blick, dass ich auf keinen Fall einschreiten sollte. Sie legte sich einen Zeigefinger auf die hübschen Lippen.

Von widerstreitenden Gefühlen geplagt, blieb ich stehen. Ich wollte mich einmischen, aber gleichzeitig auch Kays Wunsch respektieren, also entschied ich mich schließlich für Letzteres und machte mich auf den Weg zu meinem Haus.

Ich war wütend, aber auch sehr beunruhigt. Wie sollte ich mich in dieser Situation verhalten? Und wie weit würde das mit den beiden noch gehen?

Dann fiel mir die anonyme E-Mail wieder ein. Würde ich weitere bekommen? Wusste der Absender etwas über Josh, das ich nicht wusste? Und dann war da noch der Einbruch. Die Ereignisse folgten dicht aufeinander, überstürzten sich förmlich ... und ich fühlte mich überwältigt, wurde einfach mitgerissen. Nur eines wusste ich sicher: Es war noch lange nicht vorbei.

12

Tom wird in die Schranken gewiesen

> Your brown skin shining in the sun.
>
> Don Henley, *The Boys of Summer*

Als ich am nächsten Morgen wach wurde, ging mir etwas völlig anderes durch den Kopf. Mir war wieder eingefallen, dass ich Chris an dem Abend, an dem ich ihm von meinem Roman *Der Unfall* erzählt und verkündet hatte, ihn unter meinem richtigen Namen veröffentlichen zu wollen, den Text auch per E-Mail geschickt hatte.

Wie hatte ich das nur vergessen können?

Vielleicht, weil in der Zwischenzeit so viel passiert war und meine Aufmerksamkeit in Anspruch genommen hatte, sodass ich die Mail rein mechanisch abgeschickt hatte, ohne dem Vorgang wirklich Beachtung zu schenken. Und gleich darauf hatte ich mich wieder anderen Dingen zugewandt.

Da mein Rechner verschwunden war, griff ich nach meinem Handy, das auf dem Nachttisch lag. Als wollte es mich ärgern, hatte sich das Gerät über Nacht entladen. Kein Akku mehr!

Ich sprang aus dem Bett und rannte in mein Arbeitszimmer, ohne auch nur die Kaffeemaschine eingeschaltet zu haben. Das Wetter war prächtig, warme Sonnenstrahlen fielen zum Fenster herein und ließen die Staubkörnchen in der Luft tanzen, denn mein Büro und die Küche sind nach Osten ausgerichtet. Mit verkrampftem Magen suchte ich in einer Schublade nach dem Ladegerät, schloss es an und wartete einige Minuten, ehe ich das gute alte Galaxy S7 einschaltete. Auf dem Display wurde mir angezeigt, dass der Akku zu vier Prozent geladen war, und ich wurde aufgefordert, die SIM-Karte per Code zu entsperren (was mich für einen Moment an unsere erschreckende technologische Verwundbarkeit denken ließ).

Als das Handy endlich so weit war, öffnete ich mit zitternder Hand meine Mailbox, rief die letzten gesendeten Nachrichten auf und stellte entsetzt fest, dass ich keine Mail mit dem Manuskript verschickt hatte.

Ich verstand die Welt nicht mehr. Ich war mir sicher, Chris neulich gleich nach dem Aufstehen die elektronische Version geschickt zu haben. Die Erinnerung ist wie ein unehrlicher Mitarbeiter. Es ist bewiesen, dass ein Teil unserer ältesten Erinnerungen Fiktion ist, eine Geschichte, die im Lauf der Jahre ohne unser Wissen umgeschrieben wurde. Aber hier handelte es sich um ein Ereignis aus jüngster Zeit!

Dann nahm mein Gedächtnis seine Arbeit wieder auf, und ich begriff, dass ich ihm einen Ausdruck auf Papier und keine Datei anvertraut hatte. *Grundgütiger, ja! Jetzt fällt es mir wieder ein!* Mit pochendem Herzen griff ich erneut nach dem Handy, diesmal, um Chris anzurufen.

»Ja...«, bestätigte er mir mit schläfriger Stimme. Wahrscheinlich hatte er in der Nacht zuvor gefeiert – bei den

Olympischen Spielen der koksenden Lebemänner hätte Chris zweifellos eine Medaille gewonnen. »Es liegt in meinem Arbeitszimmer ... Ich muss zugeben, dass ich noch keine Zeit gefunden habe, einen Blick hineinzuwerfen ... Sag nicht, du hast vor, weiter daran zu arbeiten ...«

»Nein, nein!«, jauchzte ich. »Ich möchte nur, dass du es Martha gibst, damit sie den Text einmal einscannt und mir schickt.« Martha war Chris' Assistentin, vom Alter her hätte sie seine Mutter sein können, und sie behandelte ihn wie ein hyperaktives Kind.

»Den ganzen Text?« Inzwischen war er vermutlich hellwach. »Du meinst alle tausend Seiten? Im Ernst? Aber warum?«

»Bei mir wurde eingebrochen, Chris. Und ich weiß nicht, warum, aber sie haben meinen Rechner und mein Exemplar des Manuskripts entwendet.«

»Einbrecher, die Literatur lieben«, scherzte er. »Findest du das nicht seltsam? Vielleicht ist es ein Streich deines Verlags, dem es lieber wäre, wenn du dich um Zoë Mackenzie kümmern würdest«, fügte er hinzu, und ich hörte seiner Stimme an, dass er lächelte. »Keine Sorge, ich bitte Martha, sich darum zu kümmern und dir das Manuskript so schnell wie möglich zuzuschicken. Aber es wird ein bisschen dauern.«

»Macht nichts«, antwortete ich fröhlich, denn ich war so erleichtert, dass ich fast ekstatisch war; es fehlte nicht viel, und ich hätte angefangen, zu twerken oder Charleston zu tanzen. »Sag ihr nur, dass es wichtig ist, okay?«

Ich legte auf.

Findest du das nicht seltsam?, hatte Chris gefragt. Ja,

es war seltsam. Sehr sogar. Sie hatten nichts anderes mitgenommen als mein Manuskript, den Rechner und die Festplatte. *Als wollte jemand mich an der Veröffentlichung dieses Romans hindern.* Aber egal, dachte ich, denn bald würde ich ein neues Exemplar des Textes und auch einen neuen Rechner haben. Dann dachte ich erneut an die Szene, deren Zeuge ich am Vorabend geworden war, und meine gute Laune bekam einen Dämpfer. Ich musste eine offene Aussprache mit Kay und Randy herbeiführen. Das würde, angesichts dessen, was ich über die unterschiedlichen Charaktere der beiden bislang wusste, nicht einfach werden. Doch während ich noch darüber nachdachte, wie ich die Sache am besten anpacken sollte, sah ich, wie Randy in seinen Ford Transit stieg und davonfuhr.

Ich zog Shorts, T-Shirt und Sandalen an, bereitete zwei Tassen Kaffee zu – einen Latte für Kay, einen Espresso für mich – und ging die sonnenbeschienenen dreißig Meter zum Gästehaus rüber. Es war bereits sehr heiß. Bevor ich die Stufen zur Veranda hinaufgestiegen war, öffnete Kay schon die Tür.

»Guten Tag, Tom. Ist der Kaffee für mich?«

Sie deutete auf die Tassen, aber ich bemerkte, dass ihr Lächeln auf das absolute Minimum dessen reduziert war, was die Höflichkeit erforderte.

»Ja, frisch gemahlen. Darf ich reinkommen?«

»Würde es dir etwas ausmachen, wenn wir ihn hier draußen trinken?«, fragte sie und deutete auf die Holzbank, die zur Meerseite zeigte. Ich spürte, wie sich mein Magen verkrampfte.

»Natürlich nicht.«

»Er ist genauso gut wie neulich«, sagte sie, nachdem sie Platz genommen, mit beiden Händen die Tasse umfasst und ihre Lippen mit Kaffee benetzt hatte.

»Kay, wir müssen darüber reden, was gestern Abend passiert ist.«

Aus schmalen Augen schaute sie auf den Ozean hinaus, der in der Sonne glitzerte. Möwen und andere Meeresvögel flogen kreischend umher, ihre Schatten glitten über den beinahe zuckerweißen Sand. Eine sehr leichte Brise, die die bereits stickige Luft nicht erfrischte, liebkoste die Palmen, und der Rasen glänzte in dem grellen Licht wie ein Kunstrasen. Es war, als leuchtete jemand die Szene mit starken Scheinwerfern aus. Kay nickte, ohne mich anzuschauen, den Blick auf den Horizont gerichtet.

Sie trug ein hauchdünnes weißes Tanktop, das ihre gebräunten Schultern freigab, und dazu braune, ziemlich kurze Shorts aus fließendem Stoff. Ihre kastanienbraunen Haare waren von der Sonne gebleicht und von der Meeresluft gelockt, was ihnen ein leicht zerzaustes, wildes Aussehen verlieh. Das gefiel mir sehr. Sie war geradezu beunruhigend attraktiv.

»Kay«, setzte ich an. Meine Kehle war wie zugeschnürt. »Ich möchte wissen, ob ... ob das, was ich gestern Abend gesehen habe, häufig vorkommt.«

»Das geht dich nichts an, Tom«, antwortete sie mit leiser, aber fester Stimme, ohne den Blick vom Horizont zu lösen.

»Doch, das tut es«, widersprach ich. »Ich muss wissen, ob ... ob ich mein Haus an ein Paar vermietet habe, bei dem der Mann ... gewalttätig ist.«

So, nun war es heraus.

Sie erstarrte wie vom Blitz getroffen, als sie es hörte, und richtete ihre großen grünen Augen auf mich. Sie wirkten durchdringender und strahlender denn je. Und ich las eine derartige Enttäuschung und solch große Wut in ihnen, dass ich den Kopf senkte.

»Du willst wissen, ob Randy mich schon mal geschlagen hat, ist es das? Die Antwort lautet Nein, klipp und klar.«

Doch ihr Tonfall überzeugte mich nicht.

»Was ich gestern Abend gesehen habe, ist inakzeptabel«, beharrte ich. »So etwas will ich in meinem Haus nicht haben.«

»Es wird nicht wieder vorkommen«, versetzte sie in schroffem Ton.

Nun war sie es, die mich forschend ansah. Vermutlich fragte sie sich, ob es der Hauseigentümer war, der aus mir sprach ... oder jemand anders.

»Ich möchte, dass du jetzt gehst, Tom«, sagte sie, »und dass du dich hier nicht mehr blicken lässt, es sei denn, es gibt einen triftigen Grund dafür.«

Sie reichte mir die leere Tasse. Ich spürte die Röte in meinem Gesicht.

»Selbstverständlich«, sagte ich und stand auf, verlegen, aber auch seltsam traurig und bedrückt.

Innerhalb einer Sekunde schien sich jede Fröhlichkeit verflüchtigt zu haben, und ich hatte das verzweifelte Bedürfnis, noch etwas zu sagen, damit die winzige Hoffnung auf eine zukünftige Versöhnung bestand.

»Wenn du irgendetwas brauchst, egal was – meine Tür steht dir immer offen, Kay«, sagte ich.

Sie reagierte überhaupt nicht, sondern starrte weiterhin auf den Ozean hinaus, als wäre ich nicht da. Ich ging und war ziemlich verletzt und traurig.

13

Duval Street

There must be lights burning brighter somewhere.

Elvis Presley, *If I Can Dream*

Ich fuhr nach Key Largo, um mir einen neuen Computer zu kaufen, und kontrollierte mehrmals meine Mails, obwohl ich wusste, dass Martha mehr als einen Tag brauchen würde, um tausend Seiten anspruchsvoller Literatur in gehobener Sprache einzuscannen. (Das ultimative Beispiel für eine solche Literatur ist meiner Meinung nach neben James Joyce Nabokovs *Lolita,* bei deren Lektüre ich als Sechzehnjähriger ständig zum Wörterbuch greifen musste. Ich meine mich zu erinnern, dass solch wundervolle und damals für mich rätselhafte Ausdrücke wie *Solözismus, evasiv, changierend, karmesinrot, trochäisch* ... darin vorkamen.)

Ich weiß sehr wohl, dass Truman Capote die Eleganz der Schlichtheit propagiert hat. Aber wozu gibt es dann all die geistreich-kultivierten Wörter, wenn man sie nicht benutzt? Lasst mir also meinen Spaß. Für Alltagssprache ist Zoë Gwendoline Mackenzie zuständig. Im Übrigen ließ ich es mir nicht nehmen, ihr mit Genuss die ordinärsten

Wörter in den Mund zu legen. In einem Band wird sie von einem verliebten schottischen Lord in dem von Robert II. von Schottland erbauten Familienschloss zwischen den Flüssen Dee und Don gefangen gehalten. Der Lord will sie nur freilassen, wenn sie in die Ehe mit ihm einwilligt, aber sie spaltet ihrem Verehrer mit einem Kronleuchter aus der Zeit der Tudors fast den Schädel. Kurz vor der Flucht in ihrem Rolls Phantom VI sagt sie zu ihm: »Schieb dir den Heiratsantrag in deinen hübschen kleinen Englischer-Lord- oder Schottischer-Laird-Arsch, du verdammter Haggisfresser.«

Den Rest des Tages war ich wegen des morgendlichen Gesprächs mit Kay ganz niedergeschlagen. Am Abend verließ ich das Haus, um im Halbdunkel im Meer hinauszuschwimmen. Es war noch recht warm, sodass die Luft die Sanftheit einer Liebkosung hatte. Ich legte ungefähr zwei Kilometer zurück, ehe ich zum Anleger zurückschwamm. Mit nackten Füßen ging ich über die noch warmen Holzbretter und über den Sand und trocknete mich im Gehen ab. Als ich über den Rasen schritt, wagte ich es nicht, zu Kays erleuchtetem Haus zu blicken. Ich registrierte lediglich, dass Randy nicht zurückgekommen war, denn der Kastenwagen war nicht zu sehen.

Um zehn Uhr abends klopfte es an der Tür. Ich hatte gerade die Textverarbeitung und die anderen Programme auf dem neuen Rechner installiert und gönnte mir ein Glas kühles Mountain Dew, denn der Deckenventilator und die offenen Fenster hatten die drückende Hitze, die das Haus im Lauf des Tages gespeichert hatte, noch nicht vertrieben.

Kein Gewitter an diesem Abend. Der Ozean begnügte sich mit einem leisen, friedlichen Murmeln.

Ich stand auf, denn ich dachte, es sei Tucker, der mir eine Spritzfahrt nach Key West oder Marathon vorschlagen wollte. Aus dem Arbeitszimmer kommend, ging ich zur Haustür, warf einen Blick auf die Fliegengittertür und erstarrte. Es war Kays Silhouette.

Als ich die Tür öffnete, war ihr Gesicht nur ein vager Umriss im Schatten, aber ich ahnte, dass sie lächelte. In ihren Augen, die heller strahlten denn je, lag ein merkwürdiges, lebendiges Leuchten, das in diesem Moment etwas sehr Intensives und zugleich Undefinierbares ausdrückte.

»Guten Abend«, sagte sie, immer noch lächelnd. »Du hast doch gesagt, dass deine Tür immer offensteht, oder?«

Ich zögerte. In ihrer sanften, heiseren Stimme und dem leicht provokanten Lächeln lag etwas, das dem Ausdruck ihrer Augen entsprach. Eine Aufforderung. Und ich erschauerte. Ich schaltete die Außenbeleuchtung ein, und als das Licht auf ihr Gesicht fiel, sah ich, dass sie sich geschminkt hatte. Auf den vollen Lippen trug sie das gleiche dunkle Karmesinrot wie an dem Tag, an dem ich sie zum ersten Mal gesehen hatte. Okay, es war nur ein leichtes Make-up – etwas Eyeliner und Mascara –, aber es reichte, um ihrer Schönheit ein zusätzliches Strahlen zu verleihen... ein Strahlen, das mir ein mulmiges Gefühl verursachte.

»Ja«, sagte ich und war mir der Tatsache bewusst, dass meine Stimme etwas seltsam Zögerliches an sich hatte, »stimmt, das habe ich gesagt, aber...«

»Okay, dann hol die Schlüssel, komm raus und schließ

ab, Tom, denn wir beide werden jetzt einen kleinen Ausflug machen.«

Ob sich die Dinge anders entwickelt hätten, wenn ich mich an jenem Abend geweigert hätte mitzugehen? Diese Frage stellen sich die Figuren in Büchern und Filmen immer. Ja, wahrscheinlich. Ich glaube nicht, dass sich die dramatischen Ereignisse, die folgen sollten, ohne jene Nacht genauso abgespielt hätten. Allerdings bin ich mir sicher, dass es in jedem Fall zu einem Drama gekommen wäre. Das stand von dem Tag an fest, an dem Kay und Randy bei mir aufgetaucht waren. Oder vielleicht von dem Moment an, in dem ich die anonyme Nachricht erhalten hatte.

Ich machte den Mund auf, um abzulehnen, das weiß ich noch. *Nein, Tom Baldwin, tu auf keinen Fall, was sie sagt, sonst sitzt du definitiv in der Scheiße,* flüsterte meine stets vernünftige innere Stimme, aber ich schenkte ihr keine Beachtung. Stattdessen ging ich in mein Zimmer, um das T-Shirt gegen ein Hemd zu tauschen, ehe ich mit Kay das Haus verließ.

»Wo fahren wir hin?«, fragte ich, während wir unter einem Himmelszelt voll funkelnder Sterne zu Kays kleinem SUV gingen, der im Schatten des Gästehauses geparkt war.

»Du warst es doch, der von der Duval Street und den Bars dort gesprochen hat, oder?«, fragte sie mit dieser immer noch belustigt und leicht belegt klingenden Stimme – hatte sie etwas genommen? –, während sie den SUV entriegelte.

Offenbar hatte sie ihre Worte vom Morgen völlig vergessen. Ich war versucht, sie daran zu erinnern, tat es aber nicht.

Als ich die Beifahrertür öffnete, war es im Auto so heiß wie in einem Backofen. Ein federndes hawaiianisches Püppchen am Armaturenbrett schien nur auf einen Schubs zu warten, um ins Schwingen zu geraten. Den ich ihr beim Einsteigen auch gab. Ich drehte den Kopf, betrachtete Kays Profil im Halbdunkel, während sie die Zündung einschaltete, und atmete ihren zarten Duft ein, der leicht und dennoch verführerisch in der Luft lag... Mein Herz schlug schneller.

Größtenteils schweigend fuhren wir nach Key West. Ich wusste nicht recht, wie ich den Gesprächsfaden wiederaufnehmen sollte, und Kay schien ihrerseits kein Redebedürfnis zu haben, obwohl sie mir hin und wieder lächelnd einen Seitenblick zuwarf, als ginge ihr etwas Amüsantes durch den Kopf.

Wenn man von Islamorada aus nach Süden fährt, wird der feste Erdboden rechts und links der Autobahn immer knapper, und die Brücken über den Ozean hinweg werden länger und höher. Die spektakulärste ist natürlich die Seven Mile Bridge. Auf dieser Brücke rasten wir an jenem Abend über mehr als zehn Kilometer glitzerndes Meer hinweg.

»Wow!«, rief Kay, »Wahnsinn!«

Auf dieselbe Art fuhren wir durch Big Pine Key, Summerland, Cudjoe, Sugarloaf, Saddlebunch, Boca Chica Key, Stock Island, bis wir kurz vor Mitternacht am Ende der

Autobahn schließlich in den chaotischen Samstagabendverkehr von Key West eintauchten, das näher an Havanna als an Miami liegt.

»Bereit für die *fiesta*?«, fragte Kay, eindeutig in Feierlaune.

Duval Street. Neonlichter, Lärm und Menschenmengen. Ich fühlte mich etwas niedergeschlagen, irgendwie abgehängt, denn solche Orte war ich nicht mehr gewohnt. Mir graust es auch davor, mir die Nacht in Bars um die Ohren zu schlagen. Stellt euch einen hungrigen Tiger in einer Fleischerei vor, dann wisst ihr, was ich meine.

Ich war geblendet, ein bisschen verwirrt, und als Kay nach meinem Arm griff und sagte: »Tom, heute Abend wird gefeiert, wir machen einfach einen drauf, okay?«, ließ ich mich von ihr führen, ohne mir weitere Gedanken zu machen.

Ich habe noch gar nicht erwähnt, dass sie in jener Nacht eine korallenrote Baumwollbluse mit Stickereien am Dekolleté anhatte, dazu Jeansshorts mit aufgekrempeltem Saum und eindrucksvolle lederne Cowboystiefel mit Leopardenmuster. Ich dagegen hatte mich für eine schlichte *guayabera,* das traditionelle kubanische Hemd, entschieden, weit geschnitten und aus weißem Leinen. Es ist sehr praktisch, um sowohl mit der Hitze als auch mit der schwülen Luft zurechtzukommen.

Die erste Bar, die wir betraten – ich hatte beschlossen, das *Sloppy Joe's,* in der meistens jede Menge Touristen Hemingways Fotografien bewundern wollen, um jeden Preis zu meiden –, befand sich im Erdgeschoss eines karibischen

Hauses unter dem typischen großen, auf Pfeilern ruhenden und mit einer Balustrade versehenen Balkon. Kay bestellte eine Bloody Mary. Ich orderte einen alkoholfreien Cocktail.

»Ist das deine Art zu feiern?«, fragte sie mich stirnrunzelnd.

»Ich trinke keinen Alkohol, Kay.«

»Und warum nicht?«

Sie wirkte enttäuscht und war offensichtlich entschlossen, mich nicht einfach so davonkommen zu lassen.

»Ich bin trockener Alkoholiker.«

»Oh, verstehe.«

Dabei beließen wir es vorläufig.

Die Duval Street ist sowohl für Abstinenzler als auch für Anhänger des guten Geschmacks die Hölle auf Erden. Sie bietet Pubs, lärmende Bars, Kitschboutiquen für Touristen und Dragqueen-Kabaretts in Hülle und Fülle – einfach alles, was einen trockenen Alkoholiker rückfällig werden lassen kann. Wenigstens war es August, sodass uns die Schwärme betrunkener Studierender erspart blieben. Stattdessen mussten wir angeheiterte Touristen ertragen, benebelte Hippies, professionelle Schluckspechte, Schwule im Anmachmodus, stinkreiche Angeber und Angelfreunde, die es abends richtig krachen lassen wollten.

»Das Haus ist super«, sagte Kay und setzte ihre blutrote Bloody Mary an die hübschen Lippen. »Islamorada ist super, die Keys sind super. Und du bist es auch, Tom Baldwin. Ich weiß, dass es uns hier gefallen wird, Randy und mir. Sehr sogar.«

»Zögert bitte nicht, euch an mich zu wenden, falls ihr etwas braucht«, sagte ich zurückhaltend.

»Und keine Sorge wegen Randy, Tom«, fuhr sie fort. »Er hat eine große Klappe und ist ziemlich impulsiv, aber er ist nicht bösartig.«

Ich dachte an die Worte, die er mir an den Kopf geworfen hatte, als er mich bei sich zu Hause überraschte, und ich bezweifelte, dass sie recht hatte.

»Du wirst es nicht bereuen, uns als Nachbarn zu haben, versprochen. Ich werde die Nachbarin sein, von der du immer geträumt hast.«

Ich werde die Nachbarin sein, von der du immer geträumt hast... Grundgütiger! Kay! Ist dir eigentlich klar, was du da sagst? Ich sah sie an und las in ihren großen grünen Augen, ihren so fantastisch funkelnden und lachenden Augen, dass sie nicht die geringste Ahnung hatte, was sie in mir auslöste, verdammt.

»Kay, du solltest ein bisschen besser aufpassen«, sagte ich.

»Worauf?«

»Na ja, auf das, was du sagst.«

Sie runzelte die Stirn, dann prustete sie unvermittelt los. Ihre Augen funkelten, als sie mich anstarrte, und mein Magen begann zu rebellieren.

»Oh mein Gott, du hast recht!«, sagte sie lachend. »Eine ehrbare Frau sollte so etwas wirklich nicht sagen, nicht mal eine betrunkene ehrbare Frau.«

Ich zog die Brauen hoch. »Du bist betrunken?«

»Noch nicht, aber ich hoffe sehr, dass ich es vor dem Ende des Abends sein werde«, verkündete sie.

Und mir nichts, dir nichts drückte sie mir ihre Autoschlüssel in die Hand. Die folgende Stunde verlief denkbar angenehm unter Gelächter, Frage-und-Antwort-Spielchen, diversen Cocktails für Kay – die den Alkohol offenbar gut vertrug – und alkoholfreien Getränken für mich. Aber ich brauchte gar keinen Alkohol, all das stieg mir ohnehin zu Kopf: die Atmosphäre, die Musik, der Lärm, unser verrücktes Gelächter und unsere Gespräche, bei denen es sowohl ums Paddeln, Kajakfahren, Tauchen und das Wetter ging als auch um Bücher, Reisen und schließlich um persönlichere Themen. Ich stellte fest, dass ich die Angst vor all dem Gesöff um mich herum inzwischen verloren hatte. Jedenfalls vorläufig.

Wir zogen weiter zu einer anderen Bar, ins *Vinos on Duval*, das ein Sortiment an Weinen aus aller Welt anbietet – argentinischen Malbec, spanische Tempranillos, kalifornischen Cabernet Sauvignon, französische Weine. Wir saßen an einem Tisch auf der Veranda in der milden Sommernacht, beobachteten das lebhafte Treiben auf der Straße, spürten die Spannung, die in der Luft lag, während Kay einen chilenischen Wein kostete, der so schwarz war wie die Sünde. Dann betraten wir einen düsteren, lauten Pub, in dem die Ventilatoren die Luft umwälzten, die so dick war wie Melasse, in dem Stroboskope die Bewegungen der Gäste zu einer rhythmisch leicht verschobenen Choreografie zerhackten und in dem wir die Stimme erheben mussten, um uns in dem vergnügten Tohuwabohu der Gespräche und der Livemusik zu verständigen.

Jetzt kam sie erneut auf mein Trinkverhalten zu sprechen.

»Was hat dich dazu gebracht, endgültig aufzuhören?«,

fragte sie mich plötzlich mit Wangen, die so rot leuchteten wie bei einem weiblichen Bacchus, und mit einem Glanz in den Augen, der zu stark war, um natürlich zu sein.
»Mein Sohn«, sagte ich.
Meine Miene hatte sich verschlossen wie die Gefängnistür hinter einem zum Tode Verurteilten ... und Kay war noch zu nüchtern, um es nicht zu bemerken.
»Wenn du nicht darüber reden willst ...«, sagte sie, plötzlich wieder ernst.
»Geht schon.«
Schweigend wartete sie darauf, dass ich weitersprach. Ich zögerte, doch dann nahm ich all meinen Mut zusammen und erzählte ihr von dem Unfall, von meinem Koma, dem Aufwachen im Krankenhaus, von der schrecklichen Nachricht. Ich hatte die Geschichte seit Jahren niemandem mehr erzählt, und es fühlte sich an, als öffnete mir jemand mit der Kreissäge den Schädel, um meine schlimmsten Erinnerungen hervorzuholen. Ich weiß nicht, warum ich all das einer beinahe Fremden anvertraute – vielleicht wegen der Nachricht, die ich erhalten hatte und die eine Menge finsterer, ungesunder Dinge aus den finstersten und ungesündesten Ecken meines Geistes hervorgeholt hatte. Als ich fertig war, sah ich, dass Kay Tränen in den Augen hatte. Sie wirkte jäh ernüchtert.
Nach kurzem Schweigen sagte sie leise: »Tom, das tut mir schrecklich leid«, und tupfte sich die feuchten Augen mit der Papierserviette ab, die auf dem Tisch lag. »Ich hätte dir diese Frage nicht stellen dürfen. Damit habe ich dir den Abend verdorben. Und ich habe mir so sehr gewünscht, dass du dich amüsierst.«

Dieser letzte Satz berührte mich. Ich erkannte, dass sie absolut aufrichtig war.

»Nein, mir tut es leid«, sagte ich. »Es war weder der richtige Ort noch die richtige Zeit, um dir all das zu erzählen.«

Sie schüttelte den Kopf, ihre Augen waren noch immer gerötet.

»Oh ... nein, nein, es ist eher so, dass deine Geschichte Erinnerungen in mir geweckt hat«, sagte sie. »Ich meine, im Vergleich zu dem, was dir passiert ist, ist es nichts, aber wegen dieser Erinnerungen habe ich den Polizeidienst quittiert.«

Meine Damen und Herren, willkommen zur großen Geständnisparty. In den folgenden Minuten erzählte mir Kay, wie sie zwei Jahre zuvor am Abend des Nationalfeiertags auf den Straßen des verrufensten Viertels von Chicago einen jungen Minimarkt-Dieb verfolgt hatte. Der Junge war im Schweinsgalopp in eine dunkle Sackgasse gerannt, sie hatte ihn eingeholt und in die Enge getrieben, hatte ihre Waffe gezogen, sie ihm an die Schläfe gesetzt und ihm befohlen, auf die Knie zu gehen und die Hände hinter dem Kopf zu verschränken. »Nicht schießen!«, hatte er gerufen und dann eine Hand in seine Jacke gleiten lassen, um sie gleich darauf wieder herauszuziehen. Aber da hatte sie schon geschossen. Als sie sich ihm näherte, stellte sie fassungslos fest, dass ihr Verstand ihr einen Streich gespielt hatte. Ihr Opfer hielt keine Waffe, sondern eine Brieftasche in der Hand und war höchstens zwanzig Jahre alt. Später erfuhr sie, dass er sogar nur sechzehn war. Kay wurde freigesprochen. Ihr Verhalten war als Notwehr eingestuft worden, aber sie wusste, dass es nicht stimmte. Sie bekam Albträume, verlor jegliche Selbstsicherheit und fing an, im Dienst Fehler zu machen. Keine gravierenden, das nicht, aber Fehler, die ihr zeigten, dass es an der Zeit war, ihre Karriere bei der Polizei zu beenden.

»Das ist schrecklich«, sagte ich.

»Es ist vorbei«, sagte sie ohne Überzeugung.

»Da ist noch etwas, worüber ich gern mit dir reden würde«, fuhr ich fort. Sie musterte mich mit neugierigem Bick. Ich erzählte ihr von der E-Mail, in der stand, dass Josh noch am Leben war. Für ein paar Sekunden verschlug es ihr die Sprache.

»Das ist ein schrecklicher Scherz«, sagte sie. »Ich nehme an, du hast herauszufinden versucht, wer sie dir geschickt hat?«

»Mhm. Aber ohne Erfolg, die Mailadresse war bereits wieder gelöscht.«

Ich sah, dass ihre Augen leuchteten.

»Aber du klammerst dich an die winzige Hoffnung, dass es stimmt, oder täusche ich mich? Obwohl du im Grunde weißt, dass es unmöglich ist.«

Sie hatte es genau verstanden.

»Ja«, murmelte ich.

Plötzlich sorgte ein kräftiger Schlag auf den Rücken dafür, dass ich beinahe mein Glas auf dem kleinen runden Tisch umgestoßen und mir das Schulterblatt ausgerenkt hätte.

»Tom Baldwin! Nur du schaffst es, die Frauen an einem Samstagabend in Duval so traurig zu machen!«

Tucker … Normalerweise amüsiert mich die Fähigkeit

meines Freundes Tucker Devine, sich wie ein Elefant im Porzellanladen zu benehmen, und ich genieße seine Auftritte, aber an jenem Abend bedauerte ich, dass er uns gefunden hatte. Er wandte sich an Kay, und ich erkannte an seinem Blick, dass er sie genauso sensationell fand wie ich.

»Stellst du mich vor?«, fragte er mit seltsamer Betonung. Er wirkte so schüchtern wie ein glühender Fan, der vor seinem Idol steht: Rihanna oder Scarlett Johansson.

»Kay, darf ich dir meinen Freund Tucker vorstellen? Er besitzt ein Motel in Islamorada. Tucker, das ist Kay, die mein Gästehaus gemietet hat.«

»Ich habe deine Zimmer gestrichen«, sagte Tucker mit dümmlichem Lächeln und heiserer Stimme, als hätte er einen Frosch im Hals, und zwinkerte ihr zu. Kay musste lachen.

An mich gewandt, fuhr Tucker fort: »Wenn ich mal mein Haus vermieten muss, wende ich mich an dich.« Dann fragte er: »Kay, gefällt es dir in Islamorada?«

»Es ist ein wundervoller Ort.«

»Mit lauter wundervollen Menschen«, bekräftigte er, während er sie mit seinem Blick förmlich verschlang.

»Tucker«, ermahnte ich ihn.

Kay ließ sich von ihrem Barhocker gleiten.

»Okay. Ich gebe euch eine Minute unter Männern, ich muss mal kurz aufs Klo.«

Damit ging sie zwischen den Tischen davon.

»Herr im Himmel«, rief Tucker geradezu ekstatisch, »du verdammter Heimlichtuer! Was waren noch mal deine Kriterien bei der Vermietung?«

»Hey, langsam, Tuck«, sagte ich. »Ganz langsam. Die Dame ist verheiratet ... und ihr Mann ziemlich eifersüchtig.«

Mit gerunzelter Stirn sah er sich in der Bar um.

»Ach ja? Und wo ist der eifersüchtige Ehemann in diesem Moment, kannst du mir das sagen?«

Neugierig starrte er mich an.

»Er ist Handelsvertreter«, erklärte ich. »Und zurzeit auf Reisen.«

Tuckers Gesicht, das beim Feiern am Samstagabend ohnehin immer hochrot war, begann buchstäblich von innen heraus zu leuchten wie ein Kürbis an Halloween. Ich glaubte, die Augen würden ihm gleich aus den Höhlen springen.

»Und weil du ein gutes Herz hast, gehst du währenddessen mit der hübschen Frau aus ... Verdammt, Tom, du lebst echt gefährlich. Du willst sie vögeln, stimmt's?«

»Herrgott noch mal, Tuck!«

»Was denn? Ihr habt die ganze Nacht vor euch, der Mann ist weit weg, und du schläfst nur wenige Meter von dieser ... Göttin entfernt. Warum passiert mir so was eigentlich nie? Sag Bescheid, wenn du deine Meinung änderst, nur für den Fall, dass die Frau Lust hat, noch länger auszugehen.«

Kay kam zurück und nahm wieder Platz.

»Ich muss wieder ins Motel«, sagte Tucker, ohne sie aus den Augen zu lassen. »Hat mich sehr gefreut, Sie kennenzulernen, Kay. Lassen Sie sich von seinen Gentleman-Allüren nicht täuschen, Tom ist ein richtiger Psychopath. Er bringt seine Mieter um und verfüttert sie an die Fische.«

»Ich werde mich zu wehren wissen«, sagte Kay und lachte.

»O ja, davon bin ich überzeugt«, versetzte Tucker, bereits im Gehen begriffen.

»Das war Tucker«, sagte ich, als er verschwunden war. Ich sah, wie Kay einen Blick auf die Uhr warf.

»Willst du schon nach Hause?«, fragte ich und war ein bisschen enttäuscht.

Plötzlich wurde mir klar, dass ich dazu absolut keine Lust hatte. Es war fast zwei Uhr nachts, aber die meisten Bars an der Duval Street schließen nicht vor vier. Sie hob den Kopf und sah mir ins Gesicht. Erneut erschauerte ich unter dem Feuer ihres durchdringenden, wissbegierigen Blicks.

»Machst du Witze?«, rief sie. »Jetzt wird es doch gerade erst lustig. Na komm, schauen wir uns die Dragqueens an!«

14

Kay und Tom kommen einander näher

**Islands in the stream,
that is what we are.**

Bee Gees, *Islands in the Stream*

Bei der Show musste ich an *Priscilla – Königin der Wüste* denken, einen Film, den ich als Jugendlicher gesehen hatte. Der gleiche Soundtrack wie damals – ABBA, Village People, Gloria Gaynor – drang aus den Lautsprechern. Eine Aufführung für Touristen, aber lustig, farbenfroh, voller Federn, Strass und Lichter und – ich gebe es zu – noch wahnsinnig komisch dazu.

Die Show selbst war eine subtile Mischung aus Vulgarität und Raffinesse ... und Kay schüttelte sich vor Lachen. Plötzlich fragte ich mich, ob ich am richtigen Ort und in der richtigen Gesellschaft war, und vor allem, ob Randy diesen Ausflug gutheißen würde. Obwohl wir nichts Schlimmes getan hatten und alles völlig unschuldig geblieben war, wusste ich, dass die Antwort Nein lautete. Dass ich den Abend und vielleicht die Nacht mit meiner neuen, verheirateten Nachbarin verbrachte, war mindestens ungehörig, vielleicht sogar gefährlich. Und es ließ sich nicht leugnen, dass die überschäumende Komplizenschaft zwischen uns immer stärker wurde, je weiter der Abend voranschritt. Und dass Kay mich anzog. Körperlich. Geistig. Auf jede nur mögliche Art. Sie musste es bemerkt haben, und es schien ihr zu gefallen. Also, was genau spielten wir hier? Steuerten wir auf einen ganz gewöhnlichen Ehebruch zu? Ich schloss für einen Moment die Augen. Was wäre der nächste Schritt? Der Abend war bisher einfach perfekt, jedenfalls für mich, und ich war mir sicher, dass Kay meine Begeisterung teilte. Selbst als wir einander von unseren schmerzlichsten Erfahrungen erzählt hatten, hatten wir in gewisser Weise Freude daran gehabt. Also, was war los?

Ich schlug die Augen wieder auf...

... und zuckte zusammen.

Der Saal war von Gelächter erfüllt.

Eine Dragqueen hatte die Bühne verlassen und beugte sich jetzt über mich. *Sehr nah.* Sie betrachtete mich eingehend aus übertrieben geschminkten blauen Augen, dann richtete sie sich auf und sagte zum Publikum: »Wie süß er ist, wenn er schläft!«

Gelächter im Saal. Ich warf einen Blick auf Kay. Keine gute Idee. Meine neue Freundin bemerkte meinen Blick und begriff sofort, welchen Nutzen sie aus der Situation ziehen konnte.

»Wie heißt du denn, mein Süßer?«, fragte sie und hielt mir das Mikro vors Gesicht.

»Tom.«

»Tom«, wiederholte sie mit träumerischer Miene. »Und du, meine Schöne?«, fragte sie Kay, die strahlend lächelte.

»Ich heiße Kay.«

»Meine Damen und Herren, darf ich Ihnen Kay und Tom vorstellen, das Starpärchen des Abends? Sind sie nicht hinreißend, die beiden Turteltäubchen?«

»Wir sind ... äh«, stammelte ich, »... wir sind kein Paar, wir sind nur ...«

Die Dragqueen brachte mich zum Schweigen, indem sie mir mit einem unverhältnismäßig langen Fingernagel über die Wange strich.

»Schätzchen, ist doch egal, was ihr seid oder nicht seid. Sogar ein Blinder würde sehen«, sie berührte sanft mein Augenlid, »dass du in diese hübsche Frau verliebt bist.« Nun umrundete sie den kleinen Tisch, um sich Kay zu nähern. »Und dass diese Schönheit hier nur auf eines wartet, nämlich darauf, dass du ihr endlich dein schönes großes Ding zwischen die Schenkel schiebst.«

Das Gelächter schwoll an. Ein Mann schien vor Lachen beinahe zu ersticken, er sah aus wie kurz vor einem Schlaganfall. Zum Glück kaschierte das Scheinwerferlicht meine knallroten Wangen. Die Dragqueen drehte sich zur Bar: »Ich bin mir sicher, dass der Barista von dort drüben aus euren angestiegenen Hormonpegel spüren kann. Stimmt's, Andy?«

Andy grinste. Noch mehr Gelächter. Kay hatte Tränen in den Augen. Diesmal waren es Freudentränen. Ich dagegen wäre am liebsten im Erdboden versunken. Mindestens vierzig Menschen starrten uns an.

»Meine Süße, wenn du ihn nicht willst«, sagte die Dragqueen zu Kay, »dann überlass ihn doch einfach mir, den großen Schüchternen.«

Kay lachte hemmungslos. Jedes Mal, wenn sie mich

ansah, lag ein fieberhaftes Leuchten in ihrem Blick. Sie schien sich köstlich zu amüsieren.

»Sag bloß, du hast dich noch nie gefragt, was er da in seiner Hose hat«, sagte die Dragqueen in schlüpfrigem Ton zu Kay. »Hmmm, aber vielleicht weißt du es ja längst...«

Hüftschwingend kam sie erneut auf mich zu. »Denn seit ich deinen Schwarm gesehen habe, denke ich ehrlich gesagt nur noch daran...«

Danach drehte sie sich unter donnerndem Applaus zur Bühne. Kay ließ mich nicht aus den Augen. Die Dragqueen hatte recht. Die Spannung, die zwischen Kay und mir in der Luft hing, war nahezu mit Händen zu greifen. Sinnlos, sich selbst zu belügen.

Verdammt, Tom, was spielst du für ein Spiel?, flüsterte die Stimme der Vernunft in mir, der es immer schwererfiel, sich Gehör zu verschaffen.

Ich wartete, bis die Show vorbei war und die Lichter wieder angingen, dann sagte ich: »Es ist fast drei.«

Kay nickte, aber ich konnte nicht erkennen, ob sie enttäuscht war oder nicht. Die Botschaft war angekommen.

»In Ordnung«, sagte sie. »Fahren wir nach Hause.«

Lag es an all den Dingen, die wir einander anvertraut hatten, oder an der Nummer der Dragqueen? Jedenfalls verlief der Rückweg genau wie die Hinfahrt zum großen Teil schweigend, diesmal allerdings war die unterschwellige sexuelle Spannung deutlich zu spüren.

Da Kay nicht mehr in der Lage war zu fahren, hatte ich mich hinters Steuer gesetzt. Wie auf der Hinfahrt glitzerte um uns herum das Meer; ein romantischeres Schauspiel war kaum vorstellbar. Es war, als hätte sich das gesamte Universum verschworen, damit wir beide in eine köstliche Falle stolperten. Erneut kam mir das Wort *Ehebruch* in den Sinn. Ehebruch für Kay. Was mich betraf, so war ich geschieden und deshalb frei wie ein Vogel. Allerdings bezweifelte ich, dass Randy die Sache genauso sehen würde, sollte er jemals davon erfahren. *Was* sollte er erfahren? Bis jetzt war nichts passiert. Und es würde auch nichts passieren, beschloss ich.

Lass es sein, Tom Baldwin, flüsterte meine innere Stimme, *hör auf, dein Begehren mit der Realität zu verwechseln, diese Frau ist nichts für dich. Die beiden sind gefährlich. Lass es einfach sein...*

In Islamorada angekommen, fuhr ich vom Overseas Highway auf die Palm Avenue und bog dann auf den Old Highway ab. Ich folgte ihm bis zur Abzweigung Morada Way. Dort fuhr ich zwischen den kleinen Lagerhäusern hindurch, ehe ich den grünen Gürtel in Richtung Meer erreichte und nach dem Ende der asphaltierten Straße über die Sandpiste holperte. Hundert Meter weiter tauchten zwei Häuser auf, deren massive dunkle Umrisse sich von dem vibrierenden Glitzern des Ozeans und dem schmalen Strand abhoben, der im Mondlicht beinahe unwirklich weiß glänzte.

Ich parkte vor dem Hibiskus und den Bougainvilleen, stellte den Motor ab und wollte Kay, die ihren Gurt gelöst hatte, gerade Gute Nacht sagen, als sie sich über mich beugte und mich küsste.

Es war ein langer, intensiver Kuss. Ihr Mund schmeckte nach Alkohol, der mir direkt zu Kopf stieg. Ihre Lippen waren weich, appetitlich, ihre Fingernägel ließen die Haut an meinem Nacken prickeln, Schwindel erfasste mich, während tief in meinem Bauch etwas erwachte. Die Erektion beanspruchte in meinen Chinos rasch immer mehr Platz. Ich legte eine Hand auf ihren nackten Schenkel, spürte ihre samtige Haut unter meinen brennend heißen Fingern, weich wie Seide. Während sie mich weiterhin küsste und die Finger in meine Haare krallte, wurde ihr Atem immer tiefer.

Und so plötzlich, wie es angefangen hatte, war es auch wieder vorbei. Kay wandte sich brüsk ab und sah mich an, als erwachte sie aus einem Traum und wüsste nicht, was sie da tat. »Nein!«, sagte sie energisch.

Im nächsten Moment schwang die Beifahrertür auf, und sie rannte los, ohne auch nur die Schlüssel des SUVs an sich genommen zu haben.

Wie vor den Kopf geschlagen, saß ich eine Weile da, einem Gefühlstornado ausgeliefert. In meinem Geist tobte ein Sturm wie durch ein nach allen Seiten offenes Haus.

Ich stieg aus, verriegelte den SUV und legte die Wagenschlüssel in Kays Briefkasten. Die Nacht war noch immer hell und mild. Plötzlich überfiel mich eine schreckliche Lust zu trinken. Zum Glück hatte ich keinen Tropfen Alkohol im Haus.

Ich ging hinein und sofort in die Küche, holte eine Flasche eiskaltes Wasser aus dem Kühlschrank und goss mir ein Glas ein, das ich in einem Zug austrank.

Im Badezimmer stellte ich die Dusche an. Unter dem lauwarmen Wasserstrahl dachte ich unaufhörlich an den

Abend mit Kay. Beim Gedanken an das, was im Wagen vorgefallen war, bekam ich erneut eine Erektion.

Jemand klopfte an die Tür. Kays Stimme erklang: »Tom!«

Jetzt reicht es, dachte ich. *Zeit, dieses kranke Spielchen zu beenden...*

Ich schlüpfte hastig in Baumwollshorts, durchquerte mit nacktem Oberkörper das Wohnzimmer und öffnete in diesem Aufzug die Tür. Da stand sie wie früher am Abend: eine vage, dunkle Gestalt, die sich gegen das glitzernde Meer und den weißen Strand abhob, mit Augen, die in der Dunkelheit zu glühen schienen. Sie trug noch dieselbe Bluse und dieselben Shorts.

»Hör mal, Kay...«

Ich konnte den Satz nicht beenden. Sie zog mich an sich und küsste mich ein weiteres Mal. Ich erinnere mich an ihre tastende Zunge, ihre warmen, weichen Brüste an meinem Oberkörper, an die Wildheit unserer Küsse und an ihre Hände, die an meinem Rücken hinunter und auf mein Gesäß glitten.

Was ich nicht mehr weiß, ist, wie wir es von der Haustür zu meinem Schlafzimmer und in mein Bett geschafft haben.

Keuchend ragt sie über mir auf, sitzt rittlings auf mir. Im Mondlicht erkenne ich ihre weißen Brüste, die über mir schweben, als gehörten sie nicht zum Rest ihres dunkleren Körpers. Ich starre auf die obszöne Vorwölbung ihrer Brustwarzen, die sich vor Lust zusammengezogen haben. Ich bin so hart, dass es wehtut, ich spüre ihr Geschlecht über meines gleiten, während ich sie an den Hüften festhalte. Sie beugt sich vor, ihr heißer Atem liebkost meine Lippen, dann erkundet ihre Zunge zärtlich meinen Mund, während ihr Stöhnen und Keuchen in meiner Kehle verschwinden. Wenige Sekunden später dreht sie sich auf den Rücken, und ich liege auf ihr, zwischen ihren Schenkeln.

All meine Sinne sind hellwach, meine Begierde, meine ... Geilheit ist extrem. Sie presst ihr hartes Schambein an meines, umschlingt mich mit Armen und Beinen, als wolle sie mich in sich aufnehmen, und ich vergrabe das Gesicht an ihrer duftenden Halsbeuge. Ich spüre den Orgasmus in mir aufsteigen. Ich schließe die Augen und explodiere, nachdem ich mich an ihrem vor Lust verzerrten Gesicht sattgesehen habe.

Kilgore betrachtete das Haus.

Es war jetzt fast eine Stunde her, dass die beiden darin verschwunden waren. Es war kurz vor vier Uhr nachts. Er hätte lieber in seinem Bett gelegen, aber er hatte präzise Anweisungen erhalten, und er war ein pflichtbewusster Mensch, der im Gegensatz zu vielen anderen bei der Arbeit niemals schluderte. Außerdem hatte er Geduld, eine Eigenschaft, die in diesem Beruf unabdingbar war. Aber da er ahnte, dass in dieser Nacht nichts mehr passieren würde, beschloss er, sich ein bisschen auszuruhen.

Er musste dafür sorgen, dass niemand sein Kommen und Gehen bemerkte. Nachts waren die Lagerhäuser am Morada Way verlassen, und auf dem Weg zu den beiden Häusern in der Nähe des Strands gab es nur ein in die Vegetation eingebettetes kleines Haus. Von dort konnte Gefahr drohen. Als er daran vorbeigefahren war, hatte noch Licht gebrannt, genau wie beim letzten Mal. In Zukunft würde er weiter entfernt parken und den Rest des Wegs zu Fuß gehen, das war sicherer.

Er setzte sich ans Steuer des dicken GMC Sierra, ließ den Motor an, fuhr langsam den Sandweg entlang und kehrte zum Motel zurück.

Um kurz nach vier Uhr in der Nacht sah Tucker den großen, mageren Typen zurückkommen, der in Zimmer 13 wohnte. Er schien weder besoffen noch müde zu sein. Eigentlich wirkte er nicht wie jemand, der die Nacht damit verbracht hatte, die Puppen tanzen zu lassen.

Es war warm. Deshalb hatte der Typ seinen schwarzen Regenmantel gegen ein ärmelloses schwarzes T-Shirt und eine ebenfalls dunkle Hose getauscht. Schaudernd erkannte Tucker, dass das lange Elend gar nicht so mager, sondern tatsächlich verteufelt muskulös war. Er hatte kein Gramm Fett an den Armen, und die Muskeln traten unter seiner Haut hervor wie die Kabel aus der Superlegierung des Terminators. Knochen, Muskeln und Tattoos... Verdammt, der Bursche sah aus wie eine Maschine.

Sein kahler Schädel glänzte für einen Moment im Licht der Außenlampe, als er vor seinem Zimmer stand und aufschloss.

Offenbar fühlte er sich beobachtet, denn er drehte den Kopf zur Rezeption und starrte Tucker an. Dieser hatte das Gefühl, dass seine Körpertemperatur jäh um mehrere Grad abfiel. Ein Reptil, das war es, woran dieser Typ ihn erinnerte. Einer von diesen schwarz-grünen Leguanen, die man am Stamm von Palmen hinaufhuschen sah. Oder schlimmer noch: ein großer, fetter Alligator. Im ganzen Staat gab es mehr als eine Million Krokodile. Ja, er erinnerte Tucker an einen dieser dreckigen Kaltblüter, die in der Nahrungskette ganz oben stehen.

Was treibt der Typ eigentlich Tag und Nacht da draußen?, fragte sich Tucker. Aber Tucker Devine vermied es, allzu genau darüber nachzudenken.

Diesem Typ stand das Wort Scherereien auf die Stirn geschrieben.

15

Trau niemandem

> **Watch you smile
> while you are sleeping.**
>
> Aerosmith, *I Don't Want to Miss a Thing*

Ich erwachte früh am Morgen in meinem sonnendurchfluteten Schlafzimmer. Kay schlief, ihre kastanienbraunen Haare waren auf dem Kissen ausgebreitet. Sie atmete ruhig. Ich schwelgte eine Weile in dem Anblick, stieg dann aus dem Bett und trat hinaus in den beginnenden Tag.

Ich überquerte den Rasen und den Strand, betrat barfuß den Anleger aus Holz, um an dessen Ende Platz zu nehmen. Die Luft war schon mild, die leichte Brise liebkoste meinen Oberkörper. Umgeben vom Plätschern der Wellen, die an den Pfählen leckten, schaute ich blinzelnd auf die Feuerscheibe am Horizont.

Tausende Vögel waren zu sehen. Es war einer jener Morgen, an denen man das Gefühl hat, es gebe keinen schöneren Ort auf der Welt. Und keine schönere Frau als die, die in meinem Bett schlief. Das Problem war nur: *Sie war nicht meine Frau.* Und ihr Mann würde sehr bald in das traute Heim zurückkehren. Weder während noch nach dem Liebesspiel hatte ich auch nur ein einziges Mal an

Randy gedacht. Aber jetzt ließ es sich nicht länger vermeiden. Schließlich erinnerte mich das Gästehaus unaufhörlich daran, dass sie meine Nachbarn waren und dass ich aller Wahrscheinlichkeit nach eine Menge Ärger bekommen würde. *Das hast du dir ja wohl selbst zuzuschreiben*, bemerkte die leise Stimme, die jede Gelegenheit nutzte, mich zu ärgern.

Sie hatte zweifellos recht.

Ich stand auf und ging sehr leise wieder hinein, nicht ohne einen Blick auf das *andere* Haus zu werfen – als könnte Randy in diesem Moment mit einem Bier in der Hand in der Tür erscheinen, mir zuprosten und mich fragen: »Hey, war's gut? Hat's Spaß gemacht, meine Frau zu vögeln?«

Ich fand die besagte Frau mit einer großen Tasse Kaffee an meinem Küchentisch sitzend vor. Sie hatte sich eins meiner T-Shirts übergezogen, die Haare zu einem lockeren, mit einem Stift fixierten Knoten zusammengenommen, und sah atemberaubend aus, ungeschminkt, wie sie war, die schönen Augen vom Schlaf leicht verquollen.

»Warst du draußen, um ein bisschen Seeluft zu schnuppern?«, begrüßte sie mich.

»Und um den Sonnenaufgang zu bewundern«, sagte ich.

»Man kann nie wissen, vielleicht geht sie eines Tages ja nicht mehr auf.«

»Gut geschlafen?«

»Wunderbar«, sagte sie und stellte ihre Tasse ab, um sich zu strecken wie eine Katze. »Geradezu göttlich.«

Ich rechnete fast damit, dass sie zu schnurren beginnen würde.

»Ich bin mir sicher, dass es mir hier gefallen wird«, fügte sie hinzu, als hätte sie es nicht bereits gesagt.

Flüchtig fragte ich mich, was sie unter *hier* verstand.

»Unser Haus ist stets darauf bedacht, Sie zufriedenzustellen«, scherzte ich.

»Bilde ich mir die Zweideutigkeit dieses Satzes nur ein, oder gibt es sie wirklich?« Sie musterte mich vielsagend.

Diese Frau gefiel mir einfach viel zu gut. Für einen Moment schwiegen wir beide. Vielleicht dachte sie das Gleiche über mich.

»Wann kommt Randy zurück?«, fragte ich.

Ja, ich weiß, ich bin der König der Stimmungskiller.

»Heute Abend.«

Ich wagte nicht, laut auszusprechen, was ich auf dem Herzen hatte, aber sie kam mir zuvor.

»Ich weiß, was du dich gerade fragst«, sagte sie. »Was werden wir tun? Ich habe keine Ahnung, Tom. Ich habe nicht vorhergesehen, dass ... dass es *so* zwischen uns laufen würde, um es mal vorsichtig auszudrücken.«

»Ich auch nicht«, sagte ich.

Sie bedachte mich mit einem Blick, der deutlich weniger begeistert war als bei meinem Eintreten.

»Tom, ich habe eine wundervolle Zeit mit dir verbracht, und du bist ein wundervoller Mensch, aber ich frage mich, ob wir nicht gerade eine große Dummheit begehen. Gib mir Zeit, darüber nachzudenken, okay?«

»Morgen werde ich sowieso im Flugzeug nach New York sitzen«, sagte ich ein wenig kühler, denn es ärgerte mich, dass sie unsere gemeinsame Nacht als »Dummheit« bezeichnet hatte.

Sie stand auf und ging ins Schlafzimmer, um sich umzuziehen und ihre Sachen zu holen. Dann kam sie leichten Schrittes wieder in die Küche und drückte mir einen ebenso leichten Kuss auf die Lippen. Kein Vergleich mit den Küssen in der Nacht.

»Danke, Tom. Ich werde diese Nacht niemals vergessen.«
Und damit ging sie.

Wenn im Theater in einer Komödie eine Figur zur Tür hinausgeht, kommt von der gegenüberliegenden Seite eine andere herein. Genau das passierte zehn Minuten später beim Eintreffen von Tuckers Ford F-150 Raptor. Der Wagen hielt mit kreischenden Bremsen an, und kurze Zeit später platzte er mit seinem Bulldoggengesicht und den Cockerspanielaugen herein, ohne auch nur anzuklopfen. Sein kleiner Schnurrbart zitterte vor Neugier. Er schnupperte herum wie ein Trüffelhund, setzte sich an den Küchentisch und musterte mich schweigend.

»Und?«, fragte er schließlich, da ich weiterhin wortlos meinen Kaffee trank.

»Was *und?*«

Meine Miene schien eine gewisse Genugtuung zum Ausdruck zu bringen, denn gleich darauf schlug er mit der Faust auf den Tisch. »Der Idiot hat sie tatsächlich gevögelt!«, rief er und richtete den Blick an die Zimmerdecke. Er lachte. »Langsam, Tuck, die Dame ist verheiratet, und ihr Mann ist ziemlich eifersüchtig«, äffte er mich nach, indem er meine eigenen Worte wiederholte. »Und was hast du jetzt vor, Playboy? Oder vielmehr: Was habt *ihr* jetzt vor?«

Ich schüttelte den Kopf. »Ich weiß es nicht, Tucker.«
»Um Himmels willen! Ist dir klar, dass du ihr jeden Tag begegnen wirst und ihrem Mann auch? Hältst du ihn wirklich für so dämlich, dass er nichts merkt?«
»Ich muss zugeben, dass ich daran noch überhaupt nicht gedacht habe.«
»Er hat noch gar nicht daran gedacht, soso«, sagte Tucker seufzend, als spräche er zu einem unsichtbaren Publikum. »Könnt ihr das verstehen?«
»Was verstehst du schon von Frauen?«, gab ich zurück.
»Mehr, als du glaubst«, sagte er. »Aber weniger als von Fischen, da gebe ich dir recht.« Womit er eine Plastiktüte auf den Tisch stellte und aufstand. »Die muss übrigens sofort in den Kühlschrank. Dein Mittagessen: Filet vom Red Snapper. Guten Appetit, Weiberheld.«
»Danke, Tuck. Was bin ich dir schuldig? Willst du einen Kaffee?«
»Mal sehen, später vielleicht, jetzt lege ich mich erst mal aufs Ohr«, antwortete er. »Hatte die ganze Nacht Dienst. *Hasta la vista, Baby.*«
Ich sah, wie Tucker in seinen Raptor stieg, und dachte an seine Worte: *Ist dir klar, dass du ihr jeden Tag begegnen wirst und ihrem Mann auch? Hältst du ihn wirklich für so dämlich, dass er nichts merkt?* Natürlich war es mir klar. Aber ich sah Kay noch immer rittlings auf mir sitzen, nackt, mit geschlossenen Augen, während sie ihre prächtigen weißen Brüste meinen Händen und meinem Mund darbot, und dieses Bild weckte wieder ein wahnsinniges Verlangen in mir.
Ich kehrte an meinen Schreibtisch zurück, obwohl mir

klar war, dass ich an diesem Tag nicht besonders produktiv sein würde. Ich schaltete den Rechner ein und öffnete mein Postfach, um rasch einen Blick auf meine Mails zu werfen. Der Betreff der letzten traf mich wie ein Nadelstich:

TRAU NIEMANDEM

Verblüfft las ich den Absender. Wie beim letzten Mal bestand die Adresse aus einer anscheinend sinnlosen Aneinanderreihung von Ziffern, Buchstaben und Symbolen.
Trau niemandem…
Was wollte der Verfasser der Mail mir sagen? Und vor allem: Wer schickte mir diese Nachrichten? Wer hatte ein Interesse daran, mich glauben zu lassen, mein Sohn sei noch am Leben? Und warum riet mir diese Person, niemandem zu trauen?

16

Raynard Wailand erhält einen Anruf

> You might not wanna lose your power.
>
> Billie Eilish, *Your Power*

Nackt wie ein Wurm saß Raynard Wailand auf der Marmorbank des türkischen Bades in der 67 West Street, Manhattan, in der Nähe des Central Park, und schwitzte.

Ohne den Kopf zu heben, mit einem Blick, so ausdruckslos wie der eines Toten, beobachtete er seine Sitznachbarn, die allesamt jünger waren als er. Trotz seines Alters machte es ihm nicht das Geringste aus, seinen Körper dem Urteil seiner Mitmenschen auszusetzen, seine Brust, die so breit war wie ein Schild und von silbrig weißen Haaren bedeckt, seine muskulösen Waden, die Arme, auf die jeder Holzfäller stolz gewesen wäre, die großen Hände mit den hervortretenden Venen, seine weiße Mähne und vor allem das selbst im Ruhezustand beeindruckende Organ zwischen seinen Schenkeln, neben dem die der anderen lächerlich klein wirkten.

Mit dreiundsiebzig war der Geschäftsmann noch genauso eingenommen von sich selbst wie damals als junger Wolf an der Wall Street. Er machte sich ein Vergnügen daraus, seine Rivalen zu zerquetschen und sie Staub fressen zu lassen, während er selbst Maßanzüge von *Sam's Tailor* sammelte, dem besten Schneider von Hongkong und vielleicht der ganzen Welt. Um ein Imperium wie das seine aufzubauen, gab es nur ein Mittel: Man musste ein noch größeres Arschloch sein als all die anderen. Und unter allen Arschlöchern, die diesen Hamam für Wohlhabende besuchten, war Raynard Wailand ohne jeden Zweifel das entschlossenste.

Er stand auf. Zeit für die Massage.

Er betrat das Zimmer, in dem ihn der Masseur mit seinen Bambusstäben bereits erwartete. Ein neuer Trend. Raynard Wailand machte sich nichts vor: Den Leuten mit Geld fiel nichts mehr ein, wofür sie es ausgeben konnten, weshalb sich andere den Kopf darüber zerbrechen mussten. Und die restliche Menschheit fragte sich, wie man überhaupt so viel verdienen konnte. Die Welt ist ungerecht. Sie ist es seit Menschengedenken. Wer sich wünscht, dass es anders wäre, ist entweder ein Träumer oder ein Heuchler.

Aber er musste zugeben, dass es beim letzten Mal angenehm gewesen war. Der Masseur benutzte einen oder mehrere Bambusstäbe, je nachdem, welchen Teil des Körpers er massierte, nachdem er ihn komplett mit Öl eingerieben hatte. Er rollte die Stäbe über die Trapezmuskeln, die Wirbelsäule, das Gesäß, die Beine und die Fußsohlen, um den Blutfluss anzuregen. Das türkische Bad war der einzige Ort, an dem Wailand es sich gestattete, Zeit zu vertrödeln. Er schloss für einen Moment die Augen. Als er sie wieder aufschlug, hatte seine Miene etwas Träumerisches. Und tatsächlich war er in Gedanken woanders. Er dachte daran, dass er in seinem ganzen Leben nur für seine Tochter und vor allem für seinen Enkel Josh Liebe hatte empfinden können. Und wie immer hatte er diese Liebe als Kampf betrachtet, er hatte der Beste sein wollen. Derjenige, der am meisten gibt und am meisten zurückbekommt, der einen Rivalen nach dem anderen ausschaltet ... vor allem Tom Baldwin, diesen Säufer. Er hatte seinen Schwiegersohn von Anfang an als ein Hindernis betrachtet, das er aus dem Weg räumen musste, eine Gefahr für Josh. Und die Ereignisse hatten ihm recht gegeben. Beim Gedanken an jenen verhängnisvollen Abend im Dezember 2017 kamen ihm beinahe die Tränen. Er fühlte sich wieder wie an dem Tag, an dem er von dem Unfall erfahren hatte.

Er lag noch keine fünf Minuten bäuchlings auf der eigens zu diesem Zweck entworfenen Liege und ließ sich massieren, da platzte sein Assistent herein, ein Telefon in der Hand.

»Jemand möchte Sie sprechen.«

Raynard Wailand warf ihm einen Blick zu, der jeden anderen zu einer Salzsäule hätte erstarren lassen. Aber der kleine Mann hielt ihm, ohne mit der Wimper zu zucken, das Handy vor die Nase.

»Ich habe doch gesagt, dass ich nicht gestört werden will.«

Verlegen blickte sein Assistent den Masseur an, der so tat, als interessiere ihn das Gespräch nicht, obwohl er sich tatsächlich keine Silbe entgehen ließ.

»Es ist Monsieur Rojas«, sagte der kleine Mann nun mit gesenkter Stimme. »Er ruft aus Mexiko an. Er sagt, es ist dringend.«

Wailands Augen drückten eine absolute Gleichgültigkeit aus. Doch für den Bruchteil einer Sekunde ging etwas in ihnen vor. Etwas, das man normalerweise in den Augen der Menschen las, die sich an ihn wendeten – einen Hauch von Unterwürfigkeit und Furcht. Er schob den Bambusstab beiseite und setzte sich auf den Rand der Massageliege.

»Lassen Sie mich allein«, sagte er.

ZWEITER TEIL

Wahrheit oder Pflicht

17

Myers & Son

Nothin's gonna change.
Otis Redding, *(Sittin' On) The Dock of the Bay*

New York, Freitag, 13. August, Punkt zwölf Uhr mittags. Die Büros von Myers & Son in der 810 Seventh Avenue, dreiunddreißigste Etage. Eine Stunde zuvor sind Chris und ich auf dem JFK gelandet. Wir sind in ein Taxi gesprungen und auf direktem Weg zu den Büros meines Verlags oder vielmehr meiner Verlegerin gefahren.

Denn mir gegenüber sitzt an einem Glastisch, größer als der in meinem Esszimmer, Rosie Myers, Gründerin und Geschäftsführerin des Verlags Myers & Son. Neben ihr steht mit verschränkten Armen Cyrus Myers, ihr Sohn, zweiundvierzig Jahre alt und Programmleiter. Durch die hohen Fensterfronten schweift der Blick über die Dächer von Manhattan, auf das Rockefeller Center gegenüber, im Süden zum Empire State Building und im Norden über die breite grüne Schneise des Central Park.

Rosie ist eine große Afroamerikanerin mit eisengrauen, kurz geschnittenen Haaren, einem knochigen, ausdrucksvollen Gesicht und überaus strahlenden schwarzen Augen, die eine hohe Intelligenz verraten. In diesem Augenblick betrachten sie mich zweifelnd, so als hätten sie eine Sorte Schriftsteller entdeckt, die ihnen bis dato unbekannt war.

»Du willst einen Roman unter deinem richtigen Namen veröffentlichen«, sagt sie.

Ich nicke.

»Ohne Zoë Gwendoline Mackenzie?«

Ich nicke erneut. Nachdenklich tut sie es mir nach. In ihren Augen sehe ich große Neugier, aber auch Unsicherheit und Zweifel. Zu ihrer Linken ertönt ein Seufzer.

»Tom«, sagt ihr Sohn mit diesem ewigen herablassenden Lächeln, »du weißt sehr gut, dass deine Leser sich einen Scheiß um deine ...«

»Cyrus«, fällt ihm Rosie in bemüht geduldigem Ton ins Wort.

Cyrus Myers verstummt. Er ist so dumm, wie seine Mutter brillant ist. Er ist der lebende Beweis dafür, dass guter Geschmack und Intelligenz sich nicht zwangsläufig vererben.

»Ich möchte es lesen«, erklärt sie.

Ich lächle.

»Wenn ich es noch einmal durchgesehen habe, sollte es ziemlich schnell gehen. Chris' Assistentin scannt das Manuskript gerade ein, wir hatten ein kleines ... äh ... Hardwareproblem.«

Neben mir meint Chris, dessen schrille Eleganz mit der von Rosies Sohn konkurriert, sich ausgerechnet in diesem Moment räuspern zu müssen. »Ich bin ... äh ... Cyrus' Meinung«, setzt er an, »ich bin mir nicht sicher, ob Toms Leserinnen ...«

»Chris«, unterbricht ihn Rosie mit gefährlich sanfter Stimme, »Sie sind sein Agent, und ich bin seine Verlegerin. Wenn Tom etwas veröffentlichen möchte und ich den Text für geeignet halte, bei Myers & Son zu erscheinen, dann ist es Ihre Aufgabe, den bestmöglichen Vertrag für ihn auszuhandeln. Selbstverständlich gehen wir nicht von denselben Voraussetzungen aus wie bei der Serie mit Zoë Mackenzie.«

Meine Verlegerin lehnt sich in ihrem Drehsessel zurück; sie ist so mager, dass der Sessel mit ihr darin riesengroß wirkt. Sie verschränkt die schlanken Finger unter dem Kinn. Rosie Myers trägt eine graue Weste mit vier Knöpfen direkt auf der Haut; am Revers steckt eine Brosche aus Gold und Diamanten, die eine Fantasieblume darstellt.

»Hören Sie, Chris, der Mann, der da neben Ihnen sitzt, verfügt über eine seltene Gabe, nämlich die, mit Worten zu spielen, wie nur wenige Menschen es zu tun vermögen. Er besitzt die Gabe, unter den Milliarden möglicher Kombinationen aus sechsundzwanzig Buchstaben diejenigen zu wählen, die Sie gleichzeitig zum Lachen, Weinen, Träumen und Nachdenken bringen. Sie sind Agent, Sie wissen also, dass dieses Talent nicht alltäglich ist. Sie haben viele Schriftsteller gesehen, die vergeblich davon träumen, zu werden wie er. Diese Gabe, Chris, ist ein Gottesgeschenk. Denken Sie an den Satz, mit dem die Bibel beginnt: ›Am Anfang war das Wort.‹ Mir scheint also, dass Toms Talent Ihren vollen Respekt und Ihre ganze Hingabe verdient. Und mischen Sie sich bitte nicht in die Politik dieses Verlags ein. Die geht Sie nichts an.«

»Aber mich geht sie etwas an«, meldet sich der Sohn zu Wort.

»Halt die Klappe, Cyrus.«

Diesmal ist ihr Ton unmissverständlich. Cyrus verzieht das Gesicht. Chris hält sich zurück. Rosie schaut mich an.

»Und was ist mit Zoë Gwendoline Mackenzie?«, fragt sie.

»Ich habe mich gerade wieder an die Arbeit gemacht«, sage ich. »Läuft wie von selbst.«

Ein heiteres Leuchten in ihren klugen Augen. Hat sie erraten, dass ich lüge? Es wäre nicht weiter verwunderlich. Ich bin ein miserabler Lügner, und Rosie ist viel zu clever, um auf mich hereinzufallen.

»Na also, dann sind ja alle zufrieden – die Verlegerin, der Agent und sogar der Programmleiter, nicht wahr?«, sagt sie und klatscht in die beringten Hände, während sie nacheinander ihren Autor, dessen Agenten und ihren eigenen Sohn mustert, der ganz offensichtlich schmollt.

»Was hältst du von einer kleinen Shoppingtour, du Genie?«, fragte mich Chris, als wir auf die Seventh Avenue hinaustraten.

Auf der Straße waren das Rauschen von Motoren, schrilles Hupen, Polizeisirenen und Krankenwagen zu hören, die übliche Hintergrundmusik auf den Straßen von New York. Die Fußgänger kamen nur langsam von der Stelle, die Sonne strahlte, ließ die Fensterscheiben der Gebäude und die Karosserien funkeln, als hätte man die Stadt poliert. Völlig anders als das gespenstische, verlassene New York, das ich bei meinem letzten Besuch vorgefunden hatte, als das Coronavirus den Big Apple in eine Geisterstadt verwandelt hatte, die ihre Bewohnerinnen und

Bewohner einsperrte, ein Virus, das seinen Tribut in Form von Wagenladungen voller Leichen forderte. Damals hatte nur das Unheil verkündende Kreischen der Krankenwagen die Stille in den Häuserschluchten durchbrochen.

»Ist nichts für mich, aber ich nutze die Gelegenheit und gehe ein bisschen spazieren.«

Christophorus Georgiadis ist ein williges Fashion Victim, und ein großer Teil der Provision, die er von mir bezieht, fließt in den Kauf von Klamotten. Daher sieht er in jedem Ausflug nach New York eine Gelegenheit, einen Koffer zu füllen, obwohl er auf die gleiche Art auch durch die Boutiquen von Miami geistert.

»Wie du willst«, antwortete er.

Im Grunde passte es mir gut in den Kram. Denn ich hatte einen Plan, von dem ich Chris nichts erzählt hatte, und wenn ich ihn in die Tat umsetzte, wollte ich lieber allein sein.

18

Tom dreht die Zeit zurück

> There's a time that I remember, when I did not know no pain.
> When I believed in forever, and everything would stay the same.
>
> Maroon 5, *Memories*

Um 13:45 Uhr stand ich an der Fifth Avenue in der Nähe des südlichen Central Park vor einem der ultraschicken Gebäude, deren Eingänge mit Baldachinen überdacht sind, als handele es sich um Hotels.

Ich hob den Kopf und suchte nach den Fenstern der neunten Etage. Hier hatten wir gelebt, Josh, Annabelle und ich. Natürlich hatten wir nur dank ihres reichen Vaters in dieser Gegend wohnen können, und ich habe Annabelle oft gebeten, in ein weniger nobles Viertel zu ziehen, zum Beispiel nach Brooklyn. Dort hätten wir ein sehr angenehmes Leben führen können, ohne von Dads finanzieller Freigebigkeit abhängig zu sein.

Aber ich musste zugeben, dass wir hier eine glückliche Zeit hatten. Ich überquerte die Avenue und den Gehweg, ging unter dem Baldachin aus hellrotem Tuch entlang, stieß die Türen auf und stellte zufrieden fest, dass Declan, der Pförtner, noch immer auf seinem Posten war und die

Knöpfe seiner Uniform unter den Kronleuchtern der Marmorlobby glänzten.

»Guten Tag, Declan, wie geht es Ihnen?«, sagte ich, als ich mich dem Tresen näherte.

»Mr Baldwin, na so was, welche Freude, Sie zu sehen!«, rief er lächelnd.

»Wissen Sie, ob meine Ex-Frau zu Hause ist?«

Die Stirn unter dem glänzenden Schirm der Pförtnermütze legte sich verblüfft in Falten.

»Sie wissen nicht Bescheid?«

»Worüber denn?«, fragte ich zurück.

»Ihre Ex-Frau ist schon vor zwei Jahren hier ausgezogen.«

Ich musterte ihn eine Weile, dann fragte ich: »Und wissen Sie, wo sie jetzt wohnt?«

Declan schüttelte mit bedauernder Miene den Kopf.

»Nein, Sir, leider nicht. Ich habe keine Ahnung.«

»Vielleicht wissen es ja die neuen Bewohner«, sagte ich nach kurzem Zögern aufs Geratewohl.

Seine Miene verriet, dass er verlegen war. Der Pförtner war ein diskreter Mann, wie sein Beruf es von ihm verlangte. Aber er mochte mich noch aus der Zeit, in der ich hier gewohnt hatte, weil er wusste, dass ich genau wie er nur ein Objekt war, das in dieses luxuriöse Universum versetzt worden war, jemand, den die Reichen *tolerierten*.

»Warten Sie«, sagte er schließlich. »Ich frage mal nach.«

Declan wählte eine Nummer, entschuldigte sich für die Störung und erklärte, vor ihm stünde ein Herr, der die neue Adresse von Mrs Annabelle Wailand brauche, ohne zu erklären, wer ich war. Mit betrübter Miene legte er auf.

»Es tut mir leid, Sir, sie haben ihre Adresse nicht.«

»Das macht nichts, Declan«, sagte ich, »danke für Ihre Mühe. Hat mich gefreut, Sie wiederzusehen.«

»Mich auch, Sir.«

Vor dem Gebäude blieb ich stehen und fragte mich, wie ich weiter vorgehen sollte. Ich war traurig, frustriert und enttäuscht. Damit hatte ich nicht gerechnet. Annabelle war also kurze Zeit nach dem Tod unseres Sohnes ausgezogen, ohne mich zu informieren. Na und? Was hatte ich denn erwartet? Es war nicht weiter verwunderlich, dass sie nach Joshs Tod das Bedürfnis gehabt hatte, diesen Ort zu verlassen, der so voller Erinnerungen steckte. Doch genauso intensiv wie meine Enttäuschung wurde nun, da ich in New York war, meine Neugier. Vor mir lagen noch einige freie Stunden, und ich beschloss, mir einen Mietwagen zu nehmen.

Am Nachmittag verließ ich Manhattan in Richtung Nordosten, überquerte den East River, fuhr durch Queens und streifte den Flughafen La Guardia, bevor ich auf den Long Island Expressway fuhr. Dann ab Manorville weiter auf der County Road 111, später auf der NY-27. Hinter Water Mill, das Meer war fast schon in Sicht, bog ich nach Norden ab und fuhr durch die adretten Sträßchen von Sag Harbor – weiß getünchte Holzhäuser mit blühenden Gärten, umschlossen von ebenfalls weißen Zäunen, mit Bäumen bestandene, schattige Straßen, Sonne, Möwen und im Meereswind flatternde Fahnen. Ich rollte an den malerischen Geschäften der Hauptstraße vorbei, ehe ich auf der Brücke über den glitzernden Meeresarm in Richtung der bewaldeten Halbinsel North Haven fuhr.

Es war fast 19 Uhr, als ich Raynard Wailands Anwesen an der Actors Colony Road im Norden der Halbinsel erreichte. Es lag hinter Bäumen und Hecken versteckt, vor den neugierigen Blicken der Touristen geschützt, die jeden Sommer in Sag Harbor einfallen. Diskretion wurde bei den Wailands großgeschrieben.

Vogelgezwitscher empfing mich, als ich aus dem gemieteten Chevrolet stieg. Die Sonne drang durch das Laub und tauchte das Unterholz in grelles Licht. Es war warm; allerdings war die Temperatur angenehm, und die Luft war deutlich weniger stickig als auf den Keys um diese Jahreszeit. Dennoch fror ich bis auf die Knochen.

Ich überquerte zügig die menschenleere schmale Straße, näherte mich dem Eingangstor und drückte auf die Klingel. Keine Reaktion. Ich wartete eine Weile, dann klingelte ich erneut. Mit dem gleichen Ergebnis. Ich war überrascht. Das Anwesen umfasste eintausenddreihundert Quadratmeter Wohnfläche, zwölf Zimmer, mehrere Badezimmer, dazu einen Pool, zwei Tennisplätze, einen Bootsanleger und ein Bootshaus an der Peconic Bay. Außerdem ein Pförtnerhaus. Auch wenn Raynard Wailand sich nicht hier aufhielt, war immer jemand da.

Ich folgte der Straße und erreichte den Eingang des Weges, der sich zwischen den hohen Hecken des Anwesens und denen des Nachbargrundstücks hindurch bis zur Bucht erstreckt. Wenn sich nichts geändert hatte, würde nach ungefähr hundert Metern eine Lücke im Zaun kommen. Josh hatte sie entdeckt und war rasch hindurchgeschlüpft. Nun bückte ich mich und kroch ebenfalls durch die kleine Öffnung, aber in entgegengesetzter Richtung.

Als ich das Anwesen betreten hatte, schaute ich mich um. Kein Zweifel, es war niemand da. Aus dem Haus drang kein Laut, auch vom Rasen oder von dem hinter einer Mauer aus Tujas versteckten Swimmingpool ganz in der Nähe meines Standorts war nichts zu hören. Wohin waren sie nur alle verschwunden?

Vorsichtig näherte ich mich dem Hauptgebäude aus Schindeln, dessen komplizierte Dachkonstruktion von hohen Ziegelschornsteinen überragt wurde, und sah, wie die Sonne rasch unterging, wobei ihre Strahlen von den großen Fenstern in der ersten Etage reflektiert wurden. Ich umrundete den Pool, der auf drei Seiten von hohen begrünten Mauern umgeben war. An der vierten Seite befand sich eine große Holzterrasse mit einem weißen Zelt darauf, in das ich schlüpfte, um zu den Glastüren des Wohnzimmers zu gelangen.

Ich drückte das Gesicht an die Scheibe und lugte hinein, konnte im Haus aber niemanden entdecken. Die großen Räume waren leer und dunkel. Also folgte ich einem kleinen gepflasterten Weg, der zwischen überaus geschmacklosen griechisch-römischen Statuen und dann unter einer Laube hindurch bis zum Garagentor führte. Ich kannte mich hier sehr gut aus und wusste, dass sich an der Einfahrt ein kleiner Kasten befand, in den man einen Zugangscode eintippen konnte. Ich hoffte, dass er sich in den vergangenen drei Jahren nicht geändert hatte, obwohl ich nicht recht daran glaubte.

Glück gehabt. Langsam hob sich das riesige Tor, das beinahe dem einer Feuerwehrwache glich, und ich schlüpfte in die Garage, durchquerte den riesigen leeren, hallenden Raum, bis ich an eine weitere Tür gelangte, die jedoch nicht verriegelt war.

Ich ging den Korridor entlang und erreichte das an eine Kathedralenhalle erinnernde große Wohnzimmer. Nichts hatte sich verändert. Es gab noch immer dasselbe versiegelte Parkett, dieselben Möbel, dieselben Gemälde von Carrie Graber und Takashi Murakami an den Wänden, dasselbe chinesische Porzellan, die Lampenschirme und den auf Flohmärkten aufgestöberten Nippes. Ich erreichte die Terrassentür mit Blick auf den Atlantik. Draußen wurde es immer dunkler, Millionen von Lichtreflexen glitzerten in der Dämmerung auf dem Wasser. Bei diesem Anblick und der Stille im Haus überrollten mich Melancholie und Traurigkeit wie eine Welle, und mir schossen die Tränen in die Augen. Es war der Tod, der hier herrschte, nichts anderes. Für einen Moment schloss ich die Augen, atmete tief durch, um mich zu beruhigen, spürte, wie mein Herz raste. Eine Minute lang atmete ich so, wie es mir Dr. Veronica Fox beigebracht hatte. Dann schlug ich die Augen wieder auf, sperrte eine der Terrassentüren auf und ging hinaus. Das Plätschern des Wassers und der schwere, jodhaltige und gleichzeitig schlammige Geruch der Bucht stiegen zu mir herauf. Langsam überquerte ich die weitläufige Terrasse und ging vorsichtig über den grasbewachsenen Hügel zum Bootshaus hinunter.

Pass bloß auf, Tom, sagte meine innere Stimme leise, *das hier ist kein guter Ort für dich, du solltest hier nicht sein.*

Die Stimme hatte recht. Hier, im Wasser der Peconic Bay, die er so sehr geliebt hatte, war Joshs Asche verstreut worden. Und ich war bei seiner letzten Reise nicht einmal dabei gewesen, denn ich lag damals noch im Koma. Sie hatten diese Entscheidung getroffen, ohne mich nach meiner Meinung zu fragen. Sie hatten mich um diesen Moment gebracht. Als Annabelle es mir kurz nach der Entlassung aus dem Krankenhaus mitteilte – tatsächlich war es eines unserer letzten Gespräche –, hatte mich eine rasende Wut gepackt. Doch sehr schnell hatte der verheerende Schmerz wieder die Oberhand gewonnen.

Am Ufer der Bucht angekommen, betrachtete ich den Ozean und sammelte mich. Ich hatte das Gefühl, dass der Geist meines Jungen über dem Wasser schwebte. Dass er auf mich wartete. Mein Sohn ... unsichtbar, aber dennoch anwesend, lächelnd und mich willkommen heißend.

Ein Erinnerungsblitz: Josh, der im Sommer über das Gras rennt, Freudenschreie ausstoßend, die ich immer noch hören kann; Josh in der Badehose, der unbedingt schwimmen gehen will und an meiner Hand zieht, weil er darauf besteht, dass ich mitkomme; Josh, der lacht; Josh, der weint, weil er sich wehgetan hat; Josh, der zehnmal am Tag zu mir sagt: »Bis zur Unendlichkeit und noch viel weiter!« Was, wie gesagt, die Devise von Buzz, dem lustigen Weltraum-Ranger aus *Toy Story*, ist, seinem liebsten Zeichentrickfilm. Im letzten Sommer seines Lebens hatte sich Josh fast nie von dieser Spielfigur getrennt.

Plötzlich drückten mich Traurigkeit und Einsamkeit nieder, so sehr, dass meine Beine versagten und ich mich benommen ins Gras setzen musste. »Oh, Josh, Josh, Josh«, flüsterte ich. Zitternd, die Arme um die Knie geschlungen, saß ich da und spürte, wie mir dicke Tränen über Wangen und Kinn rollten. »O Gott, mein Junge, wenn du wüsstest, wie sehr du mir fehlst.« Den Blick auf den Horizont gerichtet, ließ ich den Tränen freien Lauf, denn ich war mir gewiss, dass ich allein war, dass es hier niemanden außer mir gab.

Ich weiß nicht, wie viel später ich aufstand, mir die Augen trocknete und den Rotz abwischte, der mir aus der Nase lief. Das Licht war jedenfalls noch schwächer geworden. Mit gesenktem Kopf kehrte ich zum Haus zurück, zu Stille und Dunkelheit. Mich schauderte. Es hatte etwas Morbides. In meinen Augen war dieser Ort nichts anderes als ein luxuriöses Grab.

Ich hatte eigentlich vorgehabt, mir noch einmal Joshs Zimmer in der ersten Etage anzusehen, aber angesichts der Dunkelheit, die in sämtliche Räume drang, und da jegliches Leben fehlte, hatte ich nicht mehr die Kraft dazu. Ich wollte nur noch eines: abhauen. Mich aus dem Staub machen. Meine Kehle war trocken, die Augen vom Weinen geschwollen. Ich umrundete die große Kücheninsel und öffnete einen Schrank, um mir ein Glas zu nehmen, aber er war leer. Ich beugte mich unter den Wasserhahn und ließ mir den Strahl direkt in den Mund laufen.

Als ich den Blick senkte, sah ich auf dem Boden zwischen dem Schrank unter der Spüle und der Mittelinsel einen Karton stehen. An der Seite war ein Logo zu sehen, ein typischer Truck mit riesigem Kühlergrill und Auspuffkamin, dazu die Aufschrift: GIANTS MOVERS. Ein Umzugskarton.

Der Rückweg nach New York City gestaltete sich ausgesprochen mühselig. Während ich in den Staus steckte, die die Gegend um Manhattan zu bestimmten Zeiten in eine urbane Hölle verwandeln, dachte ich todunglücklich an meinen Jungen. An das Glück, das wir trotz allem erlebt hatten, bevor ich mit dem Trinken anfing. An unsere Familienausflüge in die Restaurants und Boutiquen von Sag Harbor, an die endlosen, milden Sommerabende, als ich bereits zu viel trank, aber noch wusste, wann es Zeit zum Aufhören war, als meine Frau und mein Sohn mir die beiden liebsten Menschen auf der Welt waren ... und als auch sie mich, davon bin ich überzeugt, mehr als jeden anderen liebten.

Wann fing es an schiefzugehen? Ich bezweifelte nicht, dass mich mein Ex-Schwiegervater vom ersten Tag an verachtet hatte, aber wann fing er an, mich wirklich und wahrhaftig zu hassen? Als mein Alkoholkonsum die Schwelle zum Alkoholismus überschritten hatte? Seltsamerweise erinnerte ich mich nur undeutlich an jene Jahre, so als hätte mein Gedächtnis die schlechten Momente einfach aussortiert.

Nachdem ich den Mietwagen abgegeben hatte, ging ich in das *1 Hotel Central Park* an der Ecke Sixth Avenue und 58th Street zurück. Seine Fassade ist begrünt, und die Inneneinrichtung besteht aus unbehandeltem Holz, Sichtmauerwerk, Beton und Pflanzen.

Es war zu spät, um das Umzugsunternehmen noch anzurufen, aber das konnte ich auch am nächsten Tag tun. Stattdessen bestellte ich beim Zimmerservice ein paar Spiegeleier, obwohl ich keinen Hunger hatte. Chris erkundigte sich telefonisch, ob alles in Ordnung sei und wo ich gewesen war. Ich antwortete, ich sei spazieren gegangen, und hoffte, dass meine Stimme mich nicht verriet.

»Perfekt«, sagte er. »Dann also gute Nacht. Wir sehen uns beim Frühstück, und danach fahren wir zum Flughafen.«

Ich checkte, ob Kay mir eine Nachricht geschickt hatte, und mir wurde bewusst, dass ich den ganzen Tag darauf gewartet hatte. Aber sie hatte nicht geschrieben.

Liebe Kay...

tippte ich in mein Handy, löschte die Anrede aber gleich wieder.

Kay, ich kann nicht aufhören, an dich zu denken.

Ich löschte die Worte erneut.

Anstrengender Tag in New York,
erzähle ich dir später,
ich denke an dich.

Schon besser. Ich starrte auf die Schaltfläche *Senden,* zögerte, löschte die Nachricht und schaltete das Handy aus.

In jener Nacht war der Traum wieder da. Der Traum mit Josh auf dem Anleger. Wie beim letzten Mal rief er nach mir: »Dad! Hilfe!« Und ich stürmte barfuß über den Rasen und den Strand, während ein heftiger Wind an den

Palmen rüttelte, Donner grollte und Blitze die Nacht über dem stürmischen Ozean erhellten.

»Dad!«, schrie er. »Dad!«

Aber es gab einen großen Unterschied. Diesmal war mein Sohn nicht allein. Ein Mann stand neben ihm auf dem Steg. Ein großer kahlköpfiger, schwarz gekleideter Mann, der ihm eine Hand auf die Schulter gelegt hatte und ihn mit der anderen am Arm festhielt. Diese finstere Erscheinung neben meinem Sohn erfüllte mich mit Schrecken. Ich betrat den Anleger, rannte auf Josh zu. Wie beim letzten Mal schäumten die Wellen um uns herum in der schwarzen Nacht, während ein heftiger Wind auf Josh einpeitschte und an seinem Pyjama zog und rüttelte.

Und dann wiederholte sich das seltsame Phänomen: Je schneller ich auf die beiden zulief, desto länger wurde der hölzerne Steg. Er erstreckte sich unendlich weit ins Meer hinein, entfernte meinen Sohn und gleichzeitig die düstere Gestalt neben ihm immer weiter von mir, bis die beiden zu winzigen Punkten geschrumpft waren und schließlich verschwanden.

Ich fuhr schweißgebadet hoch, das Herz schlug mir bis zum Hals. Ein großer Schrecken und ein noch größerer Schmerz hatten mich fest im Griff.

»Josh!«, brüllte ich.

19

Eine schwachsinnige Idee

I'm headed home.

Josh Ritter, *Homecoming*

Am nächsten Tag war es schwül in Miami. Bedrohlich hingen die Wolken über dem Flughafen, aber der Regen blieb aus. Da war nur diese feuchte Hitze, die zu einem andauernden Schweißfilm auf der Haut führte.

»Ich liebe dich, Kumpel!«, rief Chris mir zu, als er in seinen Porsche Cayenne stieg. Es war ein Ritual zwischen uns.

Erleichtert, bald wieder zu Hause zu sein, machte ich mich auf den Weg zu den Keys. Die Fahrt vom International Airport in Miami nach Islamorada dauert normalerweise eine Stunde und vierzig Minuten, aber auf dem Dolphin Expressway und dem U. S. Highway 1 auf Höhe von Key Largo und Tavernier herrschte an jenem Tag dichter Verkehr, und ich brauchte beinahe drei Stunden, um nach Hause zu kommen. Als ich den Wagen parkte, stellte ich fest, dass Randys Ford Transit da war, Kays SUV dagegen nicht.

Keine Ahnung, warum, aber ich empfand eine gewisse Erleichterung. Ich hätte nicht gewusst, wie ich mich verhalten sollte, hätte ich den beiden gleichzeitig gegenübergestanden. Beim Aussteigen sah ich Randy auf seiner Veranda sitzen. Er grüßte mich, indem er seine Bierdose hob, lächelte aber nicht. War es nur Einbildung, oder lag eine gewisse Feindseligkeit in der Art, wie er mich anstarrte? Er war zu weit weg, um es mit Sicherheit sagen zu können. Aber er ließ mich keine Sekunde aus den Augen, während ich vom Wagen zum Haus ging. Sein Blick verursachte ein unangenehmes Kribbeln in meinem Nacken.

Hast du etwa Angst vor dem Typen, Baldwin?, fragte meine innere Stimme, stets bereit, mich abzuwerten. *Genau, er ist kräftiger als du, und im Gegensatz zu dir ist er es gewohnt, die Fäuste spielen zu lassen. Er wäre bestimmt verdammt angepisst, wenn er erführe, dass du seine Frau flachgelegt hast…*

All das war nicht gerade beruhigend, genauso wie Randys Wutanfälle, die ich mitbekommen hatte, und seine Neigung, übermäßig zu trinken. Und wo war eigentlich Kay? Hatten sie sich erneut gestritten? Hatte sie ihm im Zorn etwas über uns verraten?

Ich hatte schon immer eine lebhafte Fantasie. Und weiß der Geier, warum, aber häufig kommen mir die pessimistischen Hypothesen zuerst in den Sinn.

Mir fiel die letzte anonyme Nachricht wieder ein: »TRAU NIEMANDEM«. Es war an der Zeit, diesen weisen Rat zu beherzigen und ein paar Nachforschungen anzustellen. Ich hatte eine vage Idee, wie ich vorgehen könnte, und beschloss, jemanden zu kontaktieren: Franklin Stamper, Privatdetektiv. Bislang hatte ich ihn nur im Zuge meiner Recherchen für meine Romane kontaktiert. Seitensprünge,

Vermisstenfälle, Entführungen waren Franklins Spezialität, ebenso wie umtriebige unzuverlässige Buchhalter, Unterschlagungen und Veruntreuungen öffentlicher Gelder ... Seinen Informationen hatte ich mehrere Romanstränge zu verdanken. Franklin war mir von Chris empfohlen worden. In den USA gibt es fünfzigtausend Privatdetektive, und in Florida, wie in den meisten anderen US-Staaten, nehmen Anwälte ihre Dienste in Anspruch, um wasserdichte Akten anzulegen.

»Tom, wie geht's?«, fragte er mit seiner Stentorstimme.

»Basteln Sie an einer weiteren Geschichte?«

»Nein, Franklin«, erwiderte ich. »Diesmal nicht. Diesmal geht es um etwas Reales.«

Schweigen.

»Tatsächlich?« Seine Stimme klang leicht verwundert.

»Na gut, ich höre ...«

Für eine Sekunde überlegte ich, wie ich mein Anliegen in Worte fassen sollte. »Ich möchte, dass Sie ein paar Erkundigungen über meine neuen Mieter einziehen, die Calloways. Vor allem über den Mann, Randy Calloway.«

Ohne zu wissen, warum, fügte ich hinzu: »Und ich möchte, dass Sie meine Ex-Frau aufspüren.«

Ich hörte, dass sich Franklin am anderen Ende der Leitung Notizen machte.

»In Ordnung«, sagte er ein paar Sekunden später. »Erzählen Sie mir alles, was Sie wissen. Stehen die beiden Recherchen irgendwie miteinander in Verbindung?«

»Nein, absolut nicht«, antwortete ich.

Ich schaute aus dem Fenster. Randy war im Innern des Hauses verschwunden. Kay war nicht in Sicht. Und ich hatte auch keine Nachricht von ihr bekommen. Plötzlich empfand ich das starke Bedürfnis, ihr in die Augen zu schauen, zu sehen, wie sie mich anlächelt. *Kein Zweifel, mein Lieber, du bist scharf auf sie.* Was ziemlich ungünstig war, solange sich Randy in der Nähe aufhielt. Doch beim Gedanken an unsere gemeinsame Nacht empfand ich ein derart mächtiges Verlangen, dass die körperliche Wirkung fast augenblicklich eintrat.

Trotz der Wölbung in meinen Shorts machte ich mich auf den Weg ins Arbeitszimmer und an meinen Rechner. Als ich dort angekommen war, klingelte das Telefon. Es war Chris.

»Schlechte Nachrichten, mein Freund«, verkündete er ohne jede Vorrede in düsterem Ton.

Ich erstarrte. Die Stimme meines Agenten war kaum wiederzuerkennen.

»Das Manuskript von *Der Unfall*...«, setzte er an.

»Ja und? Was ist damit?«

»Martha hatte es mit nach Hause genommen, um es am Wochenende fertig einzuscannen«, fuhr er fort, um gleich darauf eine weitere Kunstpause einzulegen. Diese Art, mir die Informationen nur häppchenweise zu verabreichen, machte mich total nervös, und ich schluckte ins Leere.

»Nun spuck's endlich aus«, sagte ich.

»Jemand hat sich Zutritt zu Marthas Wohnung verschafft und es gestohlen.«

»*Was?!*«

Für eine Sekunde verschlug es mir die Sprache.

»Martha hat doch bestimmt eine Sicherungskopie angefertigt, oder?«, fragte ich, innerlich in höchster Bedrängnis.

»Ja, aber sie war ja noch nicht fertig, deshalb hat sie das Manuskript mit nach Hause genommen.«

»Wie viel?«, fragte ich.

»Weniger als fünfzig Prozent.«

Mir wurde schwindlig. Mehr als die Hälfte der tausend besten Seiten, die ich jemals geschrieben hatte, waren verloren! Diesmal endgültig. Tausende Wörter, in tagelanger fieberhafter Arbeit aneinandergereiht, Wochen wundervoller künstlerischer Trance, die mich in Bewunderung vor meinen eigenen literarischen Fähigkeiten hatten erstarren lassen und an die ich die verrücktesten Wünsche geknüpft hatte. Und all diese Wörter waren in nichts aufgegangen!

Wie betäubt stützte ich mich auf der Arbeitsfläche ab und spürte, wie mir das Herz in der Brust zu zerspringen drohte.

Den Rest des Tages verbrachte ich in einem Zustand absoluter Benommenheit. Nie würde ich dieses Feuer der Inspiration wiederfinden, das monatelang geleuchtet und schließlich zur Entstehung von *Der Unfall* geführt hatte. Und selbst wenn ich es fände, ich könnte keine besseren Sätze schreiben. Es war ungefähr so, als wäre Michelangelo die Sixtinische Kapelle über dem Kopf zusammengebrochen.

Ich hatte das Bedürfnis, mich jemandem anzuvertrauen. Ehrlich gesagt, gab es nur eine einzige Person, mit der ich darüber sprechen wollte ... aber Kay war noch nicht wieder aufgetaucht. Ich hatte Randy aus dem Haus kommen und baden gehen sehen; danach war er in der Holzhütte hinten auf dem Grundstück verschwunden, die er als Lagerraum für seine Sachen gemietet hatte. Aber von Kay keine Spur. Vielleicht war sie weggefahren, um ihre Familie zu besuchen oder den Sonntag in Miami zu verbringen, wer weiß? Allerdings hatte sie am Morgen des Vortags, als ich meine Reise nach New York erwähnt hatte, nichts davon gesagt. Und warum antwortete sie nicht auf die Nachricht, die ich ihr schließlich doch noch geschickt hatte?

Bin zu Hause. Du bist nicht da.
Alles in Ordnung? Ich denke an dich.

Keine Antwort. Der Abend kam, und noch immer keine Spur von Kay.

Ich spürte, wie mich große Unruhe erfasste. Stand ihre Abwesenheit irgendwie mit dem in Verbindung, was zwischen uns passiert war? Erneut stellte ich dramatische Hypothesen auf. Ich kann nicht anders, ich gehe immer erst mal vom Schlimmsten aus.

Als es Abend wurde, gingen im Gästehaus die Lichter an. Heimlich beobachtete ich, wie Randy von einem Zimmer ins nächste ging. *Verdammt noch mal, Kay, wo bist du? Warum antwortest du nicht?* Aber meine Sorge war vermutlich unbegründet. Es gab tausend mögliche Erklärungen für ihre Abwesenheit. Und dann, gegen zwanzig Uhr, erloschen die Lichter wieder. Randy kam aus dem Haus, ging entschlossenen Schrittes zu seinem Ford Transit und setzte sich hinters Steuer.

Sobald er weggefahren war, betrachtete ich erneut das dunkle Haus.

Denk nicht mal dran, Tom. Das wäre eine ganz schlechte Idee. So dumm bist du doch nicht, oder?

Aber das Haus war da ... und streckte die Arme nach mir aus, wenn ich diese mindestens wackelige Metapher wagen darf.

Und ich hatte einen Zweitschlüssel ...

Es würde höchstens fünf Minuten dauern ...

Um diese Uhrzeit am Samstagabend war Randy garantiert auf eine Kneipentour gegangen.

Und ja, tatsächlich: Ich war so dumm.

VERDAMMT NOCH MAL, TOM, DU IDIOT, DAS IST EINE ABSOLUT SCHWACHSINNIGE IDEE, IST DIR DAS EIGENTLICH KLAR?, fragte eine andere Stimme, die der von Chris ähnelte, wie mir plötzlich auffiel. Doch ich griff bereits nach dem Schlüsselbund, und so ahnungslos und schlecht vorbereitet wie der Abenteurer in dem Film *Into The Wild* schlich ich mich in die milde Sommernacht hinaus.

20

Tom spielt den Unerschrockenen

> Look beneath the floor boards
> for the secrets I have hid.
>
> Sufjan Stevens, *John Wayne Gacy Jr.*

Den kurzen Weg zum Gästehaus legte ich im Laufschritt zurück. Ein warmer Wind, der die Palmen wiegte, umwehte mich wie ein Trupp flüsternder Dämonen.

Ich stieg die Stufen zur Veranda hinauf und warf einen Blick auf den einsamen Sandweg, ehe ich den Schlüssel ins Schloss steckte. Niemand war zu sehen. Also wartete ich nicht länger, sondern stieß die Tür auf, die leise quietschte. Da ich es nicht wagte, das Licht einzuschalten, begnügte ich mich mit der Taschenlampen-App meines iPhones.

Mit geweiteten Pupillen inspizierte ich in dem schwachen Lichtschein die Räume: das kleine Wohnzimmer mit dem Sofa, einer Kommode, der Bar ...

Was hast du denn erwartet?, fragte meine innere Stimme, offensichtlich nicht bereit, mich in Ruhe zu lassen. *Blutflecken an den Wänden? Eine Leiche auf dem Teppich? Kampfspuren? Vielleicht solltest du aufhören, TV-Serien anzusehen und Räuberpistolen zu schreiben, Tom Baldwin ...*

Natürlich fand ich nichts dergleichen. Alles war völlig normal. Erneut spähte ich zum Fenster hinaus, bevor ich jede Ecke des Zimmers ausleuchtete. Dann betrat ich die Küche. Zwei leere Dosen Spencer Monks und eine leere Weinflasche standen auf der Arbeitsfläche. Gläser, schmutzige Teller und loses Besteck in der Spüle. Ein Buch von Joyce Carol Oates auf dem Küchentisch, dessen Anblick mir ein halbes Lächeln entlockte. Ich kehrte ins Wohnzimmer zurück.

Die Minuten verrannen. Plötzlich erblickte ich auf dem Couchtisch einen Stapel ungeöffneter Briefe. Ich bückte mich. Näherte mein Handy dem Stapel, nahm erst einen, dann noch einen Umschlag in die Hand. Die Briefe waren an die vorherige Adresse der beiden adressiert und hierher nachgesendet worden. Empfängerin war in beiden Fällen Kay Calloway. Ein dritter Brief war an Randy Calloway adressiert.

Ein Detail erregte meine Aufmerksamkeit. In allen drei Fällen befand sich die Adresse, an die die Briefe ursprünglich geschickt worden waren, nicht in Chicago, sondern in ... New York.

Was hatte das zu bedeuten? Mir blieb keine Zeit, mich noch länger mit dieser Frage zu beschäftigen, denn plötzlich machte das Herz in meiner Brust einen Satz. *Motorengeräusche!* Ich schaltete mein Handy exakt in dem Augenblick aus, in dem die Scheinwerfer die Fenster streiften, um gleich darauf die Stämme der Palmen vor dem Haus anzustrahlen.

Randy!
Er war zurückgekommen!

Ich fotografierte rasch die New Yorker Adresse, richtete mich wieder auf und steuerte auf die Tür zu. Auf halbem Weg blieb ich stehen. Unmöglich, dort hinauszugehen. Randy würde mich sehen. Und ich hatte nicht mal hinter mir abgeschlossen! Mit einem Magen, der sich offenbar in einen Felsblock verwandelt hatte, näherte ich mich der Tür, schob zitternd den Schlüssel ins Schloss und drehte ihn langsam um, während ich bereits hörte, wie draußen die Tür des Ford Transit zuschlug. Ich war so überrascht, dass ich durch das Wohnzimmer zurück in die Küche stürmte. Zum Glück kannte ich den Grundriss der Räume. Ich schob das Fenster hoch, kletterte hindurch und ließ mich einen Meter fünfzig tief ins Gras zwischen zwei berauschend duftenden Blumenbeeten fallen. Dann stand ich auf und hob die Arme, um das Fenster herunterzuziehen, genau in dem Augenblick, in dem auf der anderen Seite des Hauses die Haustür aufschwang.

Mit schlotternden Knien und einem tanzenden Puls kauerte ich zwischen den Blumen unter dem Fenster, Schweiß strömte mir über den Rücken. Wenn ich jetzt aufstand und zurück zu meinem Haus ging, würde Randy mich möglicherweise sehen. Dieses Risiko wollte ich auf keinen Fall eingehen.

Eine gelbe Lichtpfütze landete auf dem bläulichen Gras vor mir, als er die Küche betrat und das Licht einschaltete. Scheiße. Das hatte mir gerade noch gefehlt. Über mir hörte ich, wie er das Fenster anhob, ehe er den Kühlschrank öffnete – zweifellos, um nach dem x-ten gut gekühlten Spencer-Monks-Bier zu greifen – und gleichzeitig einen Anruf entgegennahm. »Verdammte Hitze ... es ist dermaßen heiß in dieser beschissenen Gegend ... ja, er ist aus New York zurück ... Er hat den Tag in seinem Haus verbracht.« Pause. »Ja ... Sobald irgendwas passiert, sage ich dir Bescheid, aber dieser Idiot rührt sich ja nicht vom Fleck ... Er ist nicht mal zum Stand-up-Paddeln rausgegangen ... Ja, ja ... Ich behalte ihn im Auge, hab's kapiert ... Wofür hältst du mich?«

Ich erstarrte vor Verblüffung. Mit wem sprach er? Mit Kay? Mit jemand anderem? Randy sollte mich also beschatten. Aber in wessen Auftrag, verdammt noch mal? Und warum? Jedenfalls hatte er sich gut getarnt, das musste ich ihm lassen ... Wusste Kay Bescheid? War sie am anderen Ende der Leitung gewesen?

Plötzlich wusste ich nicht mehr, was ich glauben sollte. Hatte Kay aus anderen Gründen als gegenseitiger Anziehung mit mir geschlafen? Normalerweise erkenne ich einen Betrüger ... eine Betrügerin, wenn ich eine sehe. Ich konnte es einfach nicht glauben. Nein, die Frau, mit der ich eine Nacht verbracht hatte, war ehrlich. Sie machte mir nichts vor, dafür hätte ich die Hand ins Feuer gelegt.

Bist du dir sicher? Und mit wem hat Randy deiner Meinung nach gesprochen?, flüsterte meine innere Stimme erneut. *Sei doch nicht so naiv, Tom ...*

Ja. Wenn Randy hier war, um mich zu beschatten, musste Kay es gewusst haben. In meinem Kopf überschlugen sich die Gedanken. In den letzten Tagen war bereits eine Menge passiert. Die Begegnung mit Kay, der Diebstahl des Manuskripts, die anonymen Nachrichten, die Entdeckung, dass meine Ex-Frau und mein Ex-Schwiegervater weggezogen waren. Und jetzt das.

Das ging alles viel zu schnell.

Trotzdem konnte ich nicht die ganze Nacht darauf warten, dass Randy endlich einschlief.

Sobald das Licht in der Küche erlosch und aus dem Wohnzimmer leise der Fernseher erklang, stürzte ich auf das Dickicht aus Würgefeigen, Traubenbäumen, Lianen und Strandpalmen zu, das sich wie eine dichte Pflanzenmauer etwa acht Meter hinter dem Gartenhäuschen erstreckte. Ich brach in diesen Minidschungel ein, indem ich jeden Gedanken an Schlangen, Skorpione oder giftige Spinnen, von denen es dort im Dunkeln vermutlich wimmelte, beiseiteschob.

Von diesem Dickicht aus erreichte ich den Sandweg mit dem Laubdach und ging nach Hause, als käme ich gerade von einem Spaziergang zurück. Unter den vielen Fragen und Befürchtungen, die meinen Geist heimsuchten, schob sich eine in den Vordergrund: Wie war es möglich, dass ich all das nicht hatte kommen sehen?

21

Byron Woodruff

I may be paranoid, but no android.

Radiohead, *Paranoid Android*

Franklin Stamper weckte mich. Ich hatte vergessen, dass er ein Frühaufsteher ist und spät ins Bett geht, sodass man sich fragt, wann er überhaupt mal schläft. Bei interessanten Neuigkeiten ist zu jeder Tages- und Nachtzeit mit seinem Anruf zu rechnen.

»Ich habe Sie doch hoffentlich nicht geweckt?«, fragte er um sieben Uhr morgens.

Ich sah von einer Antwort ab. Was natürlich auch eine war.

»Hallo, Franklin. Gibt's was Neues?«

»Ja, das eine oder andere.« Im Hintergrund waren zankende Kinder zu hören. »Oder eher einen überraschenden Mangel an Neuigkeiten. So seltsam es klingen mag, aber ich kann den Aufenthaltsort Ihrer Ex-Frau nicht ermitteln. Es gibt keinen Nachsendeauftrag für die Post, keine gültige Telefonnummer, keinen Wohnsitznachweis im Netz, nichts.«

Ich überlegte, was diese neue Erkenntnis bedeuten mochte.

»Was Randy Calloway betrifft, Ihren neuen Mieter, bin ich hingegen fündig geworden. Sie haben wirklich ein Talent, sich die Richtigen auszusuchen, Tom, ich muss schon sagen ...«

»Wie meinen Sie das?«

»Na ja, Randy hatte ein paar Probleme mit dem Gesetz. Er war sogar mehrmals für kurze Zeit im Gefängnis.«

»Ich dachte, er ist Pharmareferent?«

Lachen am anderen Ende der Leitung.

»So kann man es natürlich auch nennen«, sagte Franklin, fuhr aber gleich darauf mit ernster Stimme fort: »Wenn er nicht gerade hinter Gittern saß, hat er in den letzten zehn Jahren in New York ständig den Job gewechselt. Außerdem hat Randy ein kleines Alkoholproblem und kann sehr aggressiv werden, wenn er getrunken hat, auch seinen Arbeitgebern gegenüber. Das kann dann durchaus mal im Krankenhaus enden. Seien Sie vorsichtig, Tom. Ich kenne Sie, Sie sind kein Schläger. Dass dieser Typ bei Ihnen wohnt, gefällt mir gar nicht. Tun Sie mir einen Gefallen: Meiden Sie ihn, so gut es geht.«

Ich versuchte zu verdauen, was Franklin mir gerade mitgeteilt hatte.

»Und sie?«, fragte ich. Meine Kehle war wie zugeschnürt.

»Ex-Polizistin. Wurde offenbar nicht damit fertig, dass sie einen Bengel erschossen hat, weil sie glaubte, er sei bewaffnet. Danach hat sie den Dienst quittiert. Kay und Randy ... Wenn Sie mich fragen: Die beiden passen überhaupt nicht zusammen.«

Wenigstens in diesem Punkt hatte mich Kay also nicht angelogen.

»Und sie haben nie in Chicago gelebt?«

»Nicht, dass ich wüsste. Da haben sie Ihnen wohl ein Märchen aufgetischt. Aber ich verstehe nicht recht, warum.«

Ich verstand es auch nicht. Tatsächlich war genau das die Eine-Million-Dollar-Frage.

»Danke, Franklin. Sagen Sie mir, was ich Ihnen schuldig bin. Und ich habe noch eine Bitte an Sie.«

»Ich höre.«

Ich erzählte ihm von den anonymen Nachrichten.

»Und Sie wollen natürlich wissen, wer Ihnen so etwas schickt. Meine Güte, Tom, ich weiß nicht, was gerade in Ihrem Leben los ist, und auch nicht, wo Sie da reingeraten sind, aber ich finde, allmählich ähnelt das Ganze einer Folge von *Fargo*.«

In dieser Hinsicht konnte ich ihm nur recht geben.

»Okay«, sagte er. »Extreme Umstände erfordern extreme Maßnahmen. Ich hole Sie ab, und dann fahren wir jemanden besuchen. Er ist ein bisschen speziell, Sie werden sehen, aber er könnte durchaus Ihre letzte Rettung sein. Nur arbeitet dieser Typ für niemanden, den er nicht kennt. Unter normalen Umständen würde er Sie wahrscheinlich mit dem Gewehr aus dem Haus jagen. Aber mir vertraut er. Trotzdem werde ich ihn vorher anrufen. Er hasst unvorhergesehenen Besuch.«

»Wo fahren wir hin?«, fragte ich drei Stunden später, als wir auf dem Highway über die Fluten gen Norden unterwegs waren und an einem Schild vorbeikamen:

SIE VERLASSEN NUN DIE KEYS.
KOMMEN SIE BALD WIEDER!

»In die Everglades«, antwortete Franklin Stamper, der am Steuer saß. »Der Typ wohnt mitten im Sumpf. Ein Besuch bei ihm ist die reinste Expedition, warten Sie's ab.«

Wir fuhren also von den Keys aufs Festland, blieben aber bis Florida City auf der U. S. 1. Danach fuhren wir auf der FL-997 weiter, immer noch in nördlicher Richtung. Nach zweiundzwanzig Meilen bogen wir ab, diesmal nach Westen auf die U. S. 41, auch bekannt unter dem Namen Tamiami Trail. Sie führt geradewegs in eines der wildesten Gebiete der USA: den Everglades-Nationalpark. Sechstausend Quadratkilometer Sumpf, Mangroven, überschwemmte Grasflächen, bevölkert von Hunderten Vogel- und Fischarten, aber auch von über fünfzig Reptilienarten, von Pumas, Insekten, gefräßigen Mücken und ebenso gefräßigen Krokodilen. Welcher zivilisationsfeindliche Eremit mochte an einem solchen Ort leben?

Nachdem wir ungefähr fünfzig Kilometer durch eine Vegetation ohne jede menschliche Behausung oder auch nur Präsenz gefahren waren, parkten wir im Süden des Big-Cypress-Reservats in der Nähe einer Anlegestelle für Tragflächenboote, die tatsächlich aus einer Reihe von Bretterstegen, Bootsanlegern und Pfahlhütten bestand.

Gleich darauf glitten wir zwischen Wasserpflanzen, Sumpfzypressen, Kiefern, Gestrüpp und unter Laubgewölben hindurch über stille, dunkle Wasser, begleitet vom Höllenlärm des Gebläses, der die Ruhe des Ortes ein wenig störte. Der Himmel war bedeckt, und im Schatten der engen Kanäle erahnte ich das wimmelnde Leben, das durch unser lautes Eindringen aufgeschreckt worden war. Wiederholt schlug ich mir auf Nacken und Arme, weil Millionen von Mücken über mich herfielen, die mich offenbar für ihr Mittagessen hielten.

»Kommen Sie bloß nicht auf die Idee, mal kurz reinzuspringen, und fallen Sie um Himmels willen nicht ins Wasser«, sagte der Lotse lächelnd, »hier wimmelt es nur so von Alligatoren.«

Vielen Dank für die Belehrung. In dieses Wasser hätte ich um nichts auf der Welt auch nur einen Zeh getaucht. Aber gleichzeitig war mir klar, dass dieses Heiligtum mit seinem empfindlichen Gleichgewicht vor allem durch eine Spezies bedroht war: den Menschen.

Während wir immer tiefer in den Sumpf vordrangen und die Kanäle, auf denen wir unterwegs waren, immer enger wurden, riss mich Franklin mit folgenden Worten aus meinen Gedanken: »Also, überlassen Sie das Reden lieber mir. Ich kenne niemanden, der so paranoid und empfindlich ist wie Byron. Und glauben Sie mir, ich kenne einige.«

Gleich darauf erblickte ich im dichten Gewirr der Zypressen, zwischen bis an die Wasseroberfläche reichenden Wurzeln und Falten werfendem spanischem Moos, eine große Holzhütte auf einer Plattform aus Brettern, die ihrerseits auf einem Dutzend Pfählen ruhten. Noch erstaunlicher waren die Stacheldrahtrollen und die Maschendrahtzäune, die die Plattform umgaben, ebenso wie die auf den Sumpf gerichteten Scheinwerfer, die sich beim Näherkommen einschalteten, zweifellos ausgelöst durch Näherungssensoren.

Diente all das dazu, sich nachts vor Alligatoren und Pumas zu schützen? Das schien mir als Kriegslist doch leicht übertrieben.

»*Ich* rede mit ihm«, wiederholte Franklin mit leiser Stimme, und allmählich wurde ich ein wenig nervös.

Auf einem schwimmenden Anleger sah ich ein Kajak liegen und begriff, dass die Pfahlhütte nur mithilfe des Tragflächenboots und dieses Kajaks zu erreichen war. Plötzlich schwang die Tür auf. Ein Typ kam heraus, bewaffnet mit einem Gewehr. Er drehte einen der Scheinwerfer in unsere Richtung, sodass wir im wahrsten Sinn des Wortes geblendet waren. Ich zuckte zusammen und hielt mir schützend eine Hand vors Gesicht.

»Wer da?«, rief er, hinter dem Scheinwerfer stehend.

»Ich bin's, Byron. Franklin, ich habe dir am Telefon gesagt, dass wir herkommen.«

»Und wer sind die anderen?«, hakte der Typ nach, der Bart und Brille trug.

»Der eine ist der Bursche, von dem ich dir erzählt habe. Der andere ist der Lotse.«

»Na gut. Sag dem Lotsen, er soll mit seiner Drecksmaschine verschwinden. Er kann euch abholen, wenn wir hier fertig sind. Ihr anderen geht da entlang.«

Er senkte die Waffe. Wir betraten den schwimmenden Anleger, und das Tragflächenboot entfernte sich, wobei der Lärm nur ganz allmählich abnahm. Über eine Leiter erreichten wir die Plattform.

»Thomas Michael Baldwin«, sagte der Typ, während er mich durch seine Brille eingehend musterte. »Geboren am 13. September 1980 in Jersey City. Schriftsteller. Geschieden. Wohnhaft am Morada Way in Islamorada. Ist das richtig?«

»Ja.«

»Zeigen Sie mir einen Identitätsnachweis.«

Im Ernst? Ich suchte Franklins Blick, und als er nickte, beschloss ich, der Aufforderung nachzukommen. Ich sah mich um. Mit all dem Stacheldraht und den Scheinwerfern ähnelte die gesamte Anlage einem Militärlager im Dschungel von Vietnam.

»Da, sehen Sie«, sagte der bärtige Typ lächelnd. »Ronald McDonald beobachtet uns. Er wohnt hier.«

Als ich mich in die Richtung wandte, in die er zeigte, erblickte ich die beunruhigenden Umrisse eines sehr dunklen Alligators. Er war nur schemenhaft zu sehen, wie er in etwa zehn Metern Entfernung zwischen den dicken Wurzeln zweier Echter Sumpfzypressen dicht unter der Wasseroberfläche lag.

»Und wer sind Sie?«, fragte ich.

Der Einsiedler musterte mich argwöhnisch und blickte kurz zu Franklin, ehe er sich erneut mir zuwandte.

»Mein Name ist Byron Woodruff«, sagte er. »Und mehr müssen Sie nicht wissen, Freundchen. Versuchen Sie bloß nicht, mich auf diesem verdammten Google-Big-Brother zu finden, es wird Ihnen nämlich nicht gelingen. In den satanischen Netzen des verfluchten Galaktischen Imperiums werden Sie mich nirgendwo finden. Ich fliege unter dem Radar des Internets, Meister. Ich ficke Darth Vader Zuckerberg, Voldemort Bezos, Hannibal Musk und die ganze restliche Clique in den Arsch.«

Ich fragte mich, zu was für einem komischen Kauz

Franklin mich da gebracht hatte. Mit seinem Robinsonbart und dem durchgeknallten Auftreten erinnerte mich Byron Woodruff an Theodore Kaczynski alias Unabomber. Vermutlich war auch Woodruff eine Art Öko-Anarchist oder so. Im Gegensatz zu Unabomber schien er jedoch nicht technikfeindlich zu sein, der Anzahl der Antennen nach zu urteilen, die in allen möglichen Größen auf seinem Dach emporragten.

»Willkommen in meinem bescheidenen Heim«, sagte er in ironisch feierlichem Ton und ging zurück in seine Hütte.

Beim Eintreten mussten wir den Kopf einziehen. Ein einziger Raum von ungefähr zwölf Quadratmetern, in dem man kaum aufrecht stehen konnte und der einer Kombüse ähnelte: Jeder Quadratzentimeter Platz wurde genutzt.

Elektronik, Steckdosen, Kabel, Apparate, deren Verwendung mir unbekannt war... Überall blinkte und pulsierte es. Es gab mehr Tasten und Knöpfe als an Bord der SpaceX. Eigentlich erinnerte das Ganze eher an ein altes sowjetisches Sojus-Raumschiff. Woher bezog er den Strom dafür? Wahrscheinlich von einem Generator. Und das fließende Wasser? Aus einem Regenauffangbehälter? Die Innenwände waren von Metallgittern mit rechteckigen Maschen bedeckt, offenbar, um einen Faraday'schen Käfig aus dem Raum zu machen. Ein halbes Dutzend Bildschirme brannte Löcher in die Dunkelheit. Eine Tür mit der Aufschrift »Privat« führte weiter hinten vermutlich zu seinen Wohnräumen, es sei denn, er lebte woanders. Sie war von dem gleichen Gitternetz überzogen wie alles andere auch.

Im Inneren der Hütte roch es nach Raubtier. Es war, als beträte man den Löwenkäfig im Zoo, obendrein mit einem THC-Gehalt, von dem einem Mammut schwindlig geworden wäre. Byron trat mir mit einem Metalldetektor der Sorte gegenüber, wie sie auch die Security von Flughäfen oder Botschaften benutzt. Er suchte mich von oben bis unten damit ab, und wie zu erwarten, fing das Ding fröhlich an zu piepen.

»Nehmen Sie sämtliches Metall aus Ihren Taschen – Kleingeld, Schlüssel, Handy, Schmuck –, und legen Sie es in die Plastikbox dort.«

Der Typ ist völlig irre, dachte ich, während ich der Aufforderung Folge leistete, nicht ohne Franklin einen weiteren fragenden Blick zuzuwerfen; er nickte ein weiteres Mal. Woodruff griff nach der Tupperdose, öffnete den Kühlschrank und stellte sie hinein. An der Kühlschranktür hing ein Poster mit dem berühmten Phantombild von D. B. Cooper. Nach allem, was ich bisher wusste, dachte ich, dass es sich genauso gut um Woodruff selbst handeln könnte. Aber nein, er war zu jung. Byron war mit Sicherheit nicht älter als vierzig.

»Sie haben D. B. Cooper gesehen, hm?«, bemerkte er mit einem Augenzwinkern. »Ich habe Tausende Stunden damit verbracht, im Netz nach ihm zu suchen. Im Gegensatz zum FBI bin ich ihm schließlich auf die Spur gekommen. Aber ich werde euch auf keinen Fall verraten, wo er sich versteckt hält. Inzwischen ist er sehr alt, man sollte ihn in Ruhe lassen. Jedenfalls ist er keiner der Verdächtigen auf seiner Internetseite«, sagte Woodruff lachend.

Er setzte sich hinter seinen Schreibtisch inmitten der Bildschirme.

»Fünfundsechzig Datendiebstähle pro Sekunde«, sagte er und schob sich die Brille auf der Nase hoch. »Und niemand ist davor sicher, weder die JP-Morgan-Bank noch eine Dating-Website oder eine App für Pizza-Lieferdienste. 978 Millionen Menschen sind pro Jahr von Cyberangriffen betroffen. » 2019 wurde Baltimore durch eine Attacke auf sein Computernetzwerk für mehrere Wochen lahmgelegt. Und die Fälle potenzieren sich. Man nimmt an, dass in den nächsten zwei Jahren sechs Milliarden Menschen zu Opfern werden. Die Regierung erkennt das Ausmaß des Problems überhaupt nicht. Diese Nullen kommen immer zu spät. Dabei hätte ihnen die Wahl von Trump dank Putins Hackern eine Lehre sein müssen. Aber was soll's… Die Cyberpiraten in China, Russland und dem Iran haben ihre helle Freude daran.«

Byron klapperte auf der Tastatur herum.

»Aber natürlich ist eine solche Umgebung für mich genauso ideal wie die Sümpfe der Everglades für Ronald McDonald da draußen, nicht wahr? Es ist sozusagen mein Ökosystem.«

Auf einmal klingelte in der Hütte ein Telefon. Byron musste in seinem Durcheinander kurz danach suchen.

»Ja, Mom«, antwortete er in sanfterem Ton als bisher. »Nein… Ich bin nicht allein, Mom… Aber nein, keine Frau, es sind Kunden… Ich weiß, Mom… Nein, ich will nicht, dass du mir jemanden vorstellst… Ja, genau, bis heute Abend.«

Er legte auf.

»Sorry, das war meine Mutter«, sagte er. »Also gut, wenn ihr mir jetzt bitte sagt, warum ihr hier seid?«

Diese Aufgabe übernahm Franklin.

»Ihr Sohn ist tot?«, fragte er mich argwöhnisch.

»Ja, er ist bei dem Unfall gestorben.«

»Herzliches Beileid«, sagte er in emotionslosem Ton. »Also, wenn ich Sie richtig verstehe, sind Sie hier, weil Sie absolut keine Ahnung haben, wer Ihnen diese E-Mails schickt?«

»Genau.«

Er nickte und nahm wieder vor seinen Bildschirmen Platz.

»Kannst du ihm helfen?«, fragte Franklin, der allmählich ungeduldig wurde.

»Ob ich ihm helfen kann? Ich habe mal eine anonyme Nachricht bekommen, in der mir jemand drohte, ich würde unter schrecklichen Schmerzen zu Tode kommen. Ich habe weniger als fünf Minuten gebraucht, um herauszufinden, wer der Absender war: ein Automechaniker, der mich hatte reinlegen wollen – damals, als ich noch eine Karre hatte – und den ich deshalb nicht bezahlt hatte. Ich erspare euch die Details. Keine halbe Stunde später erhielt seine Frau sämtliche Nachrichten auf ihr Handy, die der Scheißkerl mit seiner Geliebten ausgetauscht hatte. Kostet fünftausend Dollar«, fügte er hinzu. »In Kryptowährungen.«

»Und wie geht das?«, fragte ich.

Byron verdrehte die Augen, bis fast nur noch das Weiß zu sehen war.

»Nicht zu fassen, dass es im Jahr 2021 noch Menschen gibt, die nicht wissen, wie man ein Konto für Kryptowährungen führt. Echt erfrischend. In dem Fall dann eben bar. Sobald ich das Geld habe, mache ich mich an die Arbeit.«

»Kannst du sofort anfangen?«, meldete sich Franklin zu Wort. »Tom ist vertrauenswürdig.«

»Von mir aus«, sagte Byron schulterzuckend. »Okay. Geben Sie mir Ihre IP-Adresse.«

Ich nannte sie ihm.

»Ich bekomme Zugriff auf alles, was auf Ihren elektronischen Geräten gespeichert ist. Sind wir uns da einig?«

»Ja.«

»Ich sagte: auf *alles*«, wiederholte er und musterte mich durch die Brille aus schmalen Augen, als hätte er es mit einem Idioten zu tun.

»Ja, schon verstanden.«

»Und es gibt nichts, was Sie lieber vorher verstecken wollen? Drogen, Pornos, ein paar Perversionen, unsägliche Laster?«

»Nein, ich habe nichts zu verheimlichen«, sagte ich.

Schulterzuckend erwiderte er: »Jeder hat etwas zu verheimlichen. Wenn man diese Tür aufstößt, hat es immer Konsequenzen. Ihr Leben wird sich bald sehr verändern.«

Vielen Dank auch. Das wusste ich bereits.

22

Randy hat was angepflanzt

It's not so bad.

Eminem, *Stan*

Als Franklin mich absetzte, war es schon fast dunkel. Ich bemerkte sofort, dass Kay noch immer nicht zurück war. Der kleine Anbau hinter dem Haus stand offen, und ein Streifen Licht strömte auf den Rasen hinaus. Ich hatte vergessen, dass die Beleuchtung im Inneren des kleinen Hauses derart hell war, und das machte mich neugierig. Erstaunt näherte ich mich.

Bei dem, was ich kurz darauf entdeckte, blieb mir der Mund offen stehen. Eine große rechteckige Metallplatte, auf der etwa einhundert LEDs befestigt waren, hing an vier Metallstäben von der Decke herunter. Die LEDs spendeten Licht im gesamten Spektrum: Weiß, Blau, Rot, Infrarot. Und auf einem Tisch darunter standen mehrere Dutzend Cannabispflanzen, die in diesem warmen Licht badeten.

»Was ist das denn?«, fragte ich ungläubig, noch etwa einen Meter von der Tür entfernt.

Völlig unbeeindruckt von meinem Erscheinen drehte sich Randy um.

»Ach … hallo, Tom.«

»Was ist das?«, wiederholte ich und spürte, wie Wut in mir aufstieg.

»Keine Sorge, Alter, ist nur medizinisches Cannabis. Ich habe ein Rezept, alles für meinen persönlichen Konsum. Gegen die Rückenschmerzen, die ich seit dem verdammten Motorradunfall habe.«

Er zeigte mir die Dosen, die die getrockneten Blüten enthielten und auf denen sein Name und der THC-Gehalt angegeben waren. Er zwinkerte mir zu und sagte: »Na schön, ich gebe zu, dass ich manchmal ein bisschen mehr konsumiere, als ich sollte, und dass der THC-Gehalt nicht ganz den Vorschriften entspricht. Aber ich kann dich beruhigen, du beherbergst hier keinen Dealer. Mach dich locker, okay? Und bedien dich, wenn du willst.«

Ich war absolut nicht beruhigt. Außerdem spürte ich, dass sich hinter der geheuchelten Kameradschaft und dem amüsierten, flapsigen Tonfall leichte Nervosität und etwas Heimtückisches, unterschwellig Bedrohliches verbargen.

»Wo ist Kay?«, fragte ich unvermittelt und bereute die Frage in der Sekunde, in der ich sie gestellt hatte.

Mir war sofort klar, dass ich einen Fehler gemacht hatte. In Randys Gesicht vollzog sich eine spektakuläre Wandlung. Seine Züge bekamen etwas Finsteres, Wildes. Sein Blick bohrte sich wie ein Nagel in meinen. Und seine Stimme war eiskalt, als er fragte: »Warum willst du das wissen?«

Ich wich zurück. Mir war bewusst, dass ich blass geworden war.

»Nur so... aus Höflichkeit.«

»Aus ›Höflichkeit‹?«, fauchte er. »Du hältst mich wohl

für dämlich, Tom Baldwin. Glaubst du wirklich, ich hätte es nicht gemerkt?«

Mir schoss der Gedanke durch den Kopf, dass ich hier mit diesem Typen, den Franklin für gefährlich hielt, allein war.

»*Was* gemerkt?«

Ich wünschte, mein Erstaunen würde aufrichtig wirken, aber die Worte blieben mir im Hals stecken wie eine Fischgräte im Maul einer Katze.

»Dass Kay dir gefällt ... dass du *hart* wirst, wenn du sie siehst.«

Das Wort traf mich wie eine Ohrfeige. Der helle Lichtschein im Hintergrund hob Randys große Gestalt hervor. Seine Augen funkelten bösartig in dem dunklen Gesicht.

»Das ist normal«, sagte er. »Alle Kerle sind scharf auf Kay, und diese Schlampe steht drauf.«

Diesmal gelang es mir, wütend zu wirken ... denn ich *war* wütend.

»Du täuschst dich«, sagte ich. »Und ich verbitte mir, dass man in meinem Haus auf diese Art mit mir spricht.«

»›Ich verbitte mir, dass man in meinem Haus auf diese Art mit mir spricht‹«, äffte er meinen empörten Tonfall nach, auf eine perfekte und sehr grausame Weise, das muss ich zugeben. »Ich sag dir mal was, Junge: Du weißt gar nichts von meiner Frau. Absolut nichts. Und du solltest dich zu deinem eigenen Wohl von ihr fernhalten.«

Damit kehrte er mir den Rücken und nahm ohne weitere Verzögerung seine Gartenarbeit wieder auf.

23

Neuigkeiten von Byron

> Get your motor runnin',
> head out on the highway.
>
> Steppenwolf, *Born To Be Wild*

In der Nacht darauf schlief ich schlecht. Der Traum von dem Bootsanleger war wieder da. Aber diesmal stand Randy auf dem Ponton. Er hielt meinen Jungen fest und hatte wieder dieses hämische, grausame Grinsen im Gesicht, als er sagte: »Es ist nur medizinisches Cannabis, Tom. Ich habe es Josh zum Probieren gegeben. Scheint ihm zu gefallen.« Wind kam auf. Eine stürmische Nacht. Ich sah, wie sich Joshs Kopf hin und her bewegte, das Kinn auf der Brust, und ich lief auf die beiden zu. Aber erneut dehnte sich der Anleger unendlich aus, und die zwei Gestalten schrumpften sehr schnell, ehe sie am Horizont verschwanden.

Die Sonnenstrahlen, die von allen Seiten in das Zimmer fielen, weckten mich. Ein Streiflicht. Wie ein Scheinwerfer leuchtete es jeden Winkel aus, und ich blinzelte, geblendet vom hellen Morgenlicht. In Boxershorts durchquerte ich das Zimmer, das größer war als mein altes Wohnzimmer in New York, duschte, ging dann in die Küche und machte mir einen Kaffee, ohne den Blick von der fantastischen Aussicht auf den Atlantik abzuwenden. Doch an diesem Morgen beruhigte mich der Anblick nicht im Geringsten. Immer wieder dachte ich an das, was am Vorabend passiert war, an Randys Gras, an sein provozierendes, drohendes Auftreten, an das gemeine Wort, mit dem er Kay beschrieben hatte. *Wo ist sie bloß?* Ich schaute aus dem Fenster und zuckte zusammen, als ich ihren SUV vor dem Haus stehen sah.

Sie ist wieder da.

In demselben Moment klopfte es an der Tür, und ich öffnete.

Kay.

Bekleidet mit weißen Shorts und einem knallroten T-Shirt, die vollen Lippen zu einem breiten Lächeln verzogen, stand sie auf der Schwelle. Ihre Haare bauschten sich im Wind und glänzten im Morgenlicht.

»Hallo«, sagte sie.

Ich hatte eine Sekunde gezögert, aber sie schien es nicht zu bemerken.

»Hallo«, sagte ich.

Sie hob eine Hand und hielt mir den Roman hin, den ich ihr geliehen hatte.

»Hast du noch einen? Ich fand das Buch super!«

»Äh ... ja, komm rein.«

Ich warf einen Blick über ihre Schulter. Randy war weggefahren, um zu arbeiten, zu dealen oder um Gott weiß was zu tun. Jedenfalls beschattete er mich gerade nicht. Hatte sie diese Aufgabe übernommen? Ich war fest entschlossen, mit ihr über die Ereignisse des Vorabends zu sprechen, über das Cannabis und auch über das, was Randy über sie gesagt hatte. Aber ich zögerte es hinaus, indem ich mich auf die Suche nach einem weiteren Roman machte.

»Hier«, sagte ich, als ich ihn ihr reichte. »Willst du einen...?«

Sie ließ mir keine Zeit, den Satz zu beenden, sondern drückte ihre weichen Lippen auf meine, während sie mit der Zunge in meinen Mund eindrang und mir die Fingernägel in den Nacken grub. Ich widerstand der Berührung eine oder zwei Sekunden lang, ehe ich den Kuss anfangs zögerlich, dann aber ohne jede Zurückhaltung erwiderte. Meine Hände glitten von ihren Hüften unter ihr T-Shirt und gingen zum Sturm auf ihre Brüste über. Ich hatte sehr wohl registriert, dass sie keinen BH trug. Die Nippel unter dem dünnen Stoff wurden hart. Ich spürte die Härte und die Rundung ihrer Brust, während unsere Zungen ihren Tanz fortsetzten. Meine Hände wanderten nach unten, knöpften ihre Shorts auf, und als ich eine Hand hineingleiten ließ, stellte ich fest, dass sie nass war. Sie hingegen war bereits damit beschäftigt, mit einer Hand durch die dünne Baumwolle hindurch eine Flamme wieder zu entfachen, die durch die jüngsten Ereignisse beinahe erloschen war.

Für einen Moment ließ ich den Blick auf ihrer pochenden Halsschlagader verweilen. Dann las ich eine Gier, eine Lüsternheit in ihren Augen, die das Feuer in meinem Bauch auflodern ließ. Ich dachte an Randys Satz: »Halte dich von ihr fern.« Aber ob es gefährlich war oder nicht, ob es gut oder schlecht, erlaubt oder verboten war, ich wollte in diesem Augenblick nur eins: mit Kay Calloway schlafen, in ihr sein, sie berühren, liebkosen, sie küssen und vögeln, als hinge mein Leben davon ab.

Ich zog ihr die weißen Shorts aus, setzte sie auf den Rand des Tisches und schob mich zwischen ihre Beine. Als ich in sie eindrang, stieß sie einen heiseren, kehligen Laut aus.

»Habe ich geträumt, oder waren wir gerade in der Küche und wollten Kaffee trinken?«, fragte sie vierzig Minuten später, nackt auf meinem Bett liegend. Ihre weißen Brüste hoben sich von ihrem gebräunten Oberkörper ab, der von einem dünnen Schweißfilm bedeckt war, Schweiß, der auch ihren Pony benetzte und ihn dunkler wirken ließ.

Ich betrachtete die Vertiefung ihres Bauches, die Wölbung ihres Venushügels und die kaum sichtbare Spalte ihres Geschlechts zwischen den geschlossenen Schenkeln.

»Unser Haus gibt sein Bestes, um seinen Gästen einen unvergesslichen Service zu bieten«, scherzte ich.

Leise lachend legte sie eine weiche, warme Hand auf meinen Unterleib, spielte für einen Moment mit meinem Penis und den Hoden. Ich fühlte mich entspannt, träge, leer. Aber etwas beunruhigte mich dennoch... Der Gedanke an Randy ließ sich nicht vollständig verdrängen.

»Ich hatte eine kleine Auseinandersetzung mit deinem Mann«, sagte ich schließlich.

Die Hand zwischen meinen Oberschenkeln hörte auf zu spielen.

»Eine Auseinandersetzung?«

Ich erzählte ihr, was vorgefallen war, wiederholte Randys Äußerungen. In Kays Augen flammte Zorn auf.

»Dieser Scheißkerl«, knurrte sie. »Und, glaubst du ihm?«

»Wie bitte?«

»Dieses Wort, das er benutzt hat... Glaubst du, dass es auf mich zutrifft?«

»Nein!«

Was nicht ganz der Wahrheit entsprach. Mir waren durchaus Zweifel gekommen. Und Kay wusste es, schließlich war sie alles andere als dumm.

»Außerdem hat er gesagt, dass ich nichts über dich weiß«, fügte ich hinzu. »Was soll das heißen?«

Sie zog die Hand zurück.

»Ich habe keine Ahnung, Tom. Er hat es einfach so dahergesagt. Er wollte dich in die Schranken weisen, dich ärgern, das ist alles.«

Sie richtete sich auf. Setzte sich auf den Rand des Bettes und kehrte mir den Rücken zu.

»Können wir über etwas anderes reden als über Randy?«, fragte sie.

Ich hörte die Anspannung in ihrer Stimme, erkannte sie am gekrümmten Rücken. Ich wollte gerade antworten, da klingelte mein Handy auf dem Nachttisch. Ich beugte mich hinüber, griff danach. Nummer unbekannt. Ich zögerte, doch dann tauchte vor meinem inneren Auge ein Gesicht auf, und ich nahm den Anruf an.

»Sind Sie allein?«, fragte Byron Woodruff.

»Nein«, sagte ich, »aber Sie können ruhig sprechen.«

»Ich werde Ihnen eine Adresse schicken. Es ist die Adresse der Person, die Ihnen diese Nachrichten geschrieben hat.«

Augenblicklich packte mich die Neugier. »Wer ist es?«

»Steht alles in der Nachricht«, antwortete er.

»Verdammt, Byron, ich …«

Er hatte aufgelegt. Bei seiner Paranoia hatte es ihm vermutlich nicht gepasst, dass ich im Beisein einer dritten Person auch nur seinen Vornamen ausgesprochen hatte. Oder er hielt es für überflüssig, noch etwas hinzuzufügen. Zwei Sekunden später ertönte ein Signal auf meinem Handy. Byrons Nachricht. Ich öffnete sie.

Und fragte mich, ob es sich um einen Irrtum handelte. Der Name sagte mir absolut nichts. Die Adresse befand sich in Miami.

»Was ist los?«, fragte Kay hinter mir.

Auf dem Bettrand sitzend, drehte ich mich zu ihr.

»Ich weiß jetzt, wer mir diese Nachrichten geschickt hat«, sagte ich.

Ihre Augen nahmen einen merkwürdigen Glanz an.

»Und wer war es?«, fragte sie.

»Ich habe nur eine Adresse, der Name ist mir unbekannt.«

Stirnrunzelnd musterte sie mich, als versuche sie zu erraten, ob ich ihr etwas verschwieg.

»Willst du, dass wir diese Person aufsuchen?«

Ich schüttelte den Kopf. »Nein, ich will dich nicht in die Sache hineinziehen.«

»Schon vergessen, dass ich mal Polizistin war?«

Ich zögerte. Das Angebot war verlockend, doch dann fielen mir Randys Worte wieder ein: »Du weißt nichts von meiner Frau.« Und ich dachte an die Nachricht, die mich aufgefordert hatte, niemandem zu trauen. Ich erwiderte ihren Blick. Kay starrte mich an, als versuche sie, meine Gedanken zu lesen.

»Nein, lieber nicht«, sagte ich. »Danke für das Angebot, aber ich komme schon allein damit klar. Ich will nicht, dass du in die Sache hineingezogen wirst. Außerdem habe ich nicht die geringste Ahnung, wer diese Person ist und was sie tatsächlich von mir will.«

Ich merkte, dass sie enttäuscht war.

»Wie du willst.«

Sie stand auf, schlüpfte in ihre Sachen, umrundete das Bett und beugte sich vor, um mir rasch einen Kuss auf die Lippen zu drücken. Dann verließ sie das Haus.

Sobald sie weg war, rief ich Chris an. Offenbar war er zu Hause in seiner luxuriösen Maisonettewohnung in Coral Gables, denn im Hintergrund spielte Musik. Irgendwas Uraltes. Bing Crosby, *Don't Fence Me In*. Ich fasste die neuesten Entwicklungen in Bezug auf die anonymen Nachrichten für ihn zusammen, ohne die Identität meines Informanten preiszugeben, und hörte ihn seufzen.

»Tom, um Himmels willen, warum vergisst du diese Geschichte nicht einfach?«

»Willst du nicht wissen, wer dahintersteckt? Woher er weiß, dass mein Sohn tot ist, und warum er mir diese Nachrichten schickt?«, fragte ich verwundert.

»Doch, natürlich will ich das... Du sagst, dieser Mensch wohnt in Hialeah?«

»Ja.«

»Also gut«, sagte Chris. »Wir treffen uns nach dem Mittagessen im *Gianni's*.«

Im ehemaligen Palazzo des Designers Gianni Versace am Ocean Drive in Miami Beach, genau da, wo er ermordet worden war – was niemanden zu stören schien –, befand sich das *Gianni's,* eins von Chris' Lieblingsrestaurants.

»Wir fahren zusammen hin«, fügte er hinzu.

Am Steuer seines dicken GMC folgte Kilgore dem Wagen auf der Straße durch die Keys. Er lächelte. Es kam nicht sehr häufig vor, dass Kilgore lächelte ... Aber die Sonne schien, der Job war einfach, und diese Straße, die von Insel zu Insel führte, die salzige Brise, die durch das heruntergelassene Fenster hereinwehte, und dazu der Anblick des Meeres versetzten ihn in gute Stimmung.

24

Hialeah

Every motive escalate
R. E. M., *It's the End of the World as We Know it*

Hialeah im County Miami-Dade ist die fünftgrößte Stadt Floridas und gehört zu den am dichtesten besiedelten Orten, obwohl es keinen einzigen Wolkenkratzer gibt, nur Häuserreihen, Einkaufszentren und Flachbauten, so weit das Auge reicht. Die Bevölkerung ist überwiegend spanischsprachig: Kubaner, aber auch etliche Kolumbianer, Hondurianer und Dominikaner.

Man weiß, dass man in Hialeah angekommen ist, wenn man Hinweisschilder auf Spanisch ohne englische Übersetzung sieht. Die Aufschriften verkünden: »*Se vende gaz propano*« oder auch: »*Accidentes serios, abogados serios*« (»Schwere Unfälle, seriöse Anwälte«, wobei die Mienen besagter Anwälte einen eher davor zurückschrecken lassen, ihnen die eigenen Interessen anzuvertrauen).

Als wir in den Ort fuhren, hatte sich der Himmel wieder zugezogen und lastete wie ein Topfdeckel auf den endlosen Alleen von Hialeah. Die Adresse gehörte zu einem äußerst bescheidenen Haus an der 39th Street. Obwohl es kaum größer als eine Hütte war, schützten solide Eisengitter die winzige Veranda und das einzige Fenster in der Fassade, genau wie bei den Nachbarhäusern.

Wir hielten auf der anderen Straßenseite und stiegen aus. Unter dem grauen Himmel herrschte eine Affenhitze, und trotz der Klimaanlage des Porsches war ich schweißgebadet. Je näher der Augenblick der Konfrontation rückte, desto größer wurde meine Angst. Was wollte diese Angela Diaz von mir, die mir die Nachrichten geschickt hatte? Wer war sie, und woher hatte sie all diese Informationen über mich? Ich war mir absolut sicher, sie nicht zu kennen.

Wie immer schienen Chris' Anzug direkt aus der Reinigung und sein Porsche Cayenne aus der Waschanlage zu kommen. Ich fragte mich, ob wir in diesem Viertel nicht ein bisschen zu sehr auffielen. Wir überquerten die Straße, dann den Gehweg. Es gab keine Türklingel.

»¡Señora Diaz!«, rief Chris. »¿Está usted en casa? ¡Por favor, me llamo Christophorous Georgiadis y soy abogado!«

Ich hatte vergessen, dass Chris Anwalt gewesen war, bevor er mein Agent wurde. Er war in Florida nach wie vor bei Gericht zugelassen und hatte früher zahlreiche kubanische Mandanten vertreten. Er wartete eine Minute, dann versuchte er es erneut: »¡Señora Diaz! No vendo nada. Me llamo Christophorous Georgiadis y soy abogado. No somos policía. ¡Solo queremos hacerle unas preguntas por fa!«

Jenseits des kunstvoll gearbeiteten schmiedeeisernen Gitters, das die kleine Veranda umgab, öffnete sich zaghaft die Fliegengittertür, und eine Frau in den Fünfzigern erschien.

»Was für Fragen?«, fragte sie auf Englisch.

Sie war winzig. Ihr quadratisches Gesicht war von einem Gestrüpp dicker brauner Haare umgeben, in dem ein paar weiße Fäden zu sehen waren. Sie trug ein schlichtes geblümtes Sommerkleid und trocknete sich nun die Hände an einem Geschirrtuch ab.

»Guten Tag, Mrs Diaz«, begrüßte Chris sie überaus freundlich, das Gesicht an das Gitter gepresst. »Wie ich bereits sagte, ist mein Name Christophorous Georgiadis. Dürften wir kurz hereinkommen?«

»Nein.«

»Na gut, wie Sie wollen. Also, mein Mandant hier hat vor einiger Zeit bei einem Verkehrsunfall seinen Sohn verloren. Tragische Geschichte. Er fängt gerade erst an, sich davon zu erholen.«

Halt die Klappe, Chris, dachte ich und spürte, wie sich tief in meinem Bauch etwas zusammenzog.

Angela Diaz bedachte mich mit einem scharfen Blick ohne jedes Mitgefühl, als hätte sie es schon zu oft mit Betrügern zu tun gehabt, die gewohnheitsmäßig an die Gefühle der Leute appellieren, um ihnen das Geld aus der Tasche zu ziehen.

»Seit einigen Tagen erhält er anonyme Nachrichten, in denen behauptet wird, sein Sohn sei noch am Leben«, fuhr Chris fort. »Sie können sich vorstellen, wie überrascht er war. In diesen Mails stand sonst nichts, nur die Behauptung, der Junge sei noch am Leben. Natürlich haben wir Nachforschungen angestellt. Diese Nachrichten scheinen von einem Rechner zu stammen, der sich in Ihrem Haus befindet.«

Erneut blitzten Angela Diaz' Augen auf, und jetzt richtete sie den Blick auf mich. Sie hatte offensichtlich keine Ahnung, wovon Chris sprach. Oder sie war eine sehr gute Schauspielerin.

»Das ist doch Abzocke, oder?«, sagte sie in einem Tonfall, der genauso misstrauisch war wie ihr Blick. »Ist das ein Trick, damit ich euch reinlasse und ihr mich beklauen könnt? Mir meine Knete abknöpfen, he? Haut bloß ab!«

Chris wedelte abwehrend mit den Händen.

»Nein, nein, so ist es ganz und gar nicht! Bitte, wir wollen nur wissen, ob Sie es waren, die diese …«

»Geht«, fiel sie ihm ins Wort. »Sonst fange ich an zu schreien, und eure schicken Anzüge und das tolle Auto werden euch hier ganz bestimmt nicht helfen.«

»Mrs Diaz …«

»Sofort! Sonst schreie ich das ganze Viertel zusammen.«

Chris kapitulierte.

»Na schön«, sagte er und entfernte sich von dem Gitter. »Tut mir leid, dass wir Sie gestört haben.«

»Mrs Diaz«, sagte ich plötzlich und trat einen Schritt vor. »Haben Sie einen Sohn?«

Sie drehte sich zu mir und musterte mich aus schmalen Augen.

»Warum wollen Sie das wissen?«

»Ich habe meinen Sohn verloren«, fuhr ich fort, ohne ihre Frage zu beantworten. »Er ist tot. Er kommt nie wieder. Er war ein wundervoller kleiner Junge. Sein Name war Josh. Und sein Tod hat mein Leben völlig auf den Kopf gestellt.«

Ich spürte, wie mir bei diesen Worten die Tränen kamen

und meine Stimme heiser wurde. Und ich sah, wie sich Angela Diaz' Gesichtsausdruck veränderte.

»Mrs Diaz, wir sind nicht hier, um Sie zu bestehlen«, sagte ich in flehendem, beinahe verzweifeltem Ton. »Alles, was mein Freund hier gesagt hat, stimmt. Ich möchte nur eines wissen: Haben Sie einen Computer im Haus? Gibt es außer Ihnen noch jemanden, der ihn benutzt? Jemanden, der mir diese Nachrichten geschickt haben könnte. Jemand, der vielleicht etwas über meinen Sohn weiß. Das ist alles. Ich bitte Sie, Mrs Diaz.«

Sie musterte mich noch immer forschend, aber jetzt wirkte sie eher mitfühlend und unsicher als argwöhnisch.

»Ich bitte Sie, Mrs Diaz. Benutzt noch jemand anderes Ihren Rechner? Das ist alles, was ich wissen will. *Por favor...*«

Sie zögerte.

»Santiago.«

Ich hob den Kopf.

»Wer ist Santiago?«

»Mein Sohn. Er benutzt den Rechner hier zu Hause.«

»Ist er da?«, fragte Chris.

»Nein, er arbeitet bei *Chick-fil-A* an der 49th Street.«

»Wie alt ist Ihr Sohn?«, fragte ich.

»Einundzwanzig«, antwortete sie. »Er hat früher mal ein paar Dummheiten gemacht, aber er ist kein schlechter Junge. Woher kennen Sie ihn?«, fragte sie, an mich gewandt.

Ich wusste nicht, was ich antworten sollte. Ich begriff gar nichts mehr. Warum wusste dieser Bengel aus Hialeah, in das ich nie zuvor einen Fuß gesetzt hatte, von dem Unfall und von Joshs Tod? Es ergab einfach keinen Sinn.

Ich beschloss, ehrlich zu sein, und sagte: »Ich kenne Ihren Sohn nicht, und ich weiß auch nicht, was er von mir will. Ich höre zum ersten Mal von ihm.«

Angela Diaz bedachte mich mit einem beunruhigten und verständnislosen Blick.

»Er ist kein schlechter Junge«, wiederholte sie.

Aber es klang, als wollte sie sich vor allem selbst davon überzeugen.

»Jedenfalls kennt er meinen Mandanten«, stellte Chris fest, dessen Stimme nun nichts Liebenswürdiges mehr hatte.

»Danke, Mrs Diaz«, sagte ich.

Zu dem *Chick-fil-A* an der 49th Street gehörte ein kleiner Kundenparkplatz, der zwischen dem Restaurant und einer Walgreens-Apotheke lag. Dort parkten wir. Dann gingen wir um das Gebäude herum und betraten das Lokal durch die Vordertür. Hitzeblitze zuckten über den immer dunkler werdenden Himmel. Wir durchquerten den Raum und näherten uns dem Tresen.

»Wir möchten gern mit Santiago Diaz sprechen«, sagte Chris. »Ist er da?«

»Wer will das wissen?«, fragte eine junge Frau, an deren Bluse ein Schild mit der Aufschrift Cynthia steckte.

Chris holte eine Visitenkarte heraus und sagte: »Christophorous Georgiadis, Rechtsanwalt. Sagen Sie ihm, dass es in seinem eigenen Interesse ist, Cynthia. Wir wollen hier im Lokal keinen Aufstand machen.«

Die Angestellte verschwand und kam mit einem hageren, unbeteiligt wirkenden jungen Mann zurück. Seine braunen Augen verrieten weder irgendein Gefühl noch größere Beunruhigung. Es war, als habe er mit unserem Besuch gerechnet.

»Mein Name ist Christophorous Georgiadis, ich bin Anwalt«, wiederholte Chris in feierlichem Ton, offensichtlich in der Absicht, den jungen Mann zu beeindrucken. »Und das ist Tom Baldwin, mein Mandant. Der gern wissen möchte, ob du es warst, der ihm die anonymen E-Mails geschickt hat, die er in letzter Zeit erhalten hat. Wir wissen, dass diese Mails von deinem Rechner stammen. Wir haben die Polizei noch nicht informiert, aber wenn es nötig ist, werden wir es, ohne zu zögern, tun.«

Ich beobachtete Santiago Diaz. Er stellte eine beeindruckend teilnahmslose Miene zur Schau, begnügte sich damit, mich mit einer Spur Neugier zu mustern, die er nicht einmal zu verbergen versuchte. Ein leichtes Grinsen umspielte seinen Mund, das Chris ihm zweifellos aus dem Gesicht geprügelt hätte, wären wir nicht in der Öffentlichkeit gewesen.

»Ja, das bin ich«, antwortete er seelenruhig.

Ich sah die Überraschung in Chris' Augen.

»Woher kennst du meinen Mandanten, und warum weißt du über seinen Sohn Bescheid?«, fragte mein Agent.

»Nicht hier«, antwortete der junge Mann in demselben ruhigen Ton. »Geben Sie mir fünf Minuten, dann komme ich zu Ihnen auf den Parkplatz.«

Als wäre es das Natürlichste auf der Welt, drehte er sich um und ging weg.

»Die Sache stinkt doch«, sagte Chris und drehte sich zu mir, offensichtlich verärgert über die olympische Ruhe des

Jungen. »Ich weiß nicht, worin der Beschiss besteht, aber ich bin mir sicher, dass es einer ist.«

Kilgore ließ sie nicht aus den Augen. Sie waren im Inneren des *Chick-fil-A* verschwunden, und jetzt warteten sie auf dem Parkplatz dahinter. Allmählich wurde es interessant. Er selbst hatte seinen Wagen auf dem großen Parkplatz des benachbarten Einkaufszentrums abgestellt, am Fuß einer Palme unter dem Himmel voller Quellwolken. Er, der aus dem Norden kam, fragte sich, ob es in Florida auch Orte ohne diese verdammten Palmen gab.

Sein Gesicht verriet nichts anderes als absolute Gleichgültigkeit gegenüber allem, was ihn umgab, eine verträumte, geistesabwesende Miene, die nur von dem Funkeln in seinen schwarzen Augen Lügen gestraft wurde, einem Zeichen höchster Konzentration.

Santiago Diaz tauchte wieder auf. In aller Ruhe kam er auf uns zu, mit einer Nonchalance, die mir inzwischen genauso auf die Nerven ging wie Chris von Anfang an. Der Junge hatte noch immer dieses höhnische Grinsen im Gesicht, und nun musste auch ich mich zurückhalten, um ihm nicht die Fresse zu polieren.

»Woher kennst du meinen Mandanten?«, fragte Chris ohne jede Vorrede, sobald Diaz nahe genug herangekommen war.

»Ich kenne ihn nicht«, antwortete er genauso ruhig wie bisher.

Er musterte Chris mit herausfordernder Miene, und ich sah, dass mein Agent innerlich kochte und vermutlich sehr bald auf eine schnellere Methode umschwenken würde.

»Spiel bloß keine Spielchen mit mir, du kleiner Scheißer«, knurrte Chris, dessen Gesicht nun sehr nah an dem des Jungen war, den das nicht im Geringsten zu stören schien.

»Zweitausend Dollar, und ich erkläre es Ihnen«, sagte Santiago.

»Was?«

»Zweitausend *Riesen*. Ja oder nein.«

»Jetzt hör mir mal gut zu, du kleines Stück Scheiße...«

»Zweitausend.«

»Ist schon gut, Chris«, sagte ich. »Lass ihn.«

Chris gehorchte widerstrebend. Mit einer raschen Bewegung der Schulter befreite sich der Junge aus seinem Griff, vergaß Chris und näherte sich nun meinem Gesicht bis auf wenige Zentimeter. Er musterte mich durchdringend. Sein Blick verriet deutlich, dass er für Leute wie mich nichts als Verachtung übrighatte, und erneut widerstand ich dem Drang, ihm an die Gurgel zu gehen.

»Okay, jetzt haltet mal die Klappe. Ich sage zweitausend Dollar, und ihr erfahrt alles, was ich weiß. Ja oder nein. Wenn ihr vorhabt, hier für einen Skandal zu sorgen... die Polizei ist ruckzuck hier, wenn Kunden Rabatz machen. Das hier ist nicht euer schönes, sicheres Viertel, *amigos*. Ihr wisst, wohin ihr das Geld bringen müsst, schließlich wart ihr ja vorhin schon bei mir zu Hause. Morgen früh habe ich frei. Seht zu, dass ihr die Kohle zusammenkratzt. Wenn nicht, fickt euch ins Knie.«

Er sah erst mich an, dann Chris. Und ging fort.

»Was hast du jetzt vor?«, fragte Chris.

»Bezahlen natürlich.«

»Der Typ ist ein Gauner, Tom. Und wir wissen nicht mal, ob er wirklich etwas weiß.«

»Aber ja«, widersprach ich. »Er weiß, dass mein Sohn tot ist, er kennt meine E-Mail-Adresse ... Ich muss in Erfahrung bringen, was er sonst noch weiß.«

»Okay«, sagte Chris in sachlichem Ton. »Fahren wir zu mir. Du schläfst heute Nacht in Miami. Du nimmst dir Zeit zum Nachdenken. Und morgen früh tun wir, was immer du für richtig hältst.«

25

Santiago hat Angst

> Always be a good boy,
> don't ever play with guns.
>
> Johnny Cash, *Folsom Prison Blues*

Santiago Diaz betrat die Garderobe und begann sich umzuziehen, indem er das dunkle Hemd mit dem aufgestickten Logo des Restaurants auszog. Sein schlanker Körper verriet, wie gewissenhaft er trainierte: Bankdrücken für Schultern und Oberkörper, Squats für die Beine, Rudern mit der Langhantel, Kick-backs für den Trizeps. Das Sixpack seiner Bauchmuskeln, die gut definierte Brust und die schmale Taille über dem Slip waren mit einigen Tattoos geschmückt.

»Santi, Kumpel, wollen wir was einwerfen?«, fragte ihn ein gleichaltriger Kollege.

»Heute Abend nicht, Many. Ich bin echt kaputt.«

»Komm schon, lass uns einen draufmachen. Hör zu, ich hab da neulich abends so 'ne Chick angequatscht, die scheint 'ne Schwester zu haben, die noch geiler ist. Oder benutzt du deinen Schwanz nur noch zum Pissen?«

»Halt die Fresse, verdammt, ich hab gesagt, heute Abend nicht.«

»Was hast du fürn Problem, Mann? Geh wichsen.«
»*Adiós*, Many!«

Laut lachend verließ Santiago die Umkleide und ging zu seinem altersschwachen Chevy. Er liebte diese Kiste mit den orange-goldfarbenen Flammen auf den Türen, der verchromten Stoßstange und den großen runden Scheinwerfern. Er hatte sie in der Werkstatt eines Onkels selbst neu lackiert. In seiner Familie hieß es, solche alten amerikanischen Autos führen auf Kuba überall herum. Aber Santiago war noch nie auf Kuba gewesen. Er kannte die Insel nur aus Hunderten Gesprächen zwischen seiner Mutter und seinen Onkeln. Er schaltete die Zündung ein. Sogar das Geräusch des Motors war besonders, ein edles ... ein *Vintage*-Geräusch.

Wrummmm, Wrummmm ...

Er verließ den Parkplatz und bog in die 49th Street ein, fuhr dann nach rechts in Richtung der Ampelkreuzung. Allerdings wartete er bis zur nächsten roten Ampel – und bis er außer Sichtweite des *Chick-fil-A* war –, ehe er das Handschuhfach öffnete und den Joint herausnahm, der darin lag.

Er wollte ihn gerade anzünden, da sah er im Rückspiegel einen Lichtschein und drehte sich um.

Draußen war es dunkel – es wurde allmählich Abend, der Himmel wirkte immer bedrohlicher –, und im Chevy war es noch dunkler, aber es gab keinen Zweifel: Auf der Rückbank saß jemand. Und er hatte sich eine Zigarette angesteckt, die Ursache des Lichtscheins im Rückspiegel, der Santiago überrascht hatte. In der Dunkelheit nahm er nur eine große, schwarz gekleidete Gestalt wahr, ein langes, an eine Messerklinge erinnerndes Gesicht, einen Kopf, der sich, bleich wie ein Halbmond, in der Dunkelheit abzeichnete und beinahe bis an die Decke des Chevys reichte.

»Was …?«

Santiago Diaz brachte den Satz nicht zu Ende. Der Mann bewegte die rechte Hand, und Santiago senkte den Blick auf die Waffe, die er nachlässig auf den Knien hielt.

»Du biegst an der nächsten Straße links ab«, sagte der Mann.

»Wie heißt du?«

»Santiago.«

»Santiago, und weiter?«

»Diaz.«

Der kahlköpfige, große und sehr magere Mann lehnte lässig am Kühlergrill des Chevy zwischen den beiden runden Scheinwerfern, die Santiago blendeten. Es goss wie aus Eimern, und die Klamotten des Jungen waren durchnässt. Er fror so sehr, dass seine Zähne klapperten.

»Warst du schon mal hier, Santiago?«, fragte der Mann.

»Nein, Sir«, antwortete er und blinzelte, sowohl wegen des Regens als auch wegen des Scheinwerferlichts.

Er hatte beschlossen, höflich zu sein und alles zu tun, was der Typ von ihm verlangte. Mit Hurensöhnen kannte Santiago sich aus, und er hatte sehr schnell begriffen, dass der Mann, der hinter ihm im Wagen saß, einer war. Nachdem sie Miami verlassen hatten, waren sie auf der U. S. 41 weitergefahren und dann auf einen Schotterweg abgebogen, der sie an den Rand dieses von Bäumen umstandenen Sumpfes geführt hatte. Ein perfekter Ort, um sich einer

Leiche zu entledigen. Er musste ihn hinterher nur den Alligatoren zum Fraß vorwerfen. Aber Santiago wusste immer noch nicht, was der Mann von ihm wollte.

Eine Windbö ließ den Regen schräg fallen. Santiago bebte noch heftiger, als der Mann sagte: »Zieh dich aus und geh ins Wasser. Die Unterhose kannst du anlassen.«

»Was?«

»Du hast mich sehr gut verstanden, Santiago.«

»Warum wollen Sie, dass ich ...?«

»Hast du vor, dich zu weigern?«

Santiago sah, wie sich der Lauf der Waffe kaum merklich hob. In dem strömenden Regen zog er sich schlotternd Hose, T-Shirt und Turnschuhe aus und näherte sich barfuß dem Ufer. Dann ging er langsam in das schwarze Wasser. Seine Zehen versanken in dem weichen, schlammigen Boden, er stolperte über Wurzeln, tat sich an Steinen oder unsichtbaren Ästen weh. Er spürte, wie sich bei dem Gedanken an die Viecher, von denen es in diesem dunklen Wasser nur so wimmeln musste, sein Hodensack zusammenzog. Ganz zu schweigen von all dem Getier, das sich im Gebüsch versteckte.

»Das reicht«, sagte der Mann, als Santiago das Wasser bis zum Nabel stand. »Geh nicht weiter rein. In der Gegend hier gibt es ziemlich viele Alligatoren. Und dreh dich um, ich will dein Gesicht sehen. Lebst du allein, Santiago?«

»Nein, Sir, ich wohne bei meiner Mutter.«

Der Typ wird mich kaltmachen. Davon war Santiago auf einmal überzeugt. Oder er würde warten, bis unbemerkt ein Alligator aufkreuzte und sich über ihn hermachte. Aber warum? Er suchte in seinem Geist nach jemandem, dem er in letzter Zeit unrecht getan oder den er respektlos behandelt hatte.

»Willst du leben, Santiago?«

»Ja, Sir!«

Er atmete tief durch. Okay, die Verhandlungen hatten begonnen. Vielleicht hatte er doch noch eine Chance, lebend aus dieser Sauerei herauszukommen, wenn er nur endlich begreifen würde, was dieser *cabrón de gringo* von ihm wollte.

»Davon bin ich überzeugt«, sagte der Mann. »Und darum wirst du mir erzählen, worüber ihr, Tom Baldwin und du, auf dem Parkplatz des *Chick-fil-A* gesprochen habt. Und versuch nicht, mich zu verarschen. Ich will *alles* wissen. Wie du mit ihm in Kontakt gekommen bist, woher du ihn kennst, was du ihm und was er dir erzählt hat. Wenn ich den Eindruck habe, dass du etwas vergisst oder mir etwas verheimlichst, wirst du diesen Sumpf nicht lebend verlassen. Hast du das verstanden?«

Santiago Diaz atmete noch einmal tief durch. Der Mann kannte also Tom Baldwin. Die Sache wurde immer seltsamer. Er fing an zu erzählen. Alles, was er wusste. Bis ins kleinste Detail. Ohne etwas auszulassen. Hin und wieder unterbrach ihn der Mann, um eine kurze Frage zu stellen. »Wer hat dir das erzählt?« oder: »Bist du dir sicher?«

»Wie viel hast du von ihnen verlangt?«, wollte der Typ schließlich wissen.

»Viertausend Dollar«, log Santiago.

Er sah, wie der Mann nickte. Seine große Gestalt löste sich von dem Kühlergrill und kam im blendenden Scheinwerferlicht auf ihn zu. Regen tropfte von seinem Hut und lief in kleinen Rinnsalen, die das Licht reflektierten, an seinem Regenmantel hinab.

»Sehr gut. Also, was wirst du morgen tun? Du wirst dich bußfertig zeigen.«

»Ich werde *was?*«

»Du wirst sagen, dass du dein Verhalten bereust«, übersetzte der Mann, »dass du ihr Geld nicht willst. Und du wirst ihnen die Informationen geben, die du von mir bekommst. Aber vor allem redest du mit niemandem über unsere kleine Unterhaltung, weder mit deiner Mutter noch mit deinem Onkel oder deinen Kumpels. Hast du das verstanden?«

»Ja, Sir.«

Santiago zitterte am ganzen Körper. Der Typ holte ein Bündel Banknoten aus der Tasche und warf es in den Schlamm.

»Hier sind fünfhundert Dollar für deine Mühe. Und jetzt fahr mich zurück zum Parkplatz.«

26

Wie der Neffe, so der Onkel

No more lies.
   Michael Kiwanuka, *One More Night*

Am nächsten Morgen gegen neun hielten wir in Chris' Porsche vor Angela Diaz' Häuschen. Chris hupte. Ein Vorhang bewegte sich.
   Zwei Minuten vergingen, dann tauchte Santiago auf. Er öffnete das schmiedeeiserne Gitter, überquerte den breiten Gehweg und stieg ein.
   »Fahren Sie um den Häuserblock herum.«
   Weder Chris noch ich gaben einen Kommentar dazu ab. Wir warteten darauf, dass das kleine Arschloch sein Spielchen beginnen würde, aber Santiago Diaz überraschte uns an diesem Morgen wirklich sehr.
   »Ich will Ihr Geld nicht«, sagte er, kaum dass wir losgefahren waren.
   Ich drehte mich zu ihm um. »Warum das denn?«
   »Ich will eure Kohle nicht«, wiederholte er.
   »Es wäre besser für dich, uns zu sagen, was du weißt, Arschloch«, fauchte Chris, der am Steuer saß.
   »Ich werde Ihnen alles sagen, was ich weiß. Und zwar umsonst«, erklärte Santiago Diaz mit Unschuldsmiene.

»Was soll der Quatsch? Warum hast du deine Meinung geändert?«, fragte Chris, in höchstem Maße misstrauisch.

Nach kurzem Zögern erklärte Santiago Diaz: »Weil ich zu Hause mit meiner Mutter geredet habe. Sie hat mir alles aus der Nase gezogen, und da habe ich mich geschämt. Sie hat gesagt, sie setzt mich vor die Tür, wenn ich das Unglück eines Vaters ausnutze, um zu Geld zu kommen. Biegen Sie rechts ab.«

Es klang unaufrichtig, und ich war mir sicher, dass auch Chris es bemerkte. Santiago Diaz war ein untalentierter Schauspieler. Aber warum zum Teufel lehnte er das Geld ab, das wir ihm zu zahlen bereit waren? Nichts an dieser Geschichte war logisch.

»Wir hören«, sagte ich.

Diaz sah mich an.

»Mr Baldwin, Sie erinnern sich doch sicher an Horacio, Mr Wailands Chauffeur.«

Selbstverständlich erinnerte ich mich an Horacio. Wir hatten uns immer gut verstanden, der Fahrer und ich. Zum Personal der Familie Wailand hatte ich immer ein gutes Verhältnis gehabt, vielleicht weil ich in gewisser Weise das Gefühl hatte, selbst dazuzugehören. Und plötzlich fiel es mir wieder ein: Diaz, er hieß Diaz mit Nachnamen. Horacio Diaz.

»Horacio ist mein Onkel«, sagte Santiago.

Endlich etwas, das nach einer Erklärung klang. Etwas Logisches. Auf der Straße warfen sich ein paar Jungs einen abgenutzten Baseball zu. Ein Stück weiter saßen Jugendliche um einen Gettoblaster herum, aus dem Latin-Hip-

Hop drang. Die Bässe wummerten derart heftig, dass ich sie beim Vorüberfahren im Bauch spürte.

»Bei einem Familientreffen, und weil mein Onkel Sie sehr schätzte, hat er von dem Unglück gesprochen, das Sie getroffen hat, von dem, was mit Ihrem ... äh ... Ihrem Kind passiert ist.« Erneut kam es mir vor, als stieße mir jemand eine weiß glühende Eisenstange in die Brust. »Dass der Unfall Ihr Leben zerstört hat. Und da ... na ja, da bin ich auf die Idee gekommen, die Situation auszunutzen und Ihnen ein bisschen Geld aus der Tasche zu ziehen. Ich dachte mir, Sie sind reich und ich bin arm, und dass es nicht richtig ist, dass meine Mutter sich in ihrem Alter noch für diesen Hungerlohn abrackern muss, während Sie ein schönes Leben auf den Inseln führen und so weiter und so fort. Ich weiß, das war dumm. Und grausam. Nach rechts ...«

Etwas an seinem aufgesetzt reumütigen Ton brachte mich derart auf die Palme, dass ich den Drang verspürte, ihn eigenhändig zu erwürgen.

»Die Idee dahinter war, dass Sie glauben sollten, Ihr Sohn wäre noch am Leben. Und dann habe ich an meinen Onkel gedacht, dass er in Gefahr war, seinen Job zu verlieren, obwohl Sie sich mit Ihrem Schwiegervater nicht mehr gut verstanden. Ich dachte an Ihre Reaktion, wenn Sie merken, dass ich Ihnen nicht nur Ihr Geld geklaut, sondern Sie auch noch belogen habe.«

Ex-Schwiegervater, schoss es mir durch den Kopf. Inzwischen hatten wir den Häuserblock komplett umrundet.

»Parken Sie da vorn«, sagte Santiago und stieg aus. Wir folgten ihm.

»Ich bitte Sie um Verzeihung für diese Nachrichten, die Ihren Schmerz wieder geweckt haben, aber ich habe alles nur erfunden.«

»*Was* hast du erfunden?«, fragte ich, während sich mein Kummer in Enttäuschung, die Enttäuschung in Wut verwandelte.

»Na ja, dass Ihr Sohn noch lebt...«

»Natürlich hast du das erfunden!«, versetzte Chris mit einer Stimme, die verriet, wie wütend er war. »Du kleines Arschloch!«

»Tut mir wirklich leid«, sagte Santiago, »dass ich Sie so unglücklich gemacht habe.«

Ich packte ihn am Kragen und schüttelte ihn wie einen Pflaumenbaum mit Mordlust im Herzen.

»Es tut dir leid?!«, brüllte ich. »Es tut dir leid, sag bloß! Du mieser kleiner Drecksack!«

Völlig unerwartet breitete sich das gleiche sarkastische, provokante Grinsen wie am Vortag in Santiago Diaz' Gesicht aus.

»Und was wollt ihr jetzt machen? Mich verprügeln? Hier in meinem Viertel? Ohne Scheiß? Vor meinen Freunden und meiner Familie? Habt ihr echt die Eier dafür?«

Chris explodierte. »Du mieses Stück Scheiße!«

Erst als die Tränengaswolke Santiago Diaz' Augen erreichte, sah ich, was Chris in der Hand hielt. Santiago brüllte wie ein verletztes Tier und krümmte sich.

»Ahhh! *Hijos de gran puta!*«

Ich rannte um das Auto herum und riss die Tür auf. In der nächsten Sekunde legten wir einen Blitzstart hin, während Santiago noch immer brüllend auf dem Gehweg stand.

Wir verließen Hialeah auf der 953 und fuhren unter dem großen Autobahnkreuz am Flughafen von Miami hindurch in Richtung Süden.

»Wo willst du jetzt hin?«, fragte Chris.

»*The Bar*«, antwortete ich.

Chris löste den Blick von der sechsspurigen Straße und musterte mich besorgt.

Das Lokal heißt *The Bar*, weil es eine ist, nicht mehr und nicht weniger. Eine beliebige, aber für ein betuchtes, versnobtes und wenig authentisches Viertel erstaunlich authentische Bar. Die Einrichtung war nichtssagend: blau getünchte Wände, Hocker und Tische aus Holz, ein schachbrettartiger Boden, reihenweise Flaschen und eine alte Jukebox. Der Laden lag in Coral Gables und war einer von Chris' Schlupfwinkeln. Wir setzten uns an einen Tisch, und als ich an der Reihe war, bestellte ich einen Bourbon, einen Old Forester.

»Tom, ich glaube nicht, dass das eine gute Idee ist.«

»Halt die Klappe, Chris«, schnauzte ich ihn an.

Er schwieg. Ich rechnete damit, von einer Flut an Gefühlen überrollt zu werden, aber seltsamerweise fühlte ich mich groggy, wie betäubt. Als hätte ich schon immer gewusst, dass ich mich einer Illusion hingegeben hatte, dass diese Nachrichten reiner Schwindel waren. Trotzdem war ich am Boden zerstört. Ende Gelände. Keine Kugel mehr im Flipper. Josh würde mich nie wieder anlächeln und »Dad!« rufen, denn mein Sohn war tot. Ganz einfach. Tot. Kein Wunder in Sicht. Es war, als erlebte ich eine Mondfinsternis, wissend, dass nie wieder die Sonne aufgehen würde.

Der Kellner kam mit unseren Getränken zurück. Jemand legte einen alten Song aus den Neunzigern auf: R. E. M. sangen *It's the End of the World as We Know It*. Ich senkte den Blick auf mein Glas wie Sokrates, kurz bevor er den Schierlingsbecher leert.

»Tom …«, setzte Chris erneut an.

»Sei still«, sagte ich.

Ich hob das Glas an die Lippen. Der Alkohol brannte in meiner Speiseröhre. Vermutlich empfand ich das, was Homer in der Episode mit dem Gesang der Sirenen beschreibt: das Gefühl, in einer Welle unerträglicher Lust unterzugehen. Normalerweise dauert es nach dem Konsum von Alkohol mehrere Minuten, bis das Dopamin im Gehirn freigesetzt wird und das Gefühl von Euphorie entsteht. In meinem Fall dauerte es nur wenige Sekunden. Warme Tränen stiegen mir in die Augen, ich spürte, wie mein Herz zu rasen begann. Schon jetzt verlangte mein entwöhntes Gehirn nach mehr.

Ich wollte gerade die Hand heben, um den Kellner heranzuwinken, hielt aber in der Bewegung inne und fragte stattdessen: »Woher hat Santiago meine E-Mail-Adresse?«

Verblüffung lag in Chris' Blick, als er begriff, worauf ich hinauswollte.

»Vielleicht hat er sie in den Sachen seines Onkels gefunden.«

Ich schüttelte den Kopf.

»Ich habe Horacio nie meine E-Mail-Adresse gegeben.«

Chris betrachtete mich mit forschendem Blick.

»In dem Fall solltest du Santiagos Onkel vielleicht mal anrufen.«

»Ja, und zwar sofort«, sagte ich und schob mein Glas zurück.

Hoffentlich war die Nummer noch gültig, die ich im Handy gespeichert hatte. Als ich noch mit Annabelle zusammenlebte, hatten wir uns gelegentlich an Horacio gewandt. Mein Ex-Schwiegervater hatte uns seinen Chauffeur häufig zur Verfügung gestellt, vor allem, wenn Josh irgendwo hingebracht werden sollte.

Als ich ihn auf WhatsApp gefunden hatte, zögerte ich nur kurz, ehe ich statt auf das Telefon- auf das Kamerasymbol drückte. Der Klingelton ging ins Leere, bis schließlich ein erstauntes Gesicht auf dem Display erschien.

»Mr Baldwin!«, sagte Horacio Diaz.

Kurze Zeit später wirkte er, als hätte er gerade ein Gespenst gesehen. Ich hatte ihm detailliert von unserer »Begegnung« mit seinem Neffen erzählt. Horacios Haut war dunkler als Santiagos, er hatte braune Augen, und sein Haar war noch schwarz und dicht, obwohl er bereits auf die sechzig zuging.

»Ich entschuldige mich für das Verhalten meines Neffen«, sagte er, offensichtlich am Boden zerstört. »Ich schäme mich. Ich schäme mich sogar sehr. Und bitte verzeihen Sie mir, dass ich im Kreis der Familie über Sie gesprochen habe, Mr Tom. Es tut mir leid. Ich habe nicht daran gedacht, dass ich Ihnen damit schaden könnte, und ich hätte auch nicht gedacht, dass mein Neffe etwas derart Schreckliches tun würde. Ich werde ihn zur Rede stellen. Was er getan hat, ist unverzeihlich.«

Das ist es allerdings. Horacio Diaz sprach leise, und mit der Barmusik im Hintergrund fiel es mir schwer, alles zu verstehen.

»Wenn das Mr Wailand zu Ohren käme«, fügte er nun hinzu. »Er wäre sehr wütend auf mich, furchtbar wütend.«

»Keine Sorge, Horacio«, beruhigte ich ihn. »Wie Sie wissen, ist unser Verhältnis nicht besonders gut. Ich würde ihm niemals davon erzählen, nicht mal, wenn wir uns zufällig über den Weg liefen. Aber eines verstehe ich nicht: Woher hat Ihr Neffe meine E-Mail-Adresse?«

Horacio zuckte mit den Schultern.

»Ich habe keine Ahnung. Er ist wie alle jungen Leute, mit Computern kennt er sich aus. Vermutlich taucht Ihr Name irgendwo im Internet auf. Eine andere Erklärung fällt mir nicht ein. Wenn Sie wollen, frage ich ihn danach.«

»Ja, bitte«, sagte ich.

»Und sonst, Mr Tom? Wie geht es Ihnen?«

»Es geht mir gut, Horacio. Danke der Nachfrage.«

»Dann leben Sie also jetzt in Florida?«

»Ja, auf den Keys.«

»Ist schön da«, sagte er ohne jede Überzeugung.

»Allerdings. Ich muss jetzt Schluss machen. Danke, dass Sie meine Fragen beantwortet haben.«

»Noch einmal, es tut mir schrecklich leid, Mr Tom. Ich werde ein sehr ernstes Gespräch mit Santiago führen, das verspreche ich Ihnen. Was er da gemacht hat, ist überhaupt nicht in Ordnung.«

Ich würde sagen, das ist leicht untertrieben. Nachdem wir einige Höflichkeiten ausgetauscht hatten, beendete ich das Gespräch und sah zu Chris.

»Irgendetwas stimmt da nicht«, sagte ich.

»Wie meinst du das?«, fragte mein Agent und Freund, während er mich forschend musterte.

»Horacio lügt.«

27

Kay bekommt Besuch

And she said, »Oh, it's you«.

Rupert Holmes, *Escape (The Piña Colada Song)*

Eine Morgendämmerung, so schwül und warm wie die vorherigen. Am Vorabend hatte der Wetterbericht einen bewölkten Tag mit heiteren Abschnitten vorhergesagt. Und so war es auch: Die heiteren Abschnitte brachten grelle Sonnenstrahlen mit sich, die an jenem Morgen zum Fenster hereinfielen und Kay weckten.

Sie schlug die Augen auf... und fuhr hoch.

Ein Mann – jedenfalls die Silhouette eines Menschen – stand in der Zimmertür. In der Augusthitze schwitzend, glaubte sie zunächst, es handle sich um einen Fremden, der sie schweigend beobachtete, und ihr Puls begann zu rasen. Dann erkannte sie ihn.

»Verdammt, Randy, hast du mir eine Angst eingejagt!«, rief sie und setzte sich im Bett auf.

»Warum? Freust du dich nicht, mich zu sehen, Baby?«

Es war sieben Uhr morgens, und er hatte bereits ein Bier in der Hand.

»Ich dachte, du wärst die ganze Woche unterwegs«, sagte sie und stieg aus dem Bett.

Kay trug nur einen Slip, und Randys Blick glitt über ihren Körper, verweilte auf den Brüsten, den gebräunten Schenkeln und vor allem auf dem, was ihr kleines Höschen verbarg.

»Du bist ja richtig braun geworden«, sagte er. »Du hast es ganz schön schwer hier auf den Keys, hm?«

»Verpiss dich, Randy.«

Sie ging an ihm vorbei in die Küche und schaltete die Kaffeemaschine ein.

»Man könnte glauben, es stört dich, dass ich so früh zurück bin«, sagte er mit leiser, aber eindringlicher Stimme. »Oder täusche ich mich?«

Kay erstarrte. Sie kannte sie nur zu gut, diese leise, kontrollierte, aber unerbittliche Stimme, die stets Probleme ankündigte. Sie nahm die Anspannung im Raum wahr, die trotz der Morgensonne wie eine Gewitterwolke durch die Luft wirbelte. Sie hörte, wie Randy von hinten näher kam. Er schmiegte sich an sie, und sie spürte, dass er erregt war.

»Ich freue mich jedenfalls, dich zu sehen«, sagte er, während er eine Hand in ihr Höschen gleiten ließ und die andere um ihre Brust schloss. Unwillkürlich fragte sie sich, wo zwischen Schlafzimmer und Küche er das Bier abgestellt hatte, um die Hände frei zu haben. »Mhmmm, deine Haut duftet noch nach Schlaf, Baby...«

Er kniff ihr so fest in den Nippel, dass sie das Gesicht verzog. Vorsichtig schob sie ihn von sich.

»Sie sind ja gut in Form am frühen Morgen, Mr Calloway, alle Achtung«, sagte sie in dem unbeholfenen Versuch, einen Scherz zu machen. Und erkannte, dass sie exakt das Gegenteil des Gewünschten bewirkt hatte.

»Versuch bloß nicht, mich zu verarschen!«, fauchte Randy, und seine Augen begannen streitlustig zu funkeln. Plötzlich lag seine rechte Hand auf Kays Hals – *um ihren Hals, um genau zu sein* –, und sie prallte mit dem Nacken derart heftig gegen die Wand, dass es in ihrem Schädel seltsam widerhallte.

»Verarsch mich nicht, du Schlampe«, wiederholte er giftig. »Glaubst du, ich sehe nicht, was zwischen dir und unserem reizenden Nachbarn läuft? Mr Tom, das Unschuldslamm? Was würde unser Freund Tom der Stecher wohl sagen, wenn er wüsste, wer du wirklich bist und was du hier machst? Hast du darüber schon mal nachgedacht?«

An der Wand lehnend, legte sie Randy beide Hände auf die Brust und stieß ihn mit aller Kraft von sich.

»Du bist nichts als ein Stück Dreck«, fauchte sie.

Kay griff nach ihrem Päckchen Zigaretten und dem Feuerzeug und stürmte auf die Veranda hinaus. Ihre Hand zitterte, als sie sich eine anzündete und die Lippen fest um den Filter schloss. Sie rechnete damit, dass Randy ihr folgen würde, um sich weiter mit ihr zu streiten, aber er tat nichts dergleichen. Sie spürte, wie der warme Wind ihre Brüste und Haare liebkoste, schloss die Augen und schlug sie wieder auf. Aus südöstlicher Richtung zogen vom Meer her dunkle Wolkenmassen heran wie eine feindliche Armee, und bald würden sie die Sonne verschlingen. Das Wasser hatte eine metallische Färbung angenommen, das Rauschen der Palmen wurde lauter.

Auf einmal wurde ihr Blick von etwas angezogen, das sich links von ihr am Rand ihres Sichtfelds befand. Sie drehte den Kopf. Und erstarrte. Eine große Gestalt stand am Beginn der Sandpiste, noch jenseits von Toms Haus. Die Person versuchte nicht einmal, sich zu verstecken. Im Gegenteil, sie musterte Kay in aller Ruhe. Völlig reglos stand sie unter den Bäumen.

Der Mann war groß, hager, kahlköpfig und schwarz gekleidet; sein Gesicht erinnerte an eine Messerklinge. Selbst aus der Ferne erkannte sie die kleinen Augen, die auf sie gerichtet waren.

Plötzlich drehte er sich wortlos um und ging.

Kay spürte, dass ihre Nervenendungen wie elektrisiert zu kribbeln begannen. Sie hatte diese Gestalt schon einmal gesehen. Unter Umständen, die sie nie wieder vergessen würde.

28

Auf einer Wolke

Now I got the answer to my biggest question.
The Record Company, *Off the Ground*

Ich habe Flugzeuge immer schon gehasst. Und an diesem Mittwoch, dem 18. August, hatte ich den Eindruck, dass der Flieger ein Jojo in Gottes Händen war. Blitze, Regenschauer, Turbulenzen. In der Kabine ging es hoch her. Fast rechnete ich damit, dass die Sauerstoffmasken herausfallen und wie orangefarbene Quallen im Unterdruck tanzen würden.

Vor dem tropfnassen Fenster glitt die Tragfläche wie ein Messer durch haushohe Kumuluswolken. Speeren gleich, bohrten sich Blitze in die Wolken, der Wind heulte am Flugzeugrumpf entlang, und allmählich bekam ich es mit der Angst zu tun.

Es war mieses Wetter zum Fliegen, und bei diesem Flug von Miami nach New York erinnerte ich mich unwillkürlich an einen Nachtflug an Bord einer 767 der American Airlines in Gesellschaft von Josh und Annabelle, die Rückkehr von einem Aufenthalt auf den Bahamas. In jener Nacht in elftausend Meter Höhe über dem schäumenden Ozean hatte ich lange Zeit geglaubt, dass wir ins Meer stürzen würden. Ich hatte Joshs Hand gehalten, der neben mir saß, und mir völlig unbeeindruckt ins Ohr flüsterte: »Dad, hab keine Angst, alles wird gut.« Erneut musste ich den heftigen Drang zu weinen unterdrücken. In diesem Augenblick hätte ich dringend meinen Sohn an meiner Seite gebraucht. Warum war er nicht da? Ein weiteres Mal empfand ich seine schreckliche Abwesenheit mit einer Heftigkeit, einem Kummer, der mir beinahe den Atem raubte.

Oh, Josh, mein Josh, dachte ich und hielt, tief in den Sitz gedrückt, die Armlehnen umklammert. *Wie sehr du mir fehlst.*

Nach der Landung auf dem JFK nahm ich ein Taxi zum 1 Hotel Central Park. Während der Fahrt ertappte ich den Sikh, der das Taxi fuhr, mehrmals dabei, wie er mich im Rückspiegel musterte. Vermutlich dachte er, dass sein Fahrgast wirklich schlecht aussah.

Als ich im Hotelzimmer gerade dabei war, meine Sachen aus der Reisetasche auszupacken, leuchtete das Display meines Handys auf. Ich beugte mich darüber. Eine Nachricht von Kay.

Wo bist du? Was machst du?

Ich zögerte kurz, dann antwortete ich:

Komme morgen nach Hause. Bin in New York.

Wenige Sekunden später:

Was machst du in New York?

Erzähle ich dir, wenn ich wieder da bin.

Ich habe auch Neuigkeiten.

Stirnrunzelnd schrieb ich zurück:

Was denn?

Nicht am Handy. Ich erzähle dir alles, wenn du wieder hier bist.

Was alles?

Kann jetzt nicht darüber reden, Tom.

Meine Verwirrung wurde immer größer. Leicht angesäuert schrieb ich folgende Nachricht:

Hat es etwas mit Randy zu tun?

Kays Antwort verwirrte mich noch mehr:

Nein, es hat nichts mit Randy zu tun. Aber es ist wichtig.

»Wichtig...« Das Wort ging mir nicht mehr aus dem Kopf. Was ich gleich tun würde, war auch wichtig.

An der 108th Street in Queens, an der Kreuzung 40th und First Avenue, stieg ich aus dem Taxi. Ich überquerte die Straße und den Gehweg mit den Platanen und ging die sechs Stufen zu dem kleinen Reihenhaus hinauf.

Die Rollgitter der Geschäfte in der Umgebung waren noch heruntergelassen. Ich klingelte. Eine Minute verstrich, in der mir tausend Gedanken durch den Kopf gingen. Ein Krankenwagen bog mit heulender Sirene in die Straße ein und fuhr bergab in Richtung Forest Hills. Die lackierte Haustür öffnete sich. Für einen Moment musterte Horacio Diaz mich perplex, ehe er in den Anblick der menschenleeren Straße hinter mir zu versinken schien.

»Mr Tom«, sagte er nur, als er den Blick wieder auf mich richtete, und er wirkte weniger erstaunt als vielmehr traurig.

»Guten Tag, Horacio«, sagte ich. »Darf ich reinkommen?«

»Selbstverständlich.«

Er trat zur Seite, und mir kam der Gedanke, dass wir jahrelang mit Horacio in Kontakt gestanden hatten, ich aber bis zu diesem Tag noch nie bei ihm zu Hause gewesen war. Als hätte er zu unserem Leben gehört, wir aber auf keinen Fall zu seinem.

Die Einrichtung war bescheiden, aber freundlich, sauber und gepflegt; die Wände waren in lebhaftem Gelb und Türkis gestrichen, und überall standen Grünpflanzen, wie in einem Miniaturdschungel – Kakteen, Zwergpalmen, Farne, Orchideen. Das Aroma von frisch geröstetem Kaffee und von *tostada,* geröstetem kubanischem Brot mit Butter, drang, begleitet von Stimmen, aus der Küche zu uns herüber. Horacio führte mich ins Wohnzimmer. Im Vorbeigehen begrüßte ich Mrs Diaz und eine schlanke, brünette Teenagerin, offenbar die Tochter.

»Setzen Sie sich«, sagte er. »Möchten Sie ein Glas Wasser?«

»Nein, danke. Horacio, ich bin hier, weil …«

Mit einer Geste brachte er mich zum Schweigen.

»Ich weiß, warum Sie hier sind«, sagte er, offenbar tief betroffen. »Bitte, lassen Sie mich sprechen, sagen Sie nichts …«

Er hatte Tränen in den Augen, und ich spürte, wie meine Haut zu kribbeln begann, als zirkulierte darunter elektrischer Strom, ein permanentes Zittern im Inneren meines Körpers. Horacio wirkte dermaßen niedergeschlagen, dass ich mich plötzlich fürchtete vor dem, was er mir zu sagen hatte. Er senkte den Blick. Eine Weile saßen wir einander an dem Couchtisch schweigend gegenüber. Dann atmete er durch, und als er endlich den Kopf hob, wirkte seine Miene erschüttert.

»Mr Tom«, setzte er an, und in seinen dunklen Augen lag tiefe Traurigkeit. »Was ich entdeckt habe, ist schrecklich. Ich habe mir mehrmals vorgenommen, es Ihnen zu sagen, aber ich wusste nicht, wie ich es anstellen sollte, verstehen Sie? Ich wollte meine Arbeit nicht verlieren.«

Nein, ich verstand nicht, ich verstand überhaupt nichts mehr. Ich hatte einfach nur Angst.

»Ich habe es erst kürzlich durch Zufall entdeckt, als ich ein Gespräch Ihres Schwiegervaters … ich meine natürlich Mr Wailand … mitbekommen habe. Ich habe vorher nichts davon gewusst, das schwöre ich Ihnen! Aber als ich diesen Wortwechsel gehört habe, habe ich sofort überlegt, wie ich es Ihnen sagen soll... Irgendjemand musste Sie davon in Kenntnis setzen.«

Ich hatte das Gefühl, mein Herz würde mir gleich aus der Brust springen, so heftig schlug es.

»*Was müssen Sie mir sagen?*«, krächzte ich, mir meines anarchisch hämmernden Herzens und des Schweißfilms auf meinem Gesicht überdeutlich bewusst.

»Na ja, was in der Nachricht stand«, sagte er.

Ich riss die Augen auf. »Was?«

»Ihr Sohn, Josh. Er *lebt,* Mr Tom.«

Mit aufgerissenen Augen und offenem Mund sprang ich aus dem Sessel auf.

»Was?!«

Jetzt weinte er oder war zumindest kurz davor.

»Ich hätte gar nicht dort sein sollen«, erklärte er. »Ich hatte in der Wohnung etwas vergessen. Als ich eintrat, hörte ich die Stimme von Mr Wailand, der in einem anderen Zimmer am Telefon sagte: ›Wie geht es Josh? Ich kann es kaum erwarten, ihn zu sehen.‹ Ich erschrak. Ich glaubte mich verhört zu haben. Aber dann fuhr er fort: ›Ich habe ihn seit Weihnachten nicht mehr gesehen, er fehlt mir. Er muss seinen Großvater öfter zu Gesicht bekommen, Annabelle.‹ Dann fügte er hinzu: ›Du weißt genau, dass ich alles für ihn tun würde.‹ Ich war fassungslos. Mir ging es wie Ihnen, Mr Tom. Ich habe immer geglaubt, Josh sei an den Folgen des Unfalls gestorben. Er sei eingeäschert worden... Ich habe noch eine Weile zugehört, und dann bin ich rausgeschlichen, ehe Mr Wailand meine Anwesenheit bemerken konnte.«

Seine Miene verriet solch großen Kummer, eine derart aufrichtige Betrübnis, dass ich ihn fast trösten und ihm versichern wollte, dass ihn keine Schuld traf.

»Ich dachte sofort, dass ich es Ihnen sagen muss. Sie hatten kein Recht, Ihnen so etwas anzutun. Sie…«

Er verstummte. Seine Tochter war hereingekommen.

»Dad, du hast nicht zufällig meinen…?«

Als sie ihren Vater weinen sah, als sie sah, dass in dem Wohnzimmer zwei erwachsene Männer einander mit nassen Wangen und Tränen in den Augen gegenübersaßen, verstummte sie. Denn jetzt schluchzte ich hemmungslos, so als hätten wir gerade von einem schrecklichen Todesfall erfahren, während es sich tatsächlich doch um eine Wiederauferstehung handelte.

»Dad, was ist denn?«

»Lass uns in Ruhe«, sagte er energisch, und stumm vor Verblüffung zog sich das Mädchen ohne ein weiteres Wort zurück.

Er musterte mich mit funkelndem Blick.

»Was sie mit Ihnen gemacht haben, ist einfach zu ungerecht, zu grausam. Wie kann man einem Vater so etwas antun? Wie konnten sie es wagen? Das ist unmenschlich!«

Er schniefte, wischte sich verschämt mit dem Ärmelaufschlag über die nassen Wangen. Ich ließ die Tränen ungehindert laufen und auf mein Hemd fallen. »Nur dass die Arbeit für Mr Wailand praktisch mein Leben ist. Er ernährt meine Familie, mit seinem Geld habe ich dieses Haus bezahlt, das Studium meiner Tochter… Mr Wailand ist ein strenger, aber gerechter Chef. Und er vertraut mir.«

Horacio nickte, und ich wusste nicht, ob er es tat, um seine Worte zu bekräftigen, oder ob er sich schämte.

»Ich musste es Ihnen irgendwie mitteilen, ohne dass sich die Information zu mir zurückverfolgen lässt. Und da fiel mir mein Neffe in Miami ein, der viel Zeit am Computer verbringt. Ich habe ihn gefragt, ob er in der Lage wäre, eine anonyme Nachricht zu versenden. Er meinte, das sei einfach. Ich ahnte ja nicht, dass Sie die Nachrichten zu ihm zurückverfolgen würden. Und noch weniger habe ich geahnt, dass er Geld von Ihnen verlangen würde. Ich schäme mich so sehr, Mr Tom.«

Es vergingen mehrere Sekunden, ehe er weitersprach. Allmählich beruhigte sich mein Herzschlag wieder. Ich hatte tatsächlich geglaubt, einen Infarkt zu bekommen. Vor meinem geistigen Auge sah ich, wie mich mein kleiner Junge am Ärmel zog und lächelnd mit verschwörerischer Miene zu mir aufblickte.

»Was ich nicht verstehe«, fuhr Horacio fort, »ist, warum Santiago behauptet hat, Josh sei tot.«

»Und warum er mein Geld abgelehnt hat«, fügte ich verwirrt hinzu. Mein Blick war noch immer von Tränen verschleiert.

»Ja.«

Nun war ich es, der eine Weile schwieg. Ich musterte ihn durchdringend, ehe ich hoffnungsvoll fragte: »Und Sie haben keine Ahnung, wo Josh sich aufhält?«

Für einen Moment glaubte ich, er wüsste es, aber dann schüttelte er den Kopf.

»Ich habe versucht, es herauszufinden, Mr Tom, ich schwöre. Ich habe immer wieder die Ohren gespitzt. Aber keine Chance. Mr Wailand ist überaus vorsichtig. Wenn ich damals nicht umgekehrt und in die Wohnung zurückgegangen wäre...«

Erneut wurden wir unterbrochen, diesmal vom Klingelton meines Handys. Es war Chris. Ich empfand den instinktiven Drang, das unglaubliche Glücksgefühl mit ihm zu teilen, das mich inzwischen erfüllte.

»Hast du was Neues herausgefunden?«, fragte er ohne jede Vorrede. »Konntest du dich mit Horacio treffen?«

»Er sitzt hier vor mir.«

Offenbar erkannte er an meinem Tonfall, dass etwas passiert war.

»Und?«

»Josh lebt, Chris.«

Die Stille am anderen Ende der Leitung dehnte sich.

»*Was?* Bist du dir sicher?«

Erneut flossen Tränen und vernebelten mir die Sicht, und meine Stimme brach fast, als ich antwortete: »Ja. Horacio hat zufällig ein Telefonat von Raynard mitgehört, in dem er sich nach Josh erkundigt hat und ihn besuchen wollte. Er sprach mit Annabelle. Er wusste nicht, dass Horacio in der Nähe war. Die anonymen Mails gehen auf Horacio zurück.«

Erneut Schweigen.

»Das ist ja unglaublich«, stieß mein Agent und Freund schließlich hervor.

Chris klang eindeutig verblüfft, aber genauso deutlich war seiner Stimme die Skepsis anzuhören.

»Er lebt, Chris! Mein Sohn ist am Leben!«

»Wenn das stimmt, ist es wundervoll, Tom. Es ist die

fabelhafteste Nachricht, die ich mir vorstellen kann. Aber bist du dir wirklich sicher? Ich war dort, Tom«, fuhr er mit leiserer Stimme fort. »Ich habe den Sarg gesehen. Wenn Josh noch lebt, wer lag dann darin? Bist du dir wirklich sicher, dass man dir keinen Bären aufgebunden hat?«

»Der Sarg... war er offen oder geschlossen?«, fragte ich unvermittelt.

Er zögerte.

»Geschlossen«, sagte er schließlich.

»Dann hast du Josh also nicht wirklich gesehen?« Meine Kehle war wie zugeschnürt.

»Nein, eigentlich nicht.«

»Mein Sohn lebt«, bekräftigte ich überglücklich.

»Ich freue mich sehr für dich«, sagte Chris mit veränderter Stimme. »Ich freue mich wie verrückt. Meine Güte, es ist einfach unglaublich!«

Seine Stimme verriet, dass auch ihn die Rührung übermannt und ihm die Kehle zugeschnürt hatte, dass ihm vielleicht sogar die Tränen gekommen waren. Drei erwachsene Männer, die zusammen weinten. Vor Glück.

»Weißt du, wo er ist?«, fragte mein Agent.

»Noch nicht«, sagte ich. »Aber ich werde ihn finden. Und wenn ich Himmel und Hölle in Bewegung setzen muss, Chris. Und wenn ich den Rest meines Lebens damit verbringe. Ich werde ihn finden. Aber jetzt muss ich Schluss machen. Zu gegebener Zeit werde ich dir alles erzählen.«

»In Ordnung«, sagte er. »Aber sei vorsichtig. Und halt mich auf dem Laufenden, okay?«

Ich legte auf und entschuldigte mich bei Horacio für die Unterbrechung.

»Bitte, Mr Tom«, sagte er nach erneutem Schweigen, »sagen Sie Mr Wailand nicht, dass Sie es von mir erfahren haben. Dieser Mann ist zu allem fähig.«

»Keine Sorge, Horacio. Er wird nichts davon erfahren. Ich weiß, welche Hochachtung Sie meinem Ex-Schwiegervater entgegenbringen.«

Bei diesen Worten verhärteten sich Horacio Diaz' Gesichtszüge. »Hochachtung?«, fragte er mit einer Stimme, so schneidend wie eine Metallsäge. »Raynard Wailand ist ein Hurensohn!«, stieß er hervor, und ich war völlig perplex, denn ich hatte ihn nie zuvor auf diese Art reden hören. »Ein Schwein. Aber ich brauche diese Arbeit.«

Ich stand auf, und er begleitete mich zur Tür. Im Vorübergehen fielen mir die beunruhigten Blicke seiner Frau und seiner Tochter auf. Draußen auf der Treppe wurde mir klar, dass paradoxerweise Horacio es war, der Trost, der eine freundschaftliche Geste von mir brauchte, und ich drückte ihm die Schulter.

»Danke, Horacio.«

»Ich hoffe, dass Sie Josh finden werden«, sagte er an der Tür. »Wenn ich etwas Neues höre, melde ich mich bei Ihnen, darauf gebe ich Ihnen mein Wort, Mr Tom. Was die Ihnen angetan haben, verdient kein Vater auf dieser Welt.«

Auf der Straße herrschte inzwischen reger Betrieb. Autos und Busse fuhren vorbei. Die Ladenbesitzer lösten die Vorhängeschlösser an ihren Schaufenstern. Die Sicherungsgitter wurden aufgeschoben. Es war der Morgen des 19. August. Und ich ging wie auf Wolken.

Josh lebt.

29

Der Augenblick der Wahrheit

How does it feel, how does it feel?

Bob Dylan, *Like a Rolling Stone*

Der Rückflug ab JFK war auf 10:55 Uhr angesetzt. Um den Flieger nicht zu verpassen, musste ich den Taxifahrer mit dem Versprechen eines guten Trinkgelds antreiben. Um 14:10 Uhr landete ich in Miami, und zum ersten Mal hatte ich während eines Flugs keine Angst gehabt, so vertieft war ich in Gedanken darüber, wie es nun weitergehen sollte.

Auf dem Highway durch die Keys ließ ich das Wagenfenster herunter. Ich genoss den salzigen Wind, die Sonne, die mir auf die Unterarme schien, den Blick auf den Ozean, und dabei dachte ich die ganze Zeit an Josh. Ich drehte *Like a Rolling Stone* auf volle Lautstärke und erinnerte mich daran, wie mein eigener Vater in seinem alten Oldsmobile Toronado aus vollem Hals mitgesungen, Bob Dylan sogar übertönt hatte, und ich versuchte, es ihm nachzutun. Als Kind war ich sehr schüchtern gewesen, und zum Teil – nur zum Teil – hat mich diese Schüchternheit mein Leben lang begleitet. Darum gab ich den Versuch schließlich auf und schüttelte lächelnd den Kopf.

»Komm schon, Junge«, hatte mein Vater zu mir gesagt. »Trau dich, sing mit mir! *How does it feeel? How does it feeel? To be without a hooome?*«

Aber ich traute mich nie. Und ich fand sein Benehmen bizarr.

»Ach, macht nichts«, hatte er am Ende immer gesagt und mir mit seiner großen Hand die Haare zerzaust. »Dein Ding ist das Zeichnen, stimmt's? Und Wörter. Aus dir wird ein Frank Stella oder ein Erskine Caldwell, mindestens.«

Aber diesmal fing ich am Steuer bei heruntergelassenem Fenster zu singen an – zweifellos falsch, dafür voller Inbrunst –, was mir an der nächsten Ampel amüsierte Blicke einer Fahrerin einbrachte. Sie schenkte mir ein strahlendes Lächeln, das ich mit einem Augenzwinkern beantwortete.

Warum auch nicht? Das Leben ist schön.

Als ich den Wagen parkte, erblickte ich Kays SUV, und tatsächlich trat sie aus dem Haus, sobald sie das Motorengeräusch gehört hatte. An jenem Tag trug sie ein kurzes, ärmelloses Sommerkleid in einer leuchtenden Farbe und dazu flache Sandalen. Das Kleid war kurz genug, um ihre schönen gebräunten Beine zur Geltung zu bringen, und mir fiel auf, dass ihre Haare deutlich heller geworden waren. Sonne, Wind und Salz ließen die Spitzen widerspenstig abstehen, ein übliches Phänomen auf den Keys.

Ich stieg aus und stürmte auf sie zu.

»Josh lebt!«, rief ich.

Ihre Augen weiteten sich, ihr Mund formte ein O.

»Was? O mein Gott, Tom! O Gott! Bist du sicher?«

»Ja, ja, ich bin mir sicher.«

»Du meine Güte, Tom! Das ist ja wunderbar!«
Sie warf sich in meine Arme und drückte mich so heftig, als wollte sie mich ersticken, und ich genoss diese spontane Umarmung sehr. Ich atmete den Duft ihrer Haut und ihrer Haare ein, spürte, wie ihre Brüste sich an meinen Oberkörper pressten, und ich hätte sie am liebsten geküsst ... aber dann blickte ich zum Gästehaus hinüber.
»Ist Randy da?«, fragte ich zögerlich, obwohl der Ford Transit nirgendwo zu sehen war.
Sie schüttelte den Kopf.
»Er kommt erst in drei Tagen zurück.«
Ich fragte mich flüchtig, was für Arzneimittel er wohl verkaufte, vergaß die Frage aber gleich wieder und nahm Kay bei der Hand.
»Komm! Das muss gefeiert werden.«

Für Freunde habe ich immer eine Flasche Champagner auf Lager. Auf diese Art feiern Chris und ich auch jedes fertiggestellte Manuskript, obwohl er allein trinken muss. Ich gab gerade Eiswürfel in einen Eimer, als mir plötzlich etwas einfiel. Ich schlüpfte in die fensterlose kleine Abstellkammer hinter der Küche.
Nach längerem Wühlen in einem Umzugskarton fand ich, wonach ich gesucht hatte: Buzz Lightyear, Joshs Lieblingsspielzeug. Ich ging zurück in die Küche, schwenkte den Weltraumranger in Kays Richtung und rief albern: »Bis zur Unendlichkeit und noch viel weiter!«
Sie lachte.
»Erzähl mir, was passiert ist«, sagte sie mit fröhlicher Stimme.

Ich erzählte ihr alles, mit vielen Details und viel zu ausschweifend, was zweifellos auf meine Begeisterung zurückzuführen war. Ich sah, wie ihr Gesicht zu leuchten begann. Sie schien genauso glücklich wie ich. Sie lächelte, und mir wurde erneut bewusst, wie hinreißend dieses Lächeln war. Mir wurde außerdem klar, dass ich mir während der ganzen Fahrt gewünscht hatte, dieses Glück mit ihr zu teilen und mit niemandem sonst. Sie war all das, was mir in den letzten Jahren gefehlt hatte, alles, wonach ich mich so sehr gesehnt hatte. Ich wollte es ihr gerade sagen, ihr mein Herz weit öffnen, doch auf einmal verblasste ihr Lächeln, und ihre Miene wurde wieder ernst.

»Tom, bevor wir weitergehen, muss ich dir etwas sagen«, verkündete sie.

Etwas an ihrem Tonfall holte mich abrupt auf die Erde zurück und machte meine Freude innerhalb von Sekunden zunichte. Ihre Nachricht fiel mir ein: »Ich muss dir auch etwas erzählen, etwas Wichtiges.«

»Ich höre«, sagte ich, immer noch lächelnd. Nichts konnte an diesem Tag meine Freude trüben. Obwohl ich bald würde entscheiden müssen, ob ich mich wegen Josh mit der Polizei oder mit einem Anwalt in Verbindung setzen musste oder ob ich selbst nach ihm suchen wollte.

»Es fällt mir nicht leicht«, sagte Kay. »Und ich habe keine Ahnung, wo ich anfangen soll.«

Auf einmal wirkte sie verdammt ernst, und ich spürte meine Begeisterung dahinschmelzen.

»Bitte, verurteile mich nicht«, fügte sie hinzu.

Jetzt war ich wirklich auf der Hut.

»Ich arbeite für Raynard Wailand«, platzte sie heraus.

Hätte sie mir mit der Faust ins Gesicht geschlagen, ich wäre nicht überraschter gewesen.

»*Was?*«

»Wailand hat mich angeheuert und von mir verlangt, mich hier niederzulassen«, fuhr sie in düsterem Ton fort. »Ich bin Privatdetektivin, Tom. Das ist der Beruf, den ich seit meinem Abschied von der Polizei ausübe. Dein Ex-Schwiegervater weiß von dieser Nachricht, in der steht, dass Josh noch am Leben ist. Ich habe keine Ahnung, wie er davon erfahren hat. Aber er hat mich angeheuert, damit ich jeden deiner Schritte überwache. Was ich bis jetzt auch getan habe, aber ... Ich konnte ja nicht ahnen, wie sich die Dinge zwischen uns entwickeln würden.«

Ich atmete tief durch und schüttelte ungläubig den Kopf. Es war, als hätte sich unter mir ein Abgrund aufgetan. *Kay arbeitet für Raynard ...*

»Wie hast du ihn kennengelernt?«, fragte ich apathisch.

»Er hat meine Dienste bereits in der Vergangenheit in Anspruch genommen.«

»Und Randy? Spioniert der mich auch aus?«

Ich dachte an das Telefongespräch, das ich mitgehört hatte, während ich an die Wand gedrückt unter dem Küchenfenster gesessen hatte, nachdem Randy mich beinahe in ihrem Haus erwischt hätte. Jetzt war mir alles klar.

»Eigentlich nicht. Er soll dich im Auge behalten, wenn ich nicht da bin, aber er hat seine eigene Arbeit. Die mit meiner nichts zu tun hat. Er weiß nur das Nötigste.«

»Hast du gewusst, dass mein Sohn noch lebt?«, fragte ich und dachte an den Abend in Key West, an dem ich meinen Schmerz mit ihr geteilt hatte.

Sie hob den Kopf.
»Nein, natürlich nicht! Das hätte ich dir gesagt!«
»Wirst du an ihn weitergeben, was ich dir gerade erzählt habe?«
»An Wailand? Nein«, antwortete sie energisch, »das ist vorbei.«
Ich bedachte sie mit einem bösen Blick.
»Warum denn nicht? Wo du schon mal so weit gekommen bist ...«
Unendlich traurig erwiderte sie meinen Blick. Ich fragte mich, ob sie mir etwas vorspielte oder nicht, aber ich war fest entschlossen, sie nicht so einfach davonkommen zu lassen.
»Weil die Dinge sich geändert haben, Tom«, sagte sie leise. »Und das weißt du auch.«
»Wie meinst du das?«
»Ich stehe jetzt auf deiner Seite. Hör zu, du musst mir bitte glauben. Ich kannte dich nicht. Es war ein Job wie jeder andere, aber jetzt ist alles ganz anders.«
Ich sah, dass sie Tränen in den Augen hatte. Dies war definitiv der Tag der Tränen. Sie sah aus wie ein kleines Mädchen, das auf frischer Tat ertappt wird und ein schlechtes Gewissen hat. Ich lachte bitter.
»Bezahlt er dich gut dafür?«, fragte ich höhnisch.
Sie schwieg.
»Ich will, dass du gehst, Kay. Sofort.«
Sie sah mir ins Gesicht. In ihren schönen grünen Augen lag ein derart großer Schmerz, dass ich für den Bruchteil einer Sekunde versucht war, ihr zu verzeihen, sie in die Arme zu nehmen und an mich zu drücken. Sie wartete ein-

deutig darauf, dass ich etwas tat. Nie zuvor hatte ich eine Frau gesehen, die so verführerisch und gleichzeitig so traurig war. Ein Teil von mir wollte sie noch immer lieben, sie niemals gehen lassen.

»Verschwinde«, sagte der andere Teil in unmissverständlichem Tonfall. »Verpiss dich. Und lass dich hier nie wieder blicken.«

Sie nickte schweigend und ging zur Tür, wo sie sich noch einmal umdrehte und sagte: »Eine letzte Sache noch. Es ist jemand hierhergekommen, ich kenne seinen Namen nicht, aber ich habe ihn bei anderer Gelegenheit schon mit Wailand zusammen gesehen. Er arbeitet für ihn. Und wenn dieser Typ hier ist, dann bestimmt nicht, um zu diskutieren, Tom. Bitte, du musst mir glauben. *Das ist ein sehr gefährlicher Mensch.*«

Und damit ging sie.

30

Der Doktor lässt die Katze aus dem Sack

And let the truth be told.
The Record Company, *Off The Ground*

Gleich darauf rief Chris an. Er wollte wissen, was Horacio mir erzählt hatte. Er hatte es bereits versucht, als ich aus dem Flugzeug gestiegen bin, und dann noch einmal während der Rückfahrt, aber zum Glück hatte ich das Handy einfach klingeln lassen. Ich berichtete, was ich von Horacio erfahren hatte, und er schwieg eine lange Zeit.

»Das ist einfach unglaublich«, sagte er ein weiteres Mal. »Unglaublich und wunderbar...«

Ich erriet die drei kleinen Punkte am Ende des Satzes. Sie bedeuteten: *Wenn es denn stimmt.*

»Du sagst, du hast den geschlossenen Sarg gesehen?«, fragte ich.

»Ja«, antwortete Chris. »Im Krematorium. Bei der Einäscherung war ich nicht dabei.«

»Wer war damals vor Ort?«

»Nur Wailand.«

Eine Möglichkeit zeichnete sich ab. Die mir ebenso sehr an den Haaren herbeigezogen vorkam wie manche Kriminalromane. Ich dankte ihm und wählte eine andere Nummer.

»Dr. Van Cleve«, sagte die Stimme am anderen Ende der Leitung.

»Doktor, hier ist Tom Baldwin.«

Vor meinem inneren Auge sah ich den großen, stets gelassenen Teddybären mit dem majestätischen Schnurrbart und dem sanften Blick hinter runden Brillengläsern.

»Was kann ich für Sie tun, Tom?«, fragte unser ehemaliger Hausarzt in zurückhaltendem Ton.

»Doktor, ich bitte Sie, gründlich nachzudenken, bevor Sie die Frage beantworten, die ich Ihnen jetzt stellen werde. Sehr gründlich.«

Auf meine Worte folgte Schweigen, und ich ließ eine oder zwei Sekunden vergehen, ehe ich es brach.

»Sie haben mir gesagt, dass Josh tot ist«, fuhr ich fort. »Ich möchte wissen, ob Sie den Körper meines toten Sohnes selbst gesehen und den Tod festgestellt haben. Denken Sie gut nach, bevor Sie antworten, Doktor.«

Erneut Schweigen, unterbrochen durch die Atmung des guten Mannes, der offenbar nur mühsam Luft bekam.

»Warum diese Frage, Tom? Wir haben bereits darüber gesprochen.«

»Sie wollen mir also nicht antworten?«, sagte ich und war mir des drohenden Untertons in meiner Stimme voll bewusst.

»Nein.«

»Nein, Sie antworten nicht? Oder nein, Sie haben ihn nicht gesehen?«

»Ich habe ihn nicht gesehen.«

Ich seufzte.

»Mr Wailand hat mich gebeten, die Sterbeurkunde zu

unterschreiben, und hat mir versichert, dass Josh tot sei«, fügte er mit fast unhörbarer Stimme hinzu.

»Und einem Raynard Wailand kann man natürlich nichts abschlagen.«

Dr. Van Cleve schwieg. Ich spürte, dass er verlegen war; vielleicht schämte er sich und fühlte sich schuldig, wer weiß? Oder er fürchtete sich vor rechtlichen Konsequenzen.

»Ich hoffe, er hat Sie gut dafür bezahlt«, sagte ich.

Und legte auf.

31

Willst du mir nun helfen oder nicht?

Come with me, my love, to the sea.
Cat Power, *Sea of Love*

Am nächsten Morgen kroch Kay aus dem Bett und schleppte sich in die Küche. Wie ein Zombie.
Sie schaltete die Kaffeemaschine auf der Arbeitsfläche ein. Sie war nicht nur todmüde, ihr tat auch alles weh. Die Nacht war stickig gewesen. Die Temperatur war nicht unter dreiunddreißig Grad gefallen, und der Ventilator hatte schwüle Luftmassen umgewälzt, die einfach nicht abkühlen wollten.
Schweißgebadet hatte sie sich im Bett hin und her gewälzt. War aufgestanden, um sich eine kalte Pepsi Wild Cherry aus dem Kühlschrank zu holen. Doch kurze Zeit später hatte sie erneut die Hitze gespürt, die die Laken wie ein voll aufgedrehter Heizkörper an der Stelle ausstrahlten, an der ihr Körper seinen Abdruck in der Matratze hinterlassen hatte.
Zu allem Überfluss stand ihre Regel kurz bevor, sodass ihr gelegentlich ein stechender Schmerz in den Unterleib fuhr. Sie verzog das Gesicht und schluckte eine Paracetamol. Dann trat sie mit ihrem Kaffeebecher, auf dem ein

Bild des Big Apple prangte, auf die Veranda hinaus und zündete sich eine Zigarette an. Sie vermied es, zu Toms Haus hinüberzusehen. Der Gedanke an ihn war schmerzhafter als jede Menstruation. Aber sie hatte nur bekommen, was sie verdiente. Wie ihr Vater immer gesagt hatte: *Behandle andere Menschen so, wie du selbst behandelt werden willst.* Gut erkannt, Dad. Du hast gewusst, wovon du gesprochen hast, schließlich hast du Mom mit der Frau deines Bruders betrogen. Sie erschlug eine Mücke, die auf ihrem Arm saß und Vampir spielte. Der Himmel war wieder grau geworden, die Wolken hingen tief und die warme Luft war drückend-feucht. Der Schweißfilm, der ihr fast ständig auf der Haut klebte, gab ihr das Gefühl, rund um die Uhr in der Sauna eingesperrt zu sein. Allmählich fragte sie sich, ob Randy mit seiner Einschätzung dieses Ortes nicht doch recht hatte.

Sie hatte den Blick auf den Horizont gerichtet, wo die Möwen im warmen Wind kreischend mit den Flügeln schlugen. Plötzlich nahm sie in der Nähe von Toms Haus eine Bewegung wahr. Sie drehte den Kopf und sah, dass er rasch über den kurz geschnittenen Rasen auf sie zukam, und in ihrem Bauch zog sich etwas zusammen. Er stieg die beiden Stufen zur Veranda herauf, und nach zwei weiteren Schritten stand er vor ihr. Sie spürte, dass sie nervös wurde und sich gegen eine weitere Salve von Vorwürfen wappnete. Aber seine Stimme war erstaunlich ruhig und hob sich deutlich vom Hintergrundrauschen des Meeres ab, als er fragte: »Also, willst du mir nun helfen oder nicht?«

»Ich sehe nur eine Möglichkeit«, sagte Kay, als sie neben mir im Sand saß, den Blick auf die offene See gerichtet.

»Und die wäre?«, fragte ich.

»Uns steht nur eine verlässliche Informationsquelle zur Verfügung: dein Ex-Schwiegervater.«

»Was soll das heißen?«

»Ich muss ihn irgendwie aus der Reserve locken. Vergiss nicht, dass ich offiziell immer noch für ihn arbeite.«

Sie hatte mir das Gesicht zugewandt, und im flach einfallenden Morgenlicht nahmen ihre großen Augen eine leicht metallische Färbung an.

»Ich muss ihn mit einer wichtigen Information locken, dann kann ich ihn besuchen und ein bisschen ausfragen«, fügte sie hinzu.

Ein verdammt riskantes Vorhaben, dachte ich. Was würde passieren, wenn Raynard Wailand erkannte, dass Kay ins feindliche Lager übergelaufen war?

»Erzähl ihm einfach, dass ich aus sicherer Quelle weiß, dass Josh noch lebt«, sagte ich. »Aber du darfst Horacio nicht erwähnen.«

Sie dachte nach.

»Ja, das sollte funktionieren. Du hast die Bestätigung dafür erhalten und mir davon erzählt. Dann muss er reagieren.«

»Die Sache kann gefährlich werden, wenn er merkt, dass du ihn hintergehst, schon mal daran gedacht?«

Ich kam mir vor wie ein Serienheld im Fernsehen, so surreal war die Situation.

Sie nickte. »Keine Sorge«, sagte sie. »Ich habe schon ganz andere Sachen erlebt.«

»Und wie willst du ihn zum Reden bringen?«

Kay zuckte mit den Schultern. Das sanfte Licht der Morgendämmerung spielte in ihrem Haar und auf ihrer Wange. Sie nahm eine Handvoll Sand und ließ ihn durch die Finger rieseln.

»Ich werde improvisieren. Vielleicht kann ich herausfinden, in welcher Stadt oder in welcher Gegend Josh ist.«

»Und wie willst du das machen?«

»Das überlässt du bitte mir, Tom. Ich werde es wissen, wenn es so weit ist. Alles eine Frage des Fingerspitzengefühls. Hast du mal darüber nachgedacht, warum dein Manuskript gestohlen wurde? Das Motiv ist jetzt offensichtlich, oder?«

Ich wartete, dass sie fortfuhr.

»Wenn du dieses Buch unter deinem Klarnamen veröffentlichst und es ein Erfolg wird«, sagte sie, »ist dein Name überall zu lesen: in der Presse, im Internet, in den sozialen Medien. Und dein Sohn wächst. Raynard kann ihn nicht ewig abschirmen. Früher oder später bekommt Josh Zugang zum Internet, und dort wird er auf deinen Namen stoßen.«

»Willst du damit sagen, dass …?«

Sie nickte. »Ja. Sie haben ihm vermutlich das Gleiche erzählt wie dir … *dass du bei diesem Unfall gestorben bist.*«

Ja. Natürlich. Es war offensichtlich. Aber warum? Warum wollte Raynard Wailand mich derart gründlich aus seinem Leben verbannen? Warum wollte er Josh für immer von seinem Vater trennen? Womit hatte ich eine derartige Strafe verdient? Wovor fürchteten sie sich?

»Wenn deine Hypothese stimmt«, sagte ich, »wenn tatsächlich mein Ex-Schwiegervater hinter dem Diebstahl des Manuskripts steckt, muss er doch davon ausgehen, dass ich weitere Bücher unter meinem eigenen Namen schreibe.«

Sie warf mir einen Blick zu, der wie ein Kälteeinbruch auf einen blühenden Obstgarten wirkte.

»Er schindet Zeit. Die entscheidende Frage ist: Wie weit ist Wailand bereit zu gehen, um dich aus dem Leben deines Sohnes herauszuhalten? Wie weit wird er gehen, um sicherzustellen, dass du nie wieder ein Teil davon sein wirst?«

Ich stand über die hintere Tür des Taxis gebeugt, deren Fensterscheibe heruntergelassen war. Kay saß auf der Rückbank und lächelte mich an.

»Mach dir keine Sorgen«, sagte sie. »Wir werden deinen Josh schon finden.«

Sie hatte Raynard Wailand erreicht und ihm gesagt, dass sie ihm dringend etwas mitteilen müsse, aber nicht am Telefon darüber reden wolle, weil sie den Eindruck habe, selbst ausgespäht zu werden.

»Pass auf«, sagte ich, und mein Magen zog sich noch fester zusammen, »geh bloß kein Risiko ein.«

»Ich und Risiko? Na, hör mal!«

Aber es klang nicht überzeugend. Plötzlich umfasste sie meinen Nacken und küsste mich, obwohl der Fahrer uns im Rückspiegel beobachtete.

»Ich liebe dich«, sagte sie zu mir, um ihm gleich darauf zuzurufen: »Sie können losfahren!«

In einem Zustand absoluter Verwirrung sah ich dem davonfahrenden Taxi nach.

Ich war verloren, ich war gerettet.
Ich lächelte, ich zitterte.
Ich war voller Hoffnung, und ich fürchtete mich.

32

Die Mangrove

All of nature wild and free
this is where I long to be.

Madonna, *La Isla Bonita*

Die nächsten Stunden vergingen quälend langsam. Von Kay kam kein Lebenszeichen, und ich platzte fast vor Ungeduld. Um mich zu beruhigen, holte ich das Kanu heraus und paddelte bis zum Mangrovenwäldchen. Unterwegs hielt ich nach kleinen Haien und Seekühen Ausschau, aber nur ein Delfin sprang nicht weit von meinem Kanu entfernt mit einem lauten, freundlichen *Wusch!* aus dem Wasser empor.

Bald darauf glitt ich in das Geflecht aus Kanälen, in dem ich mich bestens auskannte, unter das dichte Blätterdach, in das Gewirr aus Lianen, Guajakholz, wildem Kaffee, spanischem Moos, Mastixsträuchern und Korallenbäumen. Die Luft vibrierte förmlich vom Surren von Milliarden Mücken; Schreie und Vogelrufe explodierten unter dem Blätterdach über mir. In diesem Garten Eden gibt es viele verschiedene Arten von Vögeln, Säugetieren und Reptilien.

Dieses Tier- und Pflanzenparadies hatte immer schon eine beruhigende Wirkung auf mich gehabt. Weit entfernt von der Zivilisation und der Engstirnigkeit der Menschen, fühle ich mich dort sicher und gut aufgehoben. Zwischen den Mangroven habe ich das Gefühl, ich selbst zu sein. Aber diesmal blieb der Zauber wirkungslos. In der Ferne grollte Donner, und plötzlich fing es an zu regnen. Die Pflanzenwelt erwachte zum Leben, unter dem Platzregen begann das Blätterdach, auf geheimnisvolle Art zu rauschen wie ein eigenständiges Lebewesen, und würzige Gerüche stiegen auf. Ich machte kehrt, um mich aus diesem Pflanzenlabyrinth zurückzuziehen, in dem es wie aus Eimern schüttete.

Und während ich durch den Regen paddelte und mit den Wellen kämpfte, stieß ich einen wilden, kehligen Freudenschrei aus.

Nichts konnte mich mehr aufhalten.

Ich würde meinen Sohn wiederfinden.

33

Raynard Wailand

> Come on, baby ... and she had no fear.
>
> Blue Oyster Cult, *(Don't Fear) The Reaper*

»Und es gibt keine Möglichkeit, herausfinden, woher er diese Information hat?«

»Ich habe es versucht«, log Kay, »aber er schützt seine Quelle.«

Raynard Wailand wandte sich von der hohen Fenstertür ab, hinter der auf der einen Seite die riesige grüne Lunge des Central Park und auf der anderen die Silhouetten der Wolkenkratzer zu sehen waren. Mit einer großen Hand fuhr er sich durch die wellige weiße Mähne, über die frisch rasierten Wangen und die tadellos gebundene Krawatte. Er blickte Kay unverwandt in die Augen. Sein stahlblauer Blick verriet in diesem Moment eine beängstigende Härte und tiefes Misstrauen. Unwillkürlich erschauderte die junge Frau.

»Wir werden Maßnahmen ergreifen müssen«, verkündete er mit tiefer Stimme. »Auf keinen Fall darf dieses kleine Arschloch zurückkommen und das Leben meines Enkels zerstören. Das werde ich nicht zulassen.«

So ruhig Kay nach außen hin wirkte, so aufgewühlt war sie im Inneren. Wailand hatte soeben in ihrer Gegenwart zugegeben, dass Josh noch lebte. Sie sah sich um, und ihr Blick fiel auf die mahagonivertäfelten Wände, an denen auf Gemälden von Thomas Cole und Frederic Edwin Church romantische Landschaften des 19. Jahrhunderts zu sehen waren. Ihr Blick verweilte auf Partituren von Franz Liszt, die auf dem Klavier lagen, und auf Fotografien in Silberrahmen. Raynard Wailand lebte lieber in diesem prunkvollen, 1895 erbauten Gebäude an der Fifth Avenue als in einem der luxuriösen Wolkenkratzer für Neureiche, die in Manhattan wie Pilze aus dem Boden schossen und in seinen Augen den Triumph des schlechten Geschmacks verkörperten.

Sie nahm all ihren Mut zusammen. »Darf ich fragen, warum Sie so wütend auf ihn sind?«

Kay versuchte, ihre heftige Anspannung unter einem sachlichen Tonfall zu verbergen. Dieser Waran in Menschengestalt verfolgte sie mit dem Blick, als wäre sie die nächste Beute auf seiner Speisekarte.

»Tom Baldwin war nicht der Richtige für meine Tochter, das wusste ich von Anfang an«, sagte er. »Er hat sie heruntergezogen. Und das Gleiche hätte er mit meinem Enkel gemacht, wenn ich nicht eingegriffen hätte. Er hätte ihm diese progressive Erziehung angedeihen lassen, die einen Loser aus ihm gemacht hätte. Das kam überhaupt nicht infrage. Und außerdem war er Alkoholiker. Er war eine Gefahr für meine Tochter und für Josh. Was für ein Vorbild für ein Kind, nicht wahr? Die Vorstellung, dass Josh es jeden Tag vor Augen haben, dass er in der Nähe dieses Menschen aufwachsen sollte, war einfach unerträglich. Es ließ mir keine Ruhe mehr.«

Wailand legte eine Kunstpause ein, dann fuhr er fort: »Seit dem Tag, an dem meine Tochter mir mitgeteilt hat, dass sie schwanger war, wusste ich, dass ich Baldwin irgendwie aus unserem Leben verbannen musste. Und diese Gewissheit wurde umso stärker, je größer Josh wurde. Wissen Sie, mein Enkel ist mir wichtiger als alles andere, er bedeutet mir mehr als all diese Gemälde, als diese Wohnung, als all mein Besitz und mein gesamtes Vermögen. Josh ist mir das Teuerste auf dieser Welt, Mrs Calloway. Für meinen Enkel würde ich töten.«

Kay betrachtete Wailand. Und in diesem Augenblick überkam sie eine unumstößliche Gewissheit: Die Liebe dieses Mannes zu seinem Enkelsohn war nicht nur absolut echt, sondern auch stärker als jede andere Form von Liebe, die ihr jemals begegnet war. Und nicht nur das. Es konnte keinen Zweifel mehr geben: Dieser Mann war verrückt, vollkommen verrückt. Und wie er gerade selbst zugegeben hatte, war er in seinen Allmachtsfantasien sogar fähig zu töten.

»Seit jenem Augenblick«, fuhr er fort, »werde ich nicht müde, Tom Baldwin aus dem Leben meiner Tochter und meines Enkelsohns herauszuhalten, koste es, was es wolle. Annabelles Scheidung war der erste Schritt. Dann kamen der Unfall und Baldwins Koma... Darin sah ich eine große Chance, es war *die* Gelegenheit. Ich musste nur ein oder zwei Leute überreden, und Sie wissen so gut wie ich, dass jeder Mensch seinen Preis hat – sogar der gute Doktor Van Cleve. Zumal ich ihn überzeugen konnte, dass er in Joshs Sinne handelt, wenn er das Geld annimmt.«

Grundgütiger, dieser Kerl hält sich für Gott.

»Fahren Sie fort«, forderte Kay ihn auf. »Ich muss mehr darüber wissen.«

Raynard Wailand kam drei Schritte auf sie zu, die blassen Augen auf sie gerichtet. Und unter diesem furchterregend brennenden Blick fühlte sie sich auf einmal schrecklich unwohl. Erneut überlief sie ein Schaudern. Der stählerne Blick war von einem Ausdruck absoluten Misstrauens verschleiert.

»Tatsächlich?«, flüsterte er, ohne sie aus den Augen zu lassen.

»Wenn ich mich nicht irre«, antwortete sie und versuchte, das Feuer dieses Blicks zu ertragen, ohne zu blinzeln, »haben Sie Ihrem Enkelsohn erzählt, dass sein Vater tot ist, oder?«

Anstelle von »sein Vater« hätte sie beinahe »Tom« gesagt.

»Nein.«

Erneut dieses Funkeln in Wailands Augen.

»Sie halten mich für ein richtiges Schwein, stimmt's?«, fragte er provokant, während er sie weiterhin durchdringend musterte.

»Es steht mir nicht zu, das zu beurteilen«, antwortete sie ausweichend. »Halten Sie es für ausgeschlossen, dass Tom Baldwin Ihren Enkel irgendwann wiederfindet?«

»Wir haben ihn aus New York weggebracht.«

»Wer ist wir?«

»Meine Tochter und ich.«

»Und es ist ausgeschlossen, dass Baldwin einen Hinweis auf diesen Ortswechsel findet, irgendeine Spur, die ihn zum Aufenthaltsort der beiden führen könnte?«

Erneut musterte Wailand sie mit einem derart argwöhnischen Blick, dass Kay das Blut in den Adern gefror.

»Ich bezahle Sie dafür, genau das herauszufinden«, versetzte er in einem Ton, der nicht nur misstrauisch, sondern auch arrogant war.

Kay musste schlucken.

»Solange ich nicht weiß, wo sich Ihr Enkel befindet, kann ich nur schwer in Erfahrung bringen, ob Tom Baldwin sich ihm nähert«, erwiderte sie.

Schweigen.

»Ich glaube, Sie verfügen bereits über ausreichend Informationen, Mrs Calloway«, schnitt er ihr kalt das Wort ab.

Kay nahm all ihren Mut zusammen, um diesen Augen aus Feuer und Eis ein letztes Mal zu trotzen. »Ich habe ihn davon überzeugt, dass ich ihm helfen kann, seinen Sohn zu finden, er baut immer mehr Vertrauen zu mir auf. Ich muss irgendwie einschätzen können, ob die Informationen, die er mir gibt, wichtig sind oder nicht.«

Erneut Schweigen.

»Sollte er irgendwann von Boston sprechen, geben Sie mir sofort Bescheid«, sagte Wailand schließlich.

Als Kay gegangen war, nahm Raynard Wailand in dem Sessel Platz, den ihm ein ehemaliger Staatssekretär des Finanzministeriums geschenkt hatte und der direkt aus dem Treasury Building in Washington stammte. Er griff nach seinem verschlüsselten Handy.

»Kilgore«, sagte er, als am anderen Ende der Leitung abgehoben wurde, »hören Sie gut zu. Ab morgen überwachen Sie nicht nur dieses kleine Arschloch Tom Baldwin auf Schritt und Tritt, sondern auch Kay Calloway. Haben Sie verstanden? Wir müssen in Betracht ziehen, dass Mrs Calloway die Seiten gewechselt hat. Sie wissen, was das bedeutet?«

DRITTER TEIL

Apocalypto

34

Everglades

I come from where the rivers meet the sea.

Jimmy Buffett, *Floridays*

Wir waren Adam und Eva im Paradies. Der Frieden in diesem Garten Eden wurde allerdings empfindlich vom Höllenlärm des Tragflächenboots gestört. Kay sah sich um wie ein staunendes Kind. Die üppig wuchernde Natur erinnerte an eine Kathedrale, errichtet zu Ehren der größten Gottheit überhaupt: unseres Planeten.

Nachdem wir uns, wie bei meinem ersten Besuch, durch dasselbe Labyrinth aus Kanälen und Dschungel geschlängelt hatten, kamen wir vor Byron Woodruffs Pfahlhütte an. Auch diesmal erwartete uns das Schauspiel der eingeschalteten Scheinwerfer und des auf uns gerichteten Gewehrs.

»Was sollen all diese Leute, Franklin?«, brüllte Woodruff, der oben auf seiner Plattform stand. »Wir sind hier doch nicht beim Superbowl!«

Kay konnte ein Kichern nicht unterdrücken, was der Hausherr mit einem zornigen Blick quittierte.

»Diesmal wird es wesentlich teurer«, sagte der Hacker eine Viertelstunde später in seiner Hütte. »Die Sache wird euch eine ordentliche Stange Geld kosten. Was sind das für Leute, die ich ausspionieren soll?«

»Meine Ex-Frau und ihr Vater«, antwortete ich.

»Willkommen im Club«, versetzte der bärtige Mann und schwenkte eine Flasche Corona, an der Perlen aus Kondenswasser herabrannen. »Das Herz meiner Ex ist kälter als dieses Bier hier. Sie wollen also, dass ich alle Anrufe Ihres Ex-Schwiegervaters nachvollziehe und auf diese Art Ihre Ex-Frau und Ihren Sohn lokalisiere, ist das richtig?«

»Ja, so ist es.«

Im pulsierenden Lichtschein der Kontrolllampen und Bildschirme zwinkerte er Stamper zu und stieß ein glucksendes Lachen aus.

»Franklin, die Jobs, die du mir anvertraust, sind echt kinderleicht.«

»Wenn es kinderleicht ist, warum ist es dann so teuer?«, meldete sich Kay zu Wort.

Bryon Woodruff drehte sich zu ihr und bedachte sie mit einem schwer genervten Blick.

»Weil Sie wissen, dass die Polizei, sollten Sie sich an sie wenden, nur im Rahmen des Gesetzes tätig werden wird. Mit anderen Worten: Ihr Handlungsspielraum ist durch eine Flut von Vorschriften und Verboten eingeschränkt, die der Gesetzgeber zum Nutzen der Bürger, und zwar vor allem der böswilligen, eingeführt hat. Wenn Sie sich hingegen an mich wenden, wissen Sie, dass diese Beschränkungen nicht existieren, weil ich außerhalb des Gesetzes operiere, und zwar auf eigenes Risiko. Und das, Ma'am, ist unbezahlbar. Kapiert?«

»Ich glaube schon, Sie Prachtkerl«, antwortete sie.

Wie recht du doch hast, dachte Kay und fragte sich, wie Byron wohl reagiert hätte, wenn er gewusst hätte, dass die »Ma'am« eine ehemalige Polizistin war.

35

Auftritt Eufemio Rojas

Todos me dicen el negro.
Chavela Vargas, *La Llorona*

Mexico City, eine der gefährlichsten Städte der Welt. Das Gute an der Gewalt in Mexiko ist, dass sie alle gleichermaßen trifft, dachte Raynard Wailand, als der Privatjet, in dem er unterwegs war, auf einer Landebahn des Flughafens Benito-Juárez aufsetzte. Sie verschont weder Reiche noch Arme, auch nicht Politiker oder Chefs von Drogenkartellen, die zwar an der Spitze der Nahrungskette stehen, häufig aber Rivalen haben, die nichts lieber täten, als sie zu Hackfleisch zu verarbeiten.

Aus diesem Grund wartete eine gepanzerte Limousine mit Antiminen-Boden, getönten Scheiben und pannensicheren Reifen auf ihn, als er das Rollfeld in zweitausendzweihundertvierzig Meter Höhe betrat, das im Osten des Ballungsraums mit zwanzig Millionen Einwohnern auf zweitausend Quadratkilometern lag. Den Weg von der Gangway zur Limousine legte Wailand unter der Aufsicht dreier bis zu den Zähnen bewaffneter Leibwächter zurück.

Der Wagen setzte sich in Bewegung. In zügigem, aber noch gesetzeskonformem Tempo fuhr er in südwestliche

Richtung und umrundete auf dem Circuito Interior das Stadtzentrum in Richtung Polanco, eines schicken Viertels auf den Anhöhen nördlich des Chapultepec-Parks. Die Limousine passierte einen ersten Kontrollpunkt am Anfang der Monte-Parnaso-Straße, dann einen zweiten, als sie durch das Tor zu einer luxuriösen rot-weißen Villa fuhr, die einem Bunker ähnelte. Sie parkten in einem Parkhaus unter der Erde, in dem ein ganzes Autohaus Platz gefunden hätte – Wailand erblickte ein halbes Dutzend Mercedes-Benz und Porsche, einen Rolls Phantom, zwei Ferrari und einen Lamborghini Murcielago –, dann gingen sie auf einen Fahrstuhl zu.

Raynard Wailand betrat die Kabine allein. Es gab keine Knöpfe, sie setzte sich von selbst in Bewegung. Er wusste, dass die Wände mit Röntgenscannern ausgestattet waren und dass in diesem Augenblick ein Techniker überprüfte, ob er bewaffnet war oder einen Sprengkörper bei sich trug. Zehn Sekunden später betrat er einen großen Saal, der eine Mischung aus spanischen, jüdischen und libanesischen Einflüssen verriet, ein Spiegel der Herkunft seines Gastgebers.

»Raynard, mein Freund!«, rief Eufemio Rojas, während er mit weit geöffneten Armen auf ihn zukam.

Es war 12:12 Uhr Ortszeit Mexiko-Stadt an diesem Samstag, dem 21. August.

Der Mexikaner bedachte Raynard Wailand mit dem warmen Lächeln, das allein seinen Freunden und Geschäftspartnern vorbehalten war. Es gab noch ein anderes, zärtlicheres Lächeln für seine Familie. Und ein drittes, ganz anderes, für seine Feinde. Rojas war kleiner als Wailand, schlank, sehr elegant gekleidet in einem Anzug aus hellem Leinen und einem dunklen Seidenhemd und trug einen kurz geschnittenen Vollbart. Er betrachtete Raynard aus sehr schwarzen und wachsamen Augen, die von langen dunklen, nahezu weiblich wirkenden Wimpern umrahmt wahren. Rojas war von seiner Gattin – einer sehr schönen und dreißig Jahre jüngeren Frau – und seinen drei hinreißenden kleinen Töchtern umgeben, die einander ähnelten wie ein Ei dem anderen.

Man begrüßte einander freundlich, erkundigte sich nach dem Befinden des anderen, gratulierte sich gegenseitig und beglückwünschte sich zu guter Gesundheit, und dann verschwand die kleine Familie wieder.

»Komm mit«, sagte Rojas.

Sie durchquerten mehrere aufeinanderfolgende Salons bis zu einem großen Esszimmer, das mit Vergoldungen, bunten Teppichen und riesigen Gemälden dekoriert war. Die Decke war so hoch, dass man Klettersport darunter hätte betreiben können, der polierte Tisch lang genug, um Curling zu spielen.

»Komm mit«, wiederholte Eufemio und führte Wailand in eine Küche von angemessener Größe, das heißt nur wenig kleiner als eine Bahnhofshalle.

Der Mexikaner begann, in den Schränken herumzuwühlen.

»Verstehst du etwas von *rancheras*?«, fragte er.

»Nein«, gestand Wailand. »Was ist das?«

»Wirst du schon sehen. Aber zuerst trinken wir was.«

Rojas holte zwei Flaschen Tecate-Bier aus dem Kühlschrank und stellte sie auf die Arbeitsfläche zu den Limetten, einem Fläschchen Tabasco, Worcestersoße, Salz und Chilipulver. Er schnitt die Limetten entzwei, presste den Saft in ein kleines Gefäß und gab zu gleichen Teilen Salz und Chili auf einen Teller aus Meißner Porzellan. Danach befeuchtete er mit der anderen Hälfte der Limetten die Ränder zweier großer Gläser. Er rieb sie mit Salz und Chili ein, füllte die pikante Tunke, den Rest Zitronensaft und die Worcestersoße hinein, rührte mit einem langen Löffel um und fügte schließlich die Eiswürfel und das kalte Bier hinzu.

»Bitte sehr«, sagte er und reichte Wailand ein Glas. »Zwei frische Micheladas, das Lieblingsgetränk der Mexikaner.«

»Danke, Eufemio«, sagte Wailand.

»Du weißt also nicht, was eine *ranchera* ist? Eine *ranchera* ist eine Art traditionelles mexikanisches Lied. Gleich wirst du *María Isabel Anita Carmen* von Jesús Vargas Lizano hören«, verkündete Rojas in feierlichem Ton. »Besser bekannt unter dem Namen Chavela Vargas. Oder auch als ›die Dame mit dem roten Sarape‹.«

Sein von langen Wimpern gesäumter Blick schien Wailand zu durchbohren.

»Das Lied heißt *La Llorona*. Wenn es dich nicht zum Weinen bringt, musst du ein Herz aus Stein haben, mein Freund. Alexa, spiel *La Llorona* von Chavela Vargas«, sagte er in Richtung der Lautsprecherbox.

Einige melancholische Arpeggi erklangen, auf die sofort eine ergreifende Stimme folgte, stark und zerbrechlich zugleich, ein Singsang aus Worten, die Wailand nicht verstand, die Rojas jedoch zu erschüttern schienen, denn er begann mitzusingen.

»*Wer die Liebe nicht kennt, Llorona, weiß nicht, was Leiden bedeutet*...«, übersetzte der Drogenboss, offenbar von starken Gefühlen ergriffen.

Wailand blieb der Mund offen stehen, als er sah, dass Rojas rote Augen hatte.

»*Nimm mich mit zum Fluss, bedeck mich mit deinem Tuch, Llorona, denn ich sterbe vor Kälte.*«

Wailand konnte es nicht fassen. Der große Eufemio Rojas bekam wegen eines verdammten Liedes feuchte Augen.

Dann verstummte der Mexikaner und sah Wailand ohne jede Spur von Verlegenheit ins Gesicht.

»Ich habe bereits vermutet, dass du kein Herz hast«, verkündete er. »Jetzt habe ich den Beweis dafür.«

Er lachte. Aus dem Mund eines Mannes, der in seiner vierzigjährigen kriminellen Karriere mehrere Hundert Menschen entweder eigenhändig umgebracht oder sie hatte hinrichten lassen und der fast genauso viele gefoltert hatte, fehlte es diesem Satz nicht an Würze. Dennoch schauderte Wailand. Das hier zeigt das Ausmaß des Irrsinns, der in diesem Land herrscht, dachte er.

»Komm, lass uns essen!«, rief Rojas fröhlich.

In dem riesigen Speisezimmer wurde eine Vielzahl kleiner Gerichte gereicht: Ceviche, *huarache*, das an eine mit Rinderhack, Käse, Zwiebeln und zerdrückten Bohnen belegte große Pizza aus Maismehlteig erinnerte, *tamales* und Tacos mit *cochinita pibil*, geschmortem Schweinefleisch, mariniert in einer Mischung aus Bitterorangensaft, Limette, Grapefruit, angebranntem Knoblauch, Oregano, Nelken und schwarzem Pfeffer.

»Ich habe großen Appetit, Raynard!«, rief der Mexikaner. »Und ausgezeichnete Laune. So gut wie jetzt sind unsere Geschäfte noch nie gelaufen.«

Einmal im Jahr nahm Wailand die Reise nach Mexiko auf sich. Eufemio Rojas hatte innerhalb weniger Jahre ein Vermögen in Wailands Unternehmen investiert. Natürlich wurde Rojas' Geld in einem umfangreichen System gewaschen, zu dem ungefähr dreißig Briefkastenfirmen, eine koreanische Firma und eine japanische Bank gehörten, bevor es auf den Konten von Wailands Firmen landete.

»Und trotzdem wirkst du besorgt, *carnal*«, sagte Rojas plötzlich und hörte auf zu essen.

Raynard Wailand lief ein Schauer über den Rücken. Rojas' durchdringender Blick wirkte nun geradezu furchterregend. Eines hatte Wailand im Lauf der Jahre begriffen: Wenn man für diesen Mexikaner arbeitete, sollte man besser keine Geheimnisse vor ihm haben.

»Das liegt an meinem ehemaligen Schwiegersohn«, setzte er an.

Rojas ließ seinen sanften und gleichzeitig scharfen Blick auf ihm ruhen, und Wailand fing an, zu erzählen. Wie er Tom glauben gemacht hatte, sein Sohn sei tot, und wie dieser herausgefunden hatte, dass dem nicht so war.

»Wenn sich diese Geschichte herumspricht, kann sie deinem Ruf großen Schaden zufügen, Raynard, das ist dir sicherlich klar. Nach einem derartigen Skandal würde niemand mehr Geschäfte mit dir machen.«

»Es ist eine private Angelegenheit, Eufemio, ich möchte mich gern selbst darum kümmern.«

»Und gleichzeitig könnte sie meine wichtigste Geldwäschequelle in Amerika gefährden«, fuhr Rojas bedächtig und mit leiser Stimme fort, ohne Wailands Einwurf zu beachten. »Was bedeutet, dass die Sache nicht so privat ist, wie du behauptest. Im Gegenteil, sie kann ernste Konsequenzen für mein Geschäft haben.«
Er wirkte geduldig, sein Ton ähnelte dem eines Lehrers.
»Weißt du, was in diesem Fall die eigentliche Frage ist, Raynard?«
Mit ausdrucksloser Miene wartete Wailand darauf, dass er weitersprach.
»Nicht die nach dem Geld. Du verdienst eine Menge, was du zu einem großen Teil mir zu verdanken hast. Und dieses Geld verleiht dir Macht, aber weniger, als du glaubst. Denn die eigentliche Frage ist die nach Leben und Tod, Raynard. Trotz all deiner Macht gibt es Dinge, die du nicht tun kannst, Risiken, die du nicht eingehen darfst. Du kannst deinen Ex-Schwiegersohn vielleicht umbringen lassen, schon möglich. Aber kannst du es riskieren, zwei, drei, zehn, zwanzig Menschen töten zu lassen? Willst du das? Ich habe wenig Vertrauen in die Gesetze und die Menschen deines Landes. Ihr seid zu sensibel, zu gefühlsbetont, zu weich. Zu redselig. Zu wenig rational. In einem Land, in dem ein Madoff im Gefängnis stirbt und ein O. J. Simpson vor Gericht freigesprochen wird, in dem man sich weigert, Frauen als Frauen und Männer als Männer zu bezeichnen, und wo man entweder einen völlig verrückten oder einen völlig senilen Präsidenten wählen kann, in einem solchen Land ist alles möglich, selbst das Unvorhersehbare. Ich hasse das Unvorhersehbare, Raynard. Sieh mich an: Die

Mexikaner werden dir erzählen, dass meine Macht grenzenlos ist, dass ich wie Gott bin. Wenn ich ein Kopfgeld auf einen Mann aussetze, ist er geliefert.«

Und trotzdem lebst du mit deiner Familie in diesem Bunker wie in einem Belagerungszustand.

»Bitte, Eufemio«, wiederholte Wailand, »lass mich diese Sache allein regeln.«

Eufemio Rojas' Stimme verriet keinerlei Gefühl, als er, noch immer mit diesem Glanz in den Augen, antwortete: »Kein Problem, mein Freund. Wie du willst. Aber wenn du es nicht schaffst, schicke ich meine Männer in deine verdammten Vereinigten Staaten von Amerika und kümmere mich höchstpersönlich darum.«

36

Auch wenn es nur ein Film ist

> The middle of adventure, such a perfect place to start.
> Arctic Monkeys, *505*

Mit einem leisen Flüstern brachen die Wellen am Strand. Vor der safrangelben Himmelskulisse, an der orangefarbene Fäden und zitronengelbe Flecken unter stahlgrauen Wolken dahinzogen, ging die Sonne unter.
»Was wirst du tun, wenn du weißt, wo Josh ist?«, fragte Kay, die neben mir im Sand saß und den Rauch ihrer Zigarette in Richtung Ozean blies.
»Ich werde zu ihm gehen.«
»Nein, ich meine, was fängst du mit all den Informationen an, die du über Wailand und Annabelle gesammelt hast... Willst du sie vor Gericht bringen?«
Ein Pelikan hatte sich auf einem Pfeiler des Anlegers niedergelassen, als hielte er dort in feierlichem Schweigen Wache. Mit einem Flügelschlag wie ein im Wind flatterndes Hochseesegel erhob er sich wieder.
»Wo ich zweifellos gewinnen würde«, ergänzte ich.
»Vor ein Straf- oder ein Zivilgericht?«
Sie musterte mich aus grünen Augen, während sich ihre kastanienbraunen Haare in der abendlichen Brise beweg-

ten. Ich hätte sie gern geküsst. Sie auf den Sand gelegt und liebkost. Von Kay fühlte ich mich beinahe ständig körperlich angezogen.

»Vor ein Zivilgericht. Ich will Josh nicht die Mutter nehmen«, antwortete ich. »Meinen Ex-Schwiegervater würde ich dagegen nur zu gern um ein paar Dutzend Millionen erleichtern. Obwohl ich andererseits große Lust hätte, Raynard Wailand ins Gefängnis wandern zu lassen. Er wird für das, was er getan hat, bezahlen müssen, Kay.«

Meine Stimme war eiskalt geworden. Kay blickte träumerisch aufs Meer hinaus.

»Was seine Strafe betrifft, so wird der Skandal seinen Geschäften vermutlich schweren Schaden zufügen. Ein derartiges Verhalten verzeiht man heute niemandem mehr.«

»Das will ich doch sehr hoffen«, sagte ich.

Sie drückte ihre Zigarette in der leeren Schachtel aus, die ihr als Aschenbecher diente. Dann legte sie einen Arm um mich und drückte mich an sich, wobei sie den Kopf an meine Schulter lehnte. Ich atmete den Apfelduft ihrer Haare ein, der sich mit dem Jodgeruch des Meeres vermischte.

»Hast du dir schon überlegt, was du Josh erzählen wirst, wenn du ihn siehst?«

Bei dem Gedanken bekam ich Schmetterlinge im Bauch.

»Ja«, sagte ich. »Hast du *Toy Story* gesehen?«

»Den Film? Du hast mir mal davon erzählt. Ihr habt ihn euch häufig zusammen angesehen, Josh und du.«

»Nun, dieser Film enthält alle Antworten«, sagte ich, als spräche ich über ein Werk von Kurosawa oder Jean Renoir.

Mir wurde bewusst, dass meine Stimme zitterte – ich erkannte sie selbst kaum wieder – und dass mein Blick erneut von Tränen verschleiert war. Ich versuchte, die Freude und die atemberaubende Rührung zurückzuhalten, die mir die Brust schwellen ließen. Und ich verspürte eine ebenso starke Beunruhigung bei dem Gedanken an das, was folgen würde, was ich tun musste, um mein Kind zu finden ... und um dafür zu sorgen, dass es kein zweites Mal aus meiner Reichweite verschwinden konnte.

»Auch wenn es nur ein Film ist«, fügte ich hinzu.

Kay verflocht ihre Finger mit meinen und drückte sie.

Tucker Devine war im Schritttempo auf dem sandigen Teil des Morada Way unterwegs, da sah er den GMC Sierra ein wenig abseits unter den Bäumen stehen. Er hielt an. Betrachtete das Nummernschild. Er kannte das Fahrzeug. Es gehörte dem Gast aus Zimmer 13 ... dem großen, dürren Kerl, der beinahe seinen Kater erwürgt hätte.

Was hast du hier zu suchen, verdammt?

Tucker verrenkte sich fast den Hals, als er nach dem Mann Ausschau hielt. Vergeblich. Er machte sich wieder auf den Weg zu Toms Haus. Sah die beiden Turteltauben am Strand sitzen, unten am Meer. Kay hatte den Kopf auf Toms Schulter gelegt. *Du liebe Güte, man hört euch ja fast gurren ...* Für den Bruchteil einer Sekunde verspürte Tucker einen leichten, aber unverkennbaren Anflug von Eifersucht.

Komm schon, nach allem, was er durchgemacht hat, verdient Tom doch wohl ein bisschen Spaß ...

Er stieg aus seinem Wagen, überquerte den Rasen, ging zwischen den Palmen hindurch und betrat den Strand.

»Hallo, Freunde!«, rief er. »Hast du Besuch, Tom?« Ich drehte mich lächelnd zu ihm um.

»Besuch? Erinnerst du dich nicht mehr an Kay, ich habe sie dir neulich abends in ...«

»Hallo, Kay!«, fiel mir Tucker ins Wort. »Alles in Ordnung seit neulich abends? Ich spreche nicht von ihr, Tom, sondern von dem GMC, der weiter unten an der Straße steht. Ich kenne den Typen, dem er gehört, er hat ein Zimmer in meinem Motel gemietet. Also, wie soll ich sagen ...«

Tucker kratzte sich den Zweitagebart, während er nach Worten suchte. »Dem Kerl steht das Wort Scherereien auf der Stirn geschrieben. Und ich frage mich, was so ein Typ hinter deinem Haus zu suchen hat.«

Auf einmal veränderten sich Kays Züge auf spektakuläre Weise und verrieten sehr deutlich, dass sie besorgt war. »Wie sieht er denn aus, dieser Gast?«, fragte sie.

»Groß, kahl, eine Visage, mit der er bei der Addams Family mitspielen könnte, und ein Blick so kalt wie flüssiger Stickstoff. Ich habe ihn mehrmals abends wegfahren und sehr spät zurückkommen sehen. Wenn ihr mich fragt: Der Kerl ist nicht sauber.«

Kay sah mich an. Und was ich in ihren Augen las, ließ mich erschaudern.

»Das ist der Typ, von dem ich dir neulich erzählt habe«, sagte sie, »er arbeitet für Wailand. Der Mann ist hochgefährlich. Ich bin ihm schon einmal begegnet, und daran erinnere ich mich immer noch, als wäre es gestern gewesen.«

Ich runzelte die Stirn. »Wann und wo bist du ihm begegnet?«

Kay warf einen vorsichtigen Blick auf Tucker, zögerte und gab sich schließlich einen Ruck. Es war zwei Jahre zuvor passiert, in einer kalten Novembernacht in New York, unter der Pulaskibrücke, die Queens mit Brooklyn verbindet. Im Schatten der Brücke wartete ein gelber Wagen mit laufendem Motor auf sie, und am Steuer saß Raynard Wailand. Kay war aus ihrem Wagen gestiegen und hatte sich dem Fenster auf der Fahrerseite genähert. Der Geschäftsmann bedeutete ihr mit einer Geste, auf der Beifahrerseite einzusteigen. Als sie Platz nahm, bemerkte Kay, dass zwei Männer im Halbdunkel auf der Rückbank saßen, und sie wurde ein wenig nervös. Dann schaltete Raynard das Deckenlicht ein, und Kay warf einen Blick in den inneren Rückspiegel. Sie sah einen Mann um die vierzig im Anzug und mit Krawatte, der aussah, als würde er vor Angst gleich sterben, und neben ihm den kahlköpfigen Gast aus Tuckers Motel.

»Können Sie bestätigen, dass der Mann, der dahinten sitzt, mit meiner Nichte das Holiday Inn in *downtown* Brooklyn betreten hat?«, fragte Raynard Wailand sie.

Erst zwei Wochen zuvor hatte er Kay zur Beschattung seiner minderjährigen Nichte engagiert, die er verdächtigte, sich auf einen sehr viel älteren Mann eingelassen zu haben.

Erneut ruhte ihr Blick nicht auf dem fraglichen Vierzigjährigen, der heftig schwitzte, sondern auf dessen Nachbarn, dem großen Kahlen mit dem Gesicht, das an eine Messerklinge erinnerte, mit hervorspringenden Knochen und tief in den Höhlen liegenden Augen, die sie nun in dem Rückspiegel fixierten.

»Können Sie bestätigen, dass die beiden zusammen ein

Zimmer betreten haben und drei Stunden später wieder herausgekommen sind?«

»Ja«, antwortete Kay. »Aber was haben Sie mit ihm vor, Raynard?«

»Danke, Kay«, versetzte Raynard. »Das ist alles. Sie können jetzt gehen.«

»Lassen Sie mich mit denen nicht allein«, flehte sie der Mann im Anzug mit zitternder Stimme an.

»Gute Nacht, Kay«, hatte Wailand mit Nachdruck gesagt.

Sie war ausgestiegen und zu ihrem Wagen zurückgegangen.

»In den darauffolgenden Tagen habe ich die Lokalteile der Zeitungen durchforstet und ein paar Journalisten und Cops aus meinem Bekanntenkreis angerufen«, sagte Kay. »Ich erfuhr den Namen des Mannes, weil ich es war, die ihn identifiziert hat. Er war mit mehreren Brüchen – Beine, Becken, Rippen – und praktisch ohne einen Zahn im Mund und mit einem Schädel-Hirn-Trauma im Krankenhaus gelandet, nachdem er von ›ein paar Schlägern auf der Straße‹ angegriffen worden war. Ein Arzt hat mir erklärt, dass ihm nicht einmal die plastische Chirurgie sein früheres Gesicht zurückgeben würde. Aber wenigstens war er noch am Leben.«

»Und du glaubst, der Typ, der in Tuckers Motel wohnt, hat ihm das angetan?«, fragte ich schaudernd.

Sie bedachte mich mit einem finsteren Blick. »Oder dein Ex-Schwiegervater, wer weiß. Wie dem auch sei, eins steht fest, Tom: Diesmal ist der Typ deinetwegen da.«

Ich starrte sie an. Ich war in einem Schockzustand, empfand gleichzeitig Wut und Entsetzen. Kay stand auf.

»Ich muss jetzt los, Randy kommt gleich zurück. Hat einer von euch eine Waffe?«, fragte sie.

Tucker schüttelte den Kopf, ich tat es ihm nach.

»Tja, dann ist es höchste Zeit, dass ihr euch eine besorgt.«

Schweigen.

»Das ist nicht dein Ernst, oder?«, fragte ich.

Sie musterte mich mit durchdringendem Blick.

»Und ob das mein Ernst ist«, sagte sie, während sie sich den Sand abklopfte. »Ich habe eine Pistole und einen Waffenschein. Schließ dich ein. Und wenn irgendetwas ist, rufst du mich an.«

»Und Randy?«

»Scheiß auf Randy.«

»Ich glaube, ich warte, bis der Knabe mal wieder wegfährt, und dann schaue ich mich in seinem Zimmer um«, sagte Tucker, seiner naturgegebenen Impulsivität folgend und immer bereit, sich vor einer Frau in Szene zu setzen. »Möglicherweise stoße ich da auf ein paar interessante Dinge.«

Kay betrachtete ihn wie eine Lehrerin, die einen besonders dummen Schüler vor sich hat.

»Denk nicht mal dran, Tucker«, sagte sie in ernstem Ton. »Wenn ich euch einen Rat geben kann, dann den hier: Nähert euch diesem Typen unter keinen Umständen.«

37

Frida Kahlo

Terminaste enredada entre las garras del León.

Sergio Arau, *Mi Frida sufrida*

Raynard Wailand ließ den Blick über die Pinseltöpfe, das kleine Bücherregal, die riesige Staffelei und vor allem den altertümlichen Rollstuhl schweifen, der vor einem Stillleben in leuchtenden Farben stehen geblieben war. Es war Nacht. In der *Casa Azul*, dem »Blauen Haus«, das heute das Frida-Kahlo-Museum beherbergt, herrschte Stille. Eufemio Rojas hatte es nur für sie beide noch einmal aufschließen lassen. Sie schritten durch das Haus, in dem Diego Rivera und Frida gelebt und geliebt hatten.

»Trotzki soll sich zwei Jahre lang hier aufgehalten haben«, sagte der Mexikaner, »und er hatte offenbar eine leidenschaftliche Affäre mit Frida.«

Sie schlenderten durch die Räume mit den weißen Wänden und dem gelben Boden, und Raynard verweilte vor den farbenfrohen Porträts. Auf einem war Karl Marx zu sehen (ein Bild von 1954 mit dem Titel *Der Marxismus macht die Kranken gesund* – wenn's weiter nichts ist ...), auf einem anderen Stalin.

»Raynard«, sagte Rojas in seinem Rücken, »sind in

diese Geschichte außer deinem Schwiegersohn noch andere Leute verwickelt?«

»Keine Sorge, Eufemio, ich werde die Sache in Ordnung bringen«, versprach Wailand zum nunmehr dritten Mal.

»Das ist keine Antwort auf meine Frage.«

Die leise Stimme ließ den New Yorker erschauern.

»Zwei Leute, mehr nicht.«

»Deinen Ex-Schwiegersohn glauben zu machen, sein Sohn sei tot«, sagte Rojas. »Nie im Leben hätte ich geglaubt, dass du ein noch größerer Hurensohn bist als ich. Was hast du noch mal gesagt, wo er lebt?«

»Ich habe es dir nicht gesagt ... in Islamorada.«

»Allein?«

»Eufemio ...«, setzte Wailand an.

Plötzlich stand der Mexikaner vor ihm, das Gesicht nur ein paar Zentimeter von seinem entfernt.

»Wage es nie wieder, eine meiner Fragen nicht zu beantworten«, flüsterte er und sah Wailand durchdringend an. »Hast du mich verstanden?«

»Ja. Natürlich. Ja, er lebt allein.«

»Tom Baldwin, richtig?«

»Ja.«

»Gut«, sagte Rojas schulterzuckend. »Ich wollte es nur wissen, das ist alles.«

Mit auf dem Rücken verschränkten Händen schlenderte er in das nächste Zimmer.

»Aber damit das klar ist«, fuhr er fort, ohne sich umzudrehen, und seine Stimme hallte durch den leeren Raum, »ich werde nicht zulassen, dass irgendjemand meine Geschäfte in den Staaten gefährdet. Du musst den Kopf frei haben, Raynard, du musst funktionieren. Und vor allem muss dein Ruf intakt bleiben. Wenn du diese Sache nicht schnell regelst, werde ich mich darum kümmern. Ich hoffe, ich habe mich deutlich ausgedrückt.«

38

Tom trifft eine Wahl

It must not be trusted.

The Record Company, *Turn Me Loose*

Der Anruf kam bei der ersten Tasse Kaffee am Morgen.

»Haben *Sie* mit ihm gesprochen?«, fragte Horacio, ohne mich auch nur zu begrüßen.

»Wie bitte? Ich verstehe nicht ganz.«

»Jemand hat Wailand gegenüber meinen Namen genannt. Er hat sich gerade bei mir bedankt. Dieser Hurensohn hat mich entlassen.«

Es verschlug mir die Sprache. Doch als Horacio nicht weiterredete, fühlte ich mich gezwungen, etwas zu sagen.

»Mir fehlen die Worte, Horacio …«

»Ich habe Ihnen vertraut. Offenbar habe ich mich geirrt«, sagte er und legte auf.

Ich war fassungslos. Wer konnte Raynard Wailand von meinem Gespräch mit Horacio erzählt haben? Ich überlegte. Es gab nur zwei Möglichkeiten: Chris oder Kay … Eine Weile saß ich nachdenklich da. Die offensichtlichste Antwort war auch die unangenehmste. Um nicht zu sagen die trostloseste. Kay … Ich hatte ihr erzählt, wie ich erfahren hatte, dass mein Sohn noch lebte, und sie hatte mir verraten, dass sie für Wailand arbeitete. Aber warum hätte sie es zugeben sollen, wenn sie die Absicht hatte, damit weiterzumachen? Um sich besser in mein Vertrauen einschleichen zu können?

Ich warf einen Blick aus dem Fenster. Randys Kastenwagen stand vor dem Haus. Dennoch beschloss ich, ihr eine Nachricht zu schicken.

Hast du mit Wailand über Horacio Diaz gesprochen?

Zwei Minuten vergingen. Dann kam die Antwort:

Was?! Nein, natürlich nicht!

Eine Minute später sah ich sie in Sportklamotten aus dem Haus kommen und zu einem Lauf am Strand entlang aufbrechen, wie sie es jeden Morgen tat. Gleich darauf klingelte mein Handy.
»Was ist los?«, fragte sie.
»Jemand hat mit Wailand gesprochen, er hat Horacio gerade entlassen.«
»Und du glaubst, das war ich?«
Ich hörte die Wut – vielleicht auch die Enttäuschung – in ihrer Stimme.
»Ich habe nur mit zwei Menschen darüber gesprochen: mit Chris und mit dir.«
»Na also, da hast du die Antwort«, sagte sie barsch.
»Kay...«, setzte ich an, aber sie hatte bereits aufgelegt.
Ich kam mir dumm vor. Und war wütend. Chris... das konnte doch nicht sein. Es wäre kaum weniger deprimie-

rend, als wenn es Kay gewesen wäre. Chris war mein Agent und mutmaßlich auch mein Freund ... insoweit die Freundschaft eines Agenten und Anwalts aufrichtig und uneigennützig sein kann. Ich atmete tief durch und wählte seine Nummer.

»Tom?«

»Ich habe super Neuigkeiten«, verkündete ich ohne jede Vorrede und bemühte mich, fröhlich zu klingen.

»Was für welche?«

»Ich habe einen USB-Stick mit dem Text von *Der Unfall* wiedergefunden. Fast der ganze Text!«

Schweigen.

»Wie kann es sein, dass du diesen Stick vergessen hast?«, fragte er nach einigen Sekunden.

»Ich habe mehrere Kopien gleichzeitig gemacht, ohne weiter darüber nachzudenken«, log ich.

»Mensch, das ist wirklich eine tolle Neuigkeit!«

Ach ja? ... Wirst du die auch an Wailand weitergeben?

»Ich habe noch einen Anruf in der anderen Leitung. Ich muss Schluss machen.«

»Okay.«

Es war Byron. Ich drückte auf den grünen Knopf.

»Ich habe Ihre Ex-Frau und Ihren Sohn gefunden«, sagte er.

39

Glückstag

> **There is nothing can harm you.**
> Sam Cooke, *Summertime*

»Und wo?«

Ich schluckte, mein Magen verkrampfte sich, aber gleichzeitig kam Hoffnung in mir auf. Endlich würde ich es erfahren! Ich würde meinen Sohn wiederfinden! Verdammt noch mal, ich konnte es kaum glauben.

»In Carmel-by-the-Sea«, antwortete Woodruff.

Gegen meinen Willen musste ich lächeln. »Sollte er irgendwann von Boston sprechen, geben Sie mir sofort Bescheid«, hatte Wailand zu Kay gesagt. *Er wusste bereits, dass sie zum Feind übergelaufen war.* Er hatte uns exakt in die entgegengesetzte Richtung geschickt, dieser hinterlistige Scheißkerl.

»Ich habe die ganze Nacht lang ihre Nachrichten und Datenströme verfolgt. Sie haben ein Haus an der Spindrift Road in Carmel Highlands gemietet, über einen Strohmann. Josh besucht unter dem Namen Josh Wailand die Carmel Point School.«

Herr im Himmel, dachte ich. Byron hatte in dieser kurzen Zeit einen verdammt guten Job gemacht.

»Natürlich werde ich Ihnen all das in Form von Überstunden in Rechnung stellen.«

»Kein Problem«, sagte ich, von Euphorie geradezu überwältigt.

Hätte mein Konto es hergegeben, ich hätte ihm eine Million Dollar überwiesen.

»Ich habe auch ein paar pikante Infos über den Alten«, fügte Woodruff beiläufig hinzu, sich seiner Wirkung offenbar sehr sicher.

Zu Recht, denn ich war sofort hellwach.

»Inwiefern pikant?«

»Heftige Sachen ... aber das kostet extra.«

»Liefern Sie, Byron«, sagte ich. »Heute ist Ihr Glückstag.«

»Vor allem Ihrer«, gab er zurück.

Der Himmel über der Bucht von Chapultepec war an diesem Sonntag in einem schmutzigen Graublau gehalten. Am unteren Ende der abschüssigen Rasenflächen und über die Baumkronen hinweg sah man die Hochhäuser der Stadt im Smog ertrinken. In einer karierten Hose, einem gestreiften Poloshirt, mit blauer Kappe und weißen Schuhen sah Eufemio aus wie einem Golfmagazin entsprungen. Er wollte gerade zum Schlag ausholen, hielt jedoch mitten in der Bewegung inne und drehte sich zu dem Mann um, der in etwa drei Metern Entfernung geduldig wartete.

Diego Fonseca war ein verführerisch aussehender dunkelhaariger Mann in den Vierzigern mit dem Körperbau eines Schauspielers oder eines Schnulzensängers, eine Kreuzung aus Enrique Iglesias und Alfonso Herrera. Gleichzeitig hatte er etwas beunruhigend Finsteres an sich. Verheiratete Frauen gingen gern mit ihm ins Bett, und die Männer fürchteten ihn, denn alle wussten, wer ihn bezahlte und wozu er fähig war. Diego Fonseca hingegen fürchtete niemanden. Nicht einmal seinen Chef, dem er jedoch treu ergeben war.

»Ich möchte, dass du mir einen Dorn aus dem Auge ziehst, Diego«, sagte Rojas an diesem Morgen zu ihm. »Ich fürchte, der Ruf von Raynard Wailand, diesem *pendejo*, ist wegen eines *gringo* namens Tom Baldwin in Gefahr geraten. Der Typ lebt in Florida und war mit seiner Tochter verheiratet.«

»Und was hat das mit uns zu tun?«, fragte Fonseca.

»Dieser Tom Baldwin weiß extrem kompromittierende Dinge über Wailand, Dinge, die seinen Ruf zerstören könnten. Oder bestimmte Behörden dazu bringen könnten, ihre Nase in seine Angelegenheiten zu stecken. Und damit auch in meine. Du weißt, wie verrückt diese *gringos* sind, wenn es um ihre Reputation geht. Bei denen ist es besser, ein Mörder zu sein als ein schlechter Vater, ein untreuer Ehemann oder ein Stalker.«

»Und was soll ich machen, *jefe*?«, fragte Fonseca seelenruhig. Er hatte in sicherer Entfernung ein halbes Dutzend als Golfer verkleidete Leibwächter postiert, die einen unsichtbaren, aber undurchdringlichen Kreis um ihn und den Boss bildeten.

»Ich will, dass du dich mit deinen Männern auf die Keys begibst und Erkundigungen über diesen Tom Baldwin einziehst. Ihr sollt ihn überwachen und gegebenenfalls alle notwendigen Schritte einleiten.«

»Du willst, dass ich einen *gringo* töte?«, fragte Fonseca, der klare Anweisungen liebte, damit er sich hinterher nicht vorwerfen lassen musste, sie falsch ausgeführt zu haben.

»Nur als letzten Ausweg, Diego«, sagte Rojas. »Nur wenn es unbedingt sein muss.«

40

Robbie's

Our bodies were a perfect fit.

Crosby, Stills & Nash, *Lady of the Island*

Kay hatte nicht zurückgerufen. Mein Bedürfnis, die Neuigkeit mit ihr zu teilen, ihr zu verkünden, dass Josh gefunden worden war, wurde immer stärker. Darum schickte ich ihr eine Nachricht.

Ich weiß jetzt, wo Josh ist. Wann können wir miteinander sprechen?

Die Antwort kam vier Minuten später:

Treffen wir uns in einer Stunde im Robbie's.

Das *Robbie's* befindet sich auf Lower Matecumbe Key, das zu Islamorada gehört, tatsächlich aber eine ganze Reihe von Inseln umfasst. Um zu dem Lokal zu gelangen, muss man ein langes Stück Land überqueren, im Grunde nur ein schmaler, unbewohnter Streifen Vegetation, dann geht es weiter über den Skywalk, der über den Wassern des Indian Key Channel schwebt. Genau das tat ich eine Stunde später. Die Straße ist schmal, nur zweispurig und von Betonklötzen begrenzt ... und man hat den Eindruck, direkt auf dem Meer dahinzufahren.

Ich überquerte eine letzte winzige Insel und fuhr nach Lower Matecumbe hinein. Wenn man von Norden kommt, befindet sich das *Robbie's* auf der rechten Seite, eingebettet in die Pflanzenwelt am Rand eines kleinen Jachthafens, in dem ungefähr ein Dutzend Boote liegt. Man kann das Lokal nicht verpassen, es ist in allen Reiseführern verzeichnet. Man kann dort Tarpune füttern – lange Raubfische, die in einem Becken herumschwimmen –, Kajaks oder auch Boote mieten, und es stehen immer Autos davor.

Als ich auf den Parkplatz unter Palmen fuhr, sah ich, dass Kays SUV bereits dort war. Ich ging in das Restaurant und schlängelte mich zwischen den Tischen hindurch. Sie saß in der Nähe des Wassers und des hölzernen Anlegers, beobachtete die Pelikane und Leguane, die in der Sonne brieten, umgeben von Touristen, die Selfies machten ... als wäre die Natur Floridas sich nicht selbst genug.

Es ist hübsch dort: Baumstümpfe sprießen aus einem Boden aus Rohholz, Pflanzen drohen die Terrasse zu überwuchern, die durch an Masten aufgespannte große Schiffssegel vor der Sonne geschützt wird, und Surfbretter vervollständigen die Dekoration.

Als ich mich setzte, bedachte mich Kay mit einem halbherzigen Lächeln. Sie war noch nicht darüber hinweg, dass ich sie verdächtigt hatte. Ich tat so, als wäre nichts passiert. Außerdem musste ich ihr gar nichts vorspielen. Ich freute mich viel zu sehr darauf, ihr die Neuigkeit mitzuteilen.

»Ich weiß jetzt, wo er ist, Kay!«

Sofort hellte sich ihre Miene auf.

»Wo denn?«

»In Carmel, Kalifornien.«

Sie nickte.

»Wailand hat mir gegenüber von Boston gesprochen. Der Scheißkerl hat gemerkt, dass ich ihm Informationen entlocken wollte.«

»Sieht ganz so aus«, sagte ich lächelnd.

Das Plätschern des Wassers und das Klappern der Boote untermalten unser Gespräch.

»Das ist kein Scherz, Tom. Dieser Mann ist gefährlich. Und dass sich sein Gorilla hier in der Gegend herumtreibt, ist kein gutes Zeichen.«

»Ich weiß. Freust du dich nicht, dass ich ihn endlich gefunden habe?«

Sie griff nach meiner Hand, ihre Augen glänzten.

»Aber natürlich freue ich mich! Es ist wunderbar, Tom! Ich freue mich sehr für dich!«

Randy zog an seinem Joint und blickte aufs Meer hinaus, als hinter ihm Kays Stimme ertönte.

»Ich fahre zum Publix, einkaufen. Brauchst du etwas?«

Er tat so, als gälte seine Aufmerksamkeit dem Ozean, über dem Dutzende Seevögel ein millimetergenau abgestimmtes Luftballett aufführten. Kay stieg in ihren SUV, Randy wartete ab. Fünf Minuten später sah er, wie auch dieser hinterhältige Scheißkerl Tom Baldwin aus dem Haus kam und ebenfalls in seinen Wagen stieg. Randys eiskalter Blick folgte ihm. Mr Tom Baldwin hatte es offenbar sehr eilig.

Wo willst du denn so schnell hin?

Randy stand auf. Er ging ins Haus, griff nach den Schlüsseln für den Ford Transit, ging wieder hinaus und zu seinem Kastenwagen. Zunächst fuhr er den Morada Way entlang, denn den Old Highway. Auf dem U. S. 1 erblickte er Toms Wagen, der nach Süden fuhr, und fädelte sich in den Verkehr ein.

Als sie Indian Key und danach Milos Key durchquert hatten, sah Randy, wie der kleine Scheißkerl vor Lower Matecumbe Key den Overseas Highway verließ, um auf der parallel verlaufenden Straße weiterzufahren, die zum *Robbie's* führte.

Randy begriff, was er vorhatte. Er verlangsamte. Rollte im Schritttempo weiter und ließ Tom genug Zeit zum Aussteigen, bevor er ebenfalls auf den Parkplatz des Lokals fuhr und nach Kays SUV Ausschau hielt.

Da, ganz hinten, bei den Bäumen.

Eine schwarze Wolke in seinem Schädel. Seine Hände krampften sich um das Lenkrad.

Kay, du kleine Schlampe, sag bloß, du vögelst mit diesem versnobten Schriftstellerarsch.

Dabei musste er zugeben, dass Tom in Wahrheit gar nicht so versnobt war. Randy hätte ihn sogar ziemlich cool gefunden – jedenfalls für einen Schriftsteller –, hätte er ihn nicht im Verdacht, wie ein geiler Köter unter den Röcken seiner Frau herumzuschnüffeln.

Mit zitternden Händen zündete er sich zur Beruhigung eine Zigarette an. Aber eigentlich wollte er sich gar nicht beruhigen. Er wollte, dass diese Glut des Zorns sein Herz entflammte und eine Feuersbrunst in seinem Inneren auslöste. Ohne auf das Kommen und Gehen der Fahrzeuge und Touristen zu achten, stieg er aus dem Kastenwagen und setzte sich in Richtung Jachthafen in Bewegung, um die Strohhütten des *Robbie's* und den Hungrigen Tarpun herum.

Am Wasser angekommen, betrat er einen der Anleger aus Holz, als wolle er die Boote bewundern, dann drehte er sich um und suchte die Terrassen ab. Eine Sekunde später erblickte er Kay in Gesellschaft von Baldwin, diesem Scheißkerl. An einem Tisch nahe am Wasser hatten sie die Köpfe zusammengesteckt und waren ins Gespräch vertieft. Randy stellte fest, dass es an ihrer Komplizenschaft keinen Zweifel geben konnte.

Hab ich euch erwischt, ihr Schweine.

Für eine Sekunde empfand er eine bösartige Freude, eine seltsame, paradoxe Mischung aus Wut und Befriedigung. Unmöglich, das Bild aus dem Kopf zu bekommen, wie Kay und Baldwin nackt in einem Motelbett liegen, wie seine Frau für den schweißgebadeten Tom die Schenkel spreizt und die beiden es fröhlich miteinander treiben.

Verdammt, du hättest deinen Schwanz nicht in die Möse meiner Frau stecken dürfen... Hättest dir mal lieber eine andere gesucht.

Er fragte sich, ob er sofort auf die Terrasse stürmen und ihm vor allen Gästen die Fresse polieren sollte, um ihm ein für alle Mal klarzumachen, dass man nicht mit seiner Mieterin vögelt, schon gar nicht, wenn die Dame verheiratet ist. *Um dich mal wieder bei den Bullen in Erinnerung zu bringen, Randy-Schätzchen? Haben dir zwei Aufenthalte im Knast nicht gereicht? Willst du ein drittes Mal einfahren? Und diesmal für seeehr viel länger?*

Okay, schon gut, nicht durchdrehen, immer schön einen kühlen Kopf bewahren. Erst mal Beweise sammeln. *(Wer weiß, vielleicht reden sie ja wirklich nur über Literatur, über Poesie und Bücher, was meinst du, Randy-Herzchen?, fragte eine höhnische Stimme in seinem Inneren.)*

Schließlich war Rache ein Gericht, das man am besten ... lauwarm genoss. Das musste reichen.

Er kehrte zu seinem Wagen zurück und betrachtete Toms Fahrzeug. Schaute sich in der Umgebung um.

Niemand auf dem Parkplatz. Es musste ein Zeichen sein. Vorsichtig ließ er die Klinge des Springmessers an seinem Bein hinabgleiten, näherte sich Toms Karre, bückte sich und stieß sie tief zuerst in den Hinterreifen, dann in einen der vorderen ... und schließlich in die beiden anderen.

»Was hast du jetzt vor?«, fragte mich Kay.

»Ihn besuchen.«

»Und wann?«

»Morgen. Ich fliege von Miami nach Monterey.«

»Ich habe auch Neuigkeiten für dich«, sagte sie.

Ich zog die Augenbrauen hoch.

»Offenbar gibt es eine Kopie deines letzten Manuskripts auf einem USB-Stick. Wailand hat mich beauftragt, es zu stehlen. Stimmt das oder handelt es sich um eine Falle, die du ...?«

»Chris«, fiel ich ihr ins Wort. »Er ist der Maulwurf.«

Ich empfand einen Anflug von Traurigkeit, der aber rasch verflog. Ich würde meinen Sohn wiedersehen. Nach drei Jahren. Er lebte! Und bald würde er wieder einen Vater haben. Annabelle blieb keine andere Wahl, wenn sie verhindern wollte, dass ihr Vater und sie selbst im Gefängnis landeten. Chris konnte mich am Arsch lecken.

»Ich sollte jetzt besser gehen«, sagte Kay beim Blick auf ihre Uhr.

Wir standen auf. Mein Wagen stand direkt am Eingang, und ich sah sofort, dass alle vier Reifen platt waren. Auch Kay hatte es gesehen.

»Verdammt noch mal«, sagte ich. »Ob das Wailand war?«

Mit zusammengezogenen Brauen schüttelte sie den Kopf.

»Nein. Glaubst du wirklich, der Alte würde sich damit zufriedengeben? Das sieht mir eher nach Randy aus. Er war hier. Und das bedeutet, dass er uns zusammen gesehen hat. Komm, gehen wir, ich bringe dich zurück.«

Ich musterte sie besorgt.

»Wie wird er es aufnehmen, wenn er uns zusammen ankommen sieht?«

»Schlecht, aber das ist mir egal«, versetzte sie.

»Bist du dir sicher?«

»Ja.«

41

Drogenschmuggler

> There's a killer on the road.
>
> The Doors, *Riders On The Storm*

Der Aeroméxico-Flug landete um Punkt 11:30 Uhr auf dem International Airport von Miami. Sie waren zu viert. Bei der Hertz-Autovermietung wartete ein Jeep Grand Cherokee auf sie. Nachdem die Formalitäten erledigt waren, fuhr der Wagen exakt vierzig Minuten später los, mit Diego Fonseca und drei weiteren Männern an Bord.

Sie machten sich auf den Weg zu den Keys.

Unterwegs stritten sie sich darum, welche Musik sie hören würden: Rock, Hip-Hop oder Narcocorridos, mexikanischen Gangsta-Rap. Mit ihren geblümten Hemden und den Sonnenbrillen hätte man sie für Touristen halten können, die einen draufmachen wollen, für Hochseefischer oder Tauchfans. Sie fuhren an Key Largo vorbei, an Newport, Rock Harbor, Tavernier, Plantation …

Im Wagen konnte man sich nicht auf eine Musikrichtung einigen. Fonseca beendete die Debatte. Narcocorridos fand er bescheuert, und von Rap taten ihm die Ohren weh. Also kam nur Rock infrage. Punkt. Niemand versuchte, die Richtigkeit dieser Meinung in Zweifel zu ziehen, so subjektiv sie auch sein mochte. Wenn Diego Fonseca wollte, dass sie Rock hörten, dann würden sie Rock hören.

»Ist echt cool hier«, sagte einer.

Kay bemerkte Randy sofort, der mit einem Bier in der Hand auf der Veranda saß. Sie erstarrte. Sie stellte den Motor ab und sagte: »Geh nach Hause, Tom.«

»Bist du dir sicher?«

»Bitte, lass mich das regeln, okay?«

Wir stiegen aus dem Wagen. Ich warf einen Blick auf Randy, der mich lächelnd grüßte, indem er die Bierdose hob, und ich erwiderte den Gruß mit einem vorsichtigen Nicken.

»Bist du sicher, dass es gut geht?«, hakte ich nach.

»Geh nach Hause, Tom«, wiederholte sie.

Randy trank in aller Ruhe sein Spencer Monks, während er Kay näher kommen sah.

»Was ist passiert, dass Tom in deinem Wagen nach Hause kommt?«, fragte er, als sie die Veranda erreicht hatte.

Kay war überrascht. In seiner Stimme lag keine Spur von Aggression. Aber das kannte sie bereits, diese trügerische Ruhe, auf die stets eine Explosion folgte. Nur dass sein Tonfall diesmal nicht die geringste Anspannung verriet. Sie hielt die Einkaufstasche von Publix hoch, wo sie ein paar Einkäufe erledigt hatte, bevor sie nach Hause gefahren war.

»Ich bin Tom zufällig begegnet, als er am Straßenrand stand und trampen wollte. Jemand hat ihm die Reifen zerstochen.«

»Wo denn?«

Ihr war klar, dass sie das *Robbie's* nicht nennen konnte, das passte nicht, denn der Einkaufsmarkt lag im Norden, während sich Lower Matecumbe im Süden befand.

»Auf der Höhe des Burger King.«

»Vielleicht war er in dem Dessousladen dort«, scherzte Randy, »um ein Geschenk für seine schöne Frau zu kaufen.«

Neben dem Burger King gab es tatsächlich ein Wäschegeschäft, das außerdem ganzjährig Bademoden verkaufte ... schließlich war man auf den Keys. Na also, es ging doch wieder los mit den Anspielungen. Bald würde er lauter werden und am Ende einen Wutanfall bekommen. Aber diesmal war sie fest entschlossen, sich zu wehren.

»Perfekt«, fuhr Randy währenddessen in freundlichem Ton fort, »du kommst genau richtig, ich habe einen Bärenhunger!«

Er sah sie lächelnd an, als freue er sich, sie zu sehen. Keine Spur von Sarkasmus in der Stimme. Irgendetwas stimmte nicht. Warum sagte er ihr nicht, dass er sie zusammen gesehen hatte?

»Willst du ein Bier?«, fragte er. »Ich hole mir noch eins.«

Sie nahm das Angebot an.

Die beiden waren im Inneren des Hauses verschwunden. Randy hatte recht entspannt gewirkt. Ich fragte mich, was er vorhatte. Aber mir ging auch etwas anderes durch den Kopf, etwas, das mich schon seit längerer Zeit reizte. Es war idiotisch, das wusste ich. Und vor allem gefährlich.

Josh musste absolute Priorität haben. Trotzdem konnte ich meinen Ex-Schwiegervater ablenken, ihn verunsichern, bis ich meinen Sohn endlich wiedersehen würde.

Ich griff zum Telefon und wählte Raynards Nummer. Zu meiner Überraschung erklang fast sofort seine tiefe Stimme, die mit verwirrender Freundlichkeit sagte: »Tom, das ist ja eine Ewigkeit her!«

»Du hast gelogen, Raynard«, sagte ich, ohne zu zögern, aber mit zitternder Stimme. »Du hast einen Vater in dem Glauben gelassen, sein Sohn sei tot, du hast einen Arzt und meinen Agenten bestochen, damit sie mitspielen. Außerdem hast du das Geld deiner Aktionäre veruntreut... Und du arbeitest für eine kriminelle Organisation. Ich werde dafür sorgen, dass du im Gefängnis landest, du Hurensohn.«

Mit diesen Worten legte ich auf.

42

Kilgore spielt Sandmännchen

I see trouble on the way.

Thea Gilmore, *Bad Moon Rising*

In New York starrte Raynard Wailand auf das Bild an der Wand ihm gegenüber.

Ein großes, hyperrealistisches Gemälde von Bo Bartlett, auf dem ein Mann in Anzug und Krawatte ein Gewehr auf ein Ziel außerhalb des Bildes richtet.

Sobald er aufgelegt hatte, wählte er erneut.

»Ist Josh da, Annabelle?«, fragte er. »Ich würde gern mit ihm sprechen, wenn du nichts dagegen hast. Ja ... wie üblich ...«

Er drehte sich nach rechts zu seinem Rechner und drückte eine Taste. Auf dem Bildschirm erschien das fröhliche, leicht pausbäckige Gesicht mit den nicht mehr ganz kindlichen, aber auch noch nicht teenagerhaften Zügen seines Enkels.

»Guten Tag, Grandpa.«

»Guten Tag, mein Junge«, sagte Raynard mit heiserer, vor Rührung wie erstickter Stimme, in der eine Sanftmut lag, die sonst niemand von ihm kannte. »Wie geht es dir heute?«

»Heute Nachmittag habe ich Surfunterricht!«, rief Josh. »Wann kommst du uns besuchen, Grandpa? Du fehlst mir.«

Raynard Wailand bekam einen Schluckauf. Mit zugeschnürter Kehle, den Tränen nah, antwortete er: »Bald, mein Kleiner, bald...« Um Fassung ringend, fuhr er fort: »Josh... Ich muss dir etwas sagen.«

Er unterdrückte die Gefühlswelle, die ihn zu überrollen drohte.

»Möglicherweise kann ich dich eine Zeit lang nicht besuchen kommen. Aber du sollst wissen, dass ich dich liebe, mein Junge. Mehr als alles andere auf der Welt, hörst du? Und ich werde dich immer lieben. Auch wenn ich nicht mehr... wenn ich nicht da bin.«

»Ich liebe dich auch, Grandpa!«

»Ich weiß, mein Junge, ich weiß. Gib deiner Mom einen Kuss von mir«, sagte Wailand, ehe er das Gespräch beendete.

Er schloss die Lider. Schlug sie wieder auf. Mit einem Blick, der erneut von erschreckender Härte und Grausamkeit durchdrungen war, wählte er eine weitere Nummer.

»Kilgore«, sagte er langsam und deutlich, »ich will, dass du Tom Baldwin noch heute Nacht aus dem Weg räumst. Wie du es anstellst, ist mir egal. Mich interessiert nur, dass ich nie wieder etwas von diesem Wichser hören oder sehen muss. Hast du verstanden?«

»Noch ein Bier?«

Es war dunkel geworden. Kay hatte den ganzen Tag auf den Zusammenstoß und die darauf folgende Explosion gewartet, aber beides war ausgeblieben. Randy hatte weiterhin Fürsorglichkeit und eine verdächtig ausgelassene Freude an den Tag gelegt. Er war nicht wiederzuerkennen. *Wo ist die Falle?* Denn Kay war nicht naiv genug, zu glauben, Randy sei über Nacht ein anderer Mensch geworden, der Anblick, wie sie mit Tom zusammengesessen hatte, habe ihn zur Besserung bewogen. Schwachsinn. Typen wie Randy ändern sich nie.

»Ich weiß nicht«, sagte sie zögerlich.

»Na komm, Schätzchen, noch ein letztes Bierchen zusammen.«

»Okay, Randy.«

Er stand auf und ging ins Haus. Mit zwei gut gekühlten Bierdosen kam er zurück, reichte ihr eine und setzte sich neben sie auf die Bank. Nachts beleuchteten Spotlights die hoch aufgeschossenen, faserigen Stämme der Palmen. Wie Stroboskope zuckten in immer kürzeren Abständen Blitze über den Himmel, während über dem Ozean der Donner grollte und der Wind aufzufrischen begann.

»Sieht ganz nach einem Gewitter aus«, sagte Randy. »Ich liebe das, verdammt! Wenn es endlich losgeht. Allmählich gefällt es mir hier richtig gut«, fügte er hinzu. »Ist schon eine verdammt coole Gegend!«

Seine Begeisterung hatte etwas Gezwungenes, Künstliches an sich, das Kay hellhörig machte. Worauf wollte er hinaus?

»Das Haus ist der reinste Backofen«, entgegnete sie. »Die Klimaanlage ist kaputt.«

»Mach dich mal locker, Süße. Morgen repariere ich sie, ganz bestimmt. Versprochen.«

Sie blickte auf den finsteren Ozean hinaus. Die unangenehme Nervosität vom Morgen überkam sie erneut. *Was spielt er nur für ein Spiel?* Randy, der perfekte Ehemann. Die Vorstellung war ungefähr so albern wie ein Wal mit Flügeln. Dieses Verhalten konnte nicht von Dauer sein. Sie drehte den Kopf zu ihm. Er lächelte sie an. Mit einer Art... ja, mit einer Art Zärtlichkeit. *Scheiße, was soll dieser Zirkus?* Er legte ihr eine Hand auf das sonnengebräunte Knie.

»Dir gefällt es hier auch, Kay, das weiß ich, gib es zu. Du wirst sehen: Ab jetzt wird alles gut. Es wird wunderbar.«

Seine Hand wanderte langsam aufwärts. Ein anzügliches Lächeln umspielte seine Lippen.

»Du bist heute Abend besonders schön, weißt du das?«

Kay erstarrte. In ihrem Kopf drehte sich alles. *Was passiert hier mit mir?* Sie kam sich vor wie Keith Richards auf einem schlechten Trip. Kalter Schweiß trat ihr auf die Stirn. Randys Hand lag weit oben auf ihrem Schenkel. Die andere schob sich heiß unter ihr Top, umfasste eine Brust, liebkoste sie sanft.

Sie schauderte, fragte sich flüchtig, ob Tom sie sehen konnte. Ihre Lider wogen eine Tonne, ihr Kopf zwei. Ihr Nacken war aus Watte, der Kopf wollte nach vorn fallen.

»Mir geht's nicht so gut, Randy. Ich glaube, ich lege mich lieber hin.«

»Wie schade«, sagte er in schmeichlerischem Ton, »heute Abend hätte ich es dir richtig besorgt. Aber wer weiß, vielleicht komme ich später noch zu dir rüber. Was hältst du davon?«

»Ich fühle mich wirklich seltsam«, sagte sie, schon im Aufstehen begriffen.

»Ja, ruh dich nur aus, Süße. Du siehst total fertig aus.«

Der Wind wurde immer stärker. Der Ozean toste, tiefe Wellentäler bildeten sich.

Eine Folge von Blitzen, ähnlich denen einer Kamera, durchschnitt am Horizont die Nacht. Wie mächtige Kanonenschüsse folgten ein oder zwei Sekunden später die Donnerschläge.

Randy starrte auf das schwarze Meer, die Haare zerzaust vom warmen Wind. Es war nach Mitternacht. In Toms Haus waren gerade die Lichter erloschen. Kay schlief inzwischen vermutlich tief und fest. Noch eine Stunde, und er würde in Aktion treten. Er betrachtete seine Bierdose, stellte sie auf die Holzbank. Genug getrunken. Er brauchte einen klaren Kopf.

Kilgore parkte in recht großer Entfernung in der Dunkelheit unter Bäumen, die sich im Sturm bogen.

Beim Abbiegen auf die Sandpiste hatte er die Scheinwerfer ausgeschaltet, doch dank der rasch aufeinanderfolgenden Blitze konnte er sich mühelos orientieren. Außerdem kannte er den Weg ohnehin wie seine Westentasche. Er stellte den Motor ab, beugte sich zwischen den Sitzen nach hinten und griff nach dem Seil auf der Rückbank: eine Segelleine, die hoher Zugkraft und starker Reibung standhalten konnte, für seine Zwecke das perfekte Material. Niemand auf den Keys wäre überrascht, wenn man ein derartiges Seil bei Tom Baldwin fand.

Er stieg aus dem GMC und schob das wehende Laub auseinander. Der Wind heulte, ließ nach, pfiff und heulte erneut. Der Krach würde ihm die Sache erleichtern. In einer solchen Nacht achtete niemand auf ungewöhnliche Geräusche. Er blickte auf das Display seines Handys. Ein Uhr. Er kannte Tom Baldwins Gewohnheiten. Daher wusste er, dass er um diese Uhrzeit mit hoher Wahrscheinlichkeit den Schlaf des Gerechten schlief.

In der Dunkelheit arbeitete sich Kilgore weiter vor. In aller Ruhe, geradezu lässig, betrat er den Weg exakt in dem Augenblick, in dem es zu regnen begann; das Seil hielt er in mehrere Schlaufen gelegt in der linken Hand wie ein Lasso in einem Western. An der Stelle, an der das Gebüsch endete und der Rasen anfing, blieb er stehen und betrachtete eine Zeit lang aufmerksam das Haus. Dann stieg er die Stufen zur hinteren Veranda hinauf. Mit dem Fingerspitzengefühl eines Uhrmachers führte er den Dietrich ins Schloss ein und stieß die Tür auf, deren leises Knarren vom Wind übertönt wurde.

Er hatte das Innere des Hauses bereits inspiziert, kannte also die Anordnung der Räume. Mithilfe seines Handys und im Licht der Blitze, das durch die Jalousien drang, orientierte sich Kilgore in der Dunkelheit und näherte sich ohne Eile Baldwins Zimmer, dessen Tür einen Spaltbreit offen stand. Er legte das Seil auf ein Möbelstück im Flur und holte eine Kompresse und ein winziges Fläschchen mit einem Narkosemittel heraus. Es war sehr viel stärker als das Chloroform, das man häufig in Filmen sieht, ließ sich aber im Blut nicht nachweisen. Vorsichtig schob er die Tür auf und erblickte die Gestalt auf dem Bett, die im Licht der Blitze friedlich schlief. Zu keinem Zeitpunkt, nicht einmal, als er nur wenige Zentimeter von seinem Opfer entfernt war, stieg sein Puls auf über einhundert Schläge pro Minute.

Randy schüttelte Kay sanft an der Schulter.
Keine Reaktion.
Zufrieden holte er den Baseballschläger unter dem Bett hervor. Acht Minuten nach eins. Vor den Lamellen der Jalousien spielte sich ein gigantisches Feuerwerk ab.

Auch sein eigener Geist war das Auge eines Tornados an Emotionen: Wut, Eifersucht, Rachegelüste. Den Baseballschläger in der einen Hand, in der anderen einen in Stoff gewickelten großen Stein, ging er hinaus und überquerte die Rasenfläche, die die beiden Häuser voneinander trennte.

Regen prasselte auf das Gras zwischen den Palmen, die sich im Wind bogen. Der Regen lief ihm in den Kragen, unters Hemd und den Rücken hinunter; im Nu waren seine Schuhe voller Wasser.

Perfekt. Das Heulen des Windes und das Geräusch des Regens würden den Lärm des splitternden Fensterglases übertönen. Es war die ideale Nacht, um Selbstjustiz zu üben ... und alle in ihre Schranken zu weisen.

Na warte, Freundchen ...

43

Auftritt Randy

> Did you hear about the midnight rambler?
> The Rolling Stones, *Midnight Rambler*

Ich schlug die Augen auf.

Gleich darauf öffnete ich weit den Mund, um einen tiefen Atemzug zu nehmen, doch etwas drückte mir die Luftröhre zusammen, hinderte mich am Einatmen.

Ich legte eine Hand auf die Stelle. Ein Seil! Jemand hatte mir ein Seil um den Hals gelegt!

Ich erkannte die Gestalt, die neben mir in der Dunkelheit stand, und merkte, wie mir schwindlig wurde. Ich sah den Raum, der sich um mich drehte, stellte fest, dass ich mich nicht mehr in meinem Bett und auch nicht im Schlafzimmer, sondern im Wohnzimmer befand.

Mir blieb keine Zeit zum Nachdenken, denn in der nächsten Sekunde löste sich mein Hintern von dem Stuhl, auf dem ich gesessen hatte, und eine enorme Kraft hob mich an und zog mich hoch in die Luft. Es fühlte sich an, als würde sie mir gleich den Kopf abreißen.

Mein Herz fing an zu rasen, vor Schmerz verzog ich das Gesicht. In meinem Kopf erhob sich ein wildes Kreischen.

Mit hervorquellenden Augen wie auf Edvard Munchs

Der Schrei versuchte ich, mit den Füßen strampelnd auf den Boden zu kommen, aber vergebens; ich suchte Halt an dem Stuhl, der aber umkippte. Verzweifelt sah ich mich um, während ich einen knappen Meter über dem Boden baumelte. Ich erblickte die große Silhouette, die sich schwarz gegen die helle Gewitternacht abhob und am anderen Ende des Seils zog, desselben Seils, das mir die Kehle zuschnürte und das, wie sich nun herausstellte – ich begriff es im Bruchteil einer Sekunde –, um eine der oberen Sprossen des Treppengeländers geschlungen war. Ich sah das Gesicht aus der Dunkelheit auftauchen, das an eine Messerklinge erinnerte, sah, wie mich kalte, tief in den Höhlen liegende Augen mit eisiger Gleichgültigkeit, paradoxerweise aber gleichzeitig mit größter Aufmerksamkeit beobachteten.

»NEIN!«, stieß ich hervor. »NEIN!« Der Druck, der von dem Seil um meinen Hals ausging, ließ den Schrei zu einem Röcheln ersterben. Ich trat wild um mich, was nur dazu führte, das sich das Seil noch enger um meinen Hals zusammenzog, sodass der Blutfluss zu meinem Gehirn weitgehend unterbrochen war.

Ich hustete, drohte zu ersticken.

»ARRGHHHHH!«

Entsetzt, unfähig, auch nur ein Wort herauszubringen, gab ich ein langes Stöhnen von mir. Die Zunge quoll mir aus dem Mund, die Augäpfel sprangen mir aus dem Kopf, als wollte ich sie für Murmelspiele benutzen. Weiße Sterne tanzten vor meinen Augen, während heitere Blitze das Zimmer durchzuckten, was der Szene etwas Unwirkliches verlieh.

Ich war kurz davor, endgültig das Bewusstsein zu verlieren, da geschah erneut etwas Unerwartetes. Die Kraft, die mich nach oben gezogen hatte, ließ plötzlich nach... Ich landete mit einem dumpfen Knall auf dem Boden, während sich gleichzeitig der Druck um meinen Hals drastisch verringerte.

Hungrig nach Sauerstoff sog ich in blinder Panik tief die Luft ein. Ich hob die Hände an den Hals, um mich aus der verhängnisvollen Umklammerung zu befreien, und erkannte undeutlich, dass sich jemand über mich beugte. Das blendende Licht eines Blitzes verriet mir, dass es Randy war, der, einen Baseballschläger in der Hand, verdutzt auf mich herabblickte.

»Randy?«, krächzte ich und hustete. »Was...?«

»Verdammt, da bin ich aber gerade noch mal rechtzeitig gekommen, was, Kumpel?«, sagte er, und es klang geradezu bedauernd. »Ein echter Home Run. Hätte Barry Bonds nicht besser hingekriegt. Wer war der Typ?«

Nur mit Mühe bekam ich Luft. Mein Herz schien fest entschlossen, die Weltmeisterschaft im Schnellschlagen zu gewinnen. Ich hustete mehrmals hintereinander.

»Das solltest *du* eigentlich wissen«, krächzte ich. »Er hat denselben Auftraggeber wie deine F...«

Beim Blick über seine Schulter weiteten sich meine Augen vor Entsetzen. Wie in einem Roman von Stephen King mit dem Arbeitstitel *Der irre Glatzkopf – auferstanden von den Toten* war die schwarze Gestalt plötzlich hinter Randy aufgetaucht und richtete eine Waffe auf uns. Im letzten Augenblick schubste ich Randy reflexhaft zur Seite und brachte damit auch mich selbst aus der Schusslinie.

Der Schuss löste sich. Deutlich hörbar zischte die Kugel an uns vorbei. Nun stürzte sich Randy auf den Mann, und für mehrere Minuten sah ich nur ein heilloses Durcheinander, begleitet von Ächzen und Knurren, bis schließlich ein weiterer Schuss fiel und die beiden Gestalten erstarren ließ. Unerträgliche Spannung. Wer von den beiden hatte den Wettlauf ums Überleben gewonnen?

Uff! Der Sieger hieß Randy.

Zum ersten Mal überhaupt freute ich mich für ihn. Allerdings wäre die andere Option auch das Todesurteil für mich gewesen.

Mein ganzer Körper kribbelte, meine Kehle und meine Lunge standen in Flammen, mir war schwindlig. Ich drehte den Kopf und sah in der Dunkelheit ein bleiches Gesicht am Boden liegen, weniger als einen Meter von meinem eigenen entfernt. Obwohl sein Schädel in einer geradezu unwahrscheinlichen Menge Blut badete, befürchtete ich für eine Sekunde, der Mann würde wieder aufstehen und uns ein weiteres Mal angreifen. Aber die Gefahr bestand nicht. Sein halb geöffneter Mund war seltsam verzerrt über den kleinen, spitzen Zähnen, seine Augen fixierten mich mit einer beunruhigenden Starrheit, ohne mich zu sehen.

»*Fuck*, Randy, er ist tot!«, rief ich.

»Mausetot«, bestätigte Randy. »Wir sitzen ganz schön in der Scheiße, Tom.«

Was, gelinde gesagt, die Untertreibung des Jahrhunderts war. Mit Mühe gelang es mir, den Oberkörper aufzurichten und mich auf einem Ellbogen abzustützen.

»Wir müssen die Polizei rufen.«

Mehrere Sekunden lang sagte Randy kein einziges Wort.

Dann legte er mir eine Hand auf den Arm, schloss sie fest um meinen Bizeps und sagte geradezu flehentlich: »Tom, wenn wir das tun, sitze ich bis an mein Lebensende im Knast. Ich muss dir etwas beichten... Ich war schon zweimal drin, und...«

»Ich weiß Bescheid«, fiel ich ihm ins Wort, während ich noch immer hustete und meinen schmerzenden Kiefer zu lockern versuchte.

Er runzelte die Stirn.

»Randy, dieser Mann ist tot«, fuhr ich fort. »Wir können nicht einfach...«

»Verdammter Scheißkerl!«, brüllte er mich an. »Erst vögelst du meine Frau, und jetzt habe ich dir das Leben gerettet. Ohne mich wärst du tot, du dämlicher Bastard! Und du willst mich hinter Gitter bringen?«

Zugegeben, das war ein Argument. Randy hatte in allen Punkten recht: Wir steckten knietief in der Scheiße.

»Und was sollen wir deiner Meinung nach tun?«, fragte ich mit dünner, heiserer Stimme, als wäre ich kurz vorm Krepieren.

»Ich kenne solche Typen«, fuhr Randy fort. »Der da war nichts anderes als ein Killer, verdammt. Keiner wird ihm nachweinen. Alle werden glauben, dass es sich um eine Abrechnung handelt, und die Polizei wird nichts unternehmen, um den Mörder zu finden. Solche Typen enden immer auf diese Weise... tot oder plötzlich verschwunden.«

Wie meint er das? Was will er mir damit sagen?

»Wie meinst du das?« Ich bekam eine Gänsehaut.

»Wir werden die Leiche verschwinden lassen. Möglichkeiten gibt es hier ja wohl genug. Und dann wäre da noch der Ozean. Wir könnten ihn weit draußen ins Wasser werfen.«

War das sein Ernst?

»Das Meer würde den Leichnam wieder ans Ufer spülen«, erwiderte ich.

»Nicht, wenn wir ihn beschweren.«

Ich konnte einfach nicht fassen, was für ein Gespräch wir da führten. Mein Gehirn arbeitete auf Hochtouren. Randy hatte recht: Dass ich noch lebte, verdankte ich nur ihm. Er war bereits zweimal verurteilt worden, und wir befanden uns im Staat Florida. Eine dritte Verurteilung bedeutete also mindestens fünfundzwanzig Jahre, wenn nicht lebenslänglich. Dass er mir zu Hilfe geeilt war, würde daran nichts ändern. Ganz abgesehen davon war er, sollte ich mich weigern, durchaus in der Lage, das Werk dieses Typen zu vollenden und hinterher zu behaupten, er sei zu spät gekommen.

Es wäre ganz einfach. Die Fingerabdrücke des anderen klebten überall auf dem Seil, der Abdruck des Seils war auf meinem Hals zu finden ... und den einzigen Zeugen hatte Randy gerade ausgeschaltet.

»Ich weiß einen besseren Ort«, sagte ich. »Bist du schon mal Kajak gefahren?«

Die regnerische Nacht empfing uns, und in dieser Begrüßung lag etwas Barmherziges und Reinigendes.

»Wo ist Kay?«, fragte ich.

»Sie schläft.«

Wir gingen zu dem Gartenhaus, aus dem Randy ein Kifferparadies gemacht hatte. Außerdem war es der Ort, an dem ich meine Kajaks lagerte. Wir schleppten zwei davon über den Rasen in Richtung Strand.

»Und der Schläger da, war der für Kilgore bestimmt?«, fragte ich, während ich mein Kajak herauszog.

Es regnete noch immer, aber der Wind hatte nachgelassen, und die Tropfen fielen jetzt senkrecht vom Himmel. Auf dem Ozean war nur noch schwacher Wellengang zu sehen.

»Der war für dich bestimmt«, sagte Randy. »Ich wollte dir damit den Schädel einschlagen, du verdammtes Arschloch.«

»Und Kay?«, fragte ich und blieb inmitten der Palmen plötzlich stehen.

»Wie, und Kay?«

»Hast du ihr etwas angetan?«

»Sie schläft, habe ich doch gesagt.«

»Ich will sie sehen.«

»Verdammter Mist!«

Sofort ließ ich das Kajak los und rannte auf das Haus der beiden zu, sprang auf die Veranda und kümmerte mich einen Dreck um Randys Reaktion. Er würde wohl kaum zwei Menschen in einer Nacht umbringen, oder?

Oder?

Für einen Moment überkam mich Panik, als ich das dunkle Wohnzimmer durchquerte und die Tür zum Schlafzimmer aufstieß. Ich war überwältigt und von unbeschreiblicher Zärtlichkeit erfüllt, als ich Kay mit angezogenen Beinen auf dem Bett liegen sah. Ich ging zu ihr, beugte mich über sie, nahm deutlich ihre ruhige Atmung und den Apfelduft ihrer Haare wahr.

Sie schlief.

Erleichterung durchströmte mich. Und gleichzeitig ein schreckliches Verlangen, alles stehen und liegen zu lassen, sie zu wecken und in die Arme zu schließen, aber ich verließ das Zimmer und ging wieder zu Randy hinaus. Mit finsterer Miene, die Augen zu zwei Schlitzen verengt, sah er zu, wie ich näher kam. Und für eine Sekunde malte ich mir aus, was er mit dem Baseballschläger vorgehabt hatte. Ich deutete mit dem Kinn auf mein Haus und sagte: »Auf geht's.«

Kurze Zeit später kamen wir mit der Leiche wieder heraus. Sie war so schwer, dass sie uns zu entgleiten drohte. Mehrmals mussten wir sie auf dem nassen Gras ablegen und uns die Hände abtrocknen, ehe wir weitergehen konnten. Als wir den Strand erreichten, schnaubte ich wie ein Walross. Der Sand war nass und klebte an unseren Sohlen. Randy half mir, den Leichnam auf den Vordersitz meines Zweierkajaks zu setzen. Mit demselben Seil, mit dem der Typ mich hatte aufhängen wollen, hatten wir ihn zu einem Paket verschnürt.

Für die Leiche und mich hatte ich ein Sit-inside-Kajak gewählt. Auf diese Art würden sich die Beine des Toten im Inneren des geschlossenen Rumpfes befinden, und die Gefahr, dass er aus dem Boot kippte, war geringer. Für Randy hatte ich einen Sit-on-Top-Einsitzer ausgesucht, der schwerer war, aber stabiler im Wasser lag.

Besorgt blickte er auf den Ozean hinaus und zupfte an seinem Schnurrbart.

»Ich weiß nicht, ob ich das schaffe, Mann«, sagte er. »Ich bin nicht so trainiert wie du.«

»Bist du schon mal Kajak gefahren?«
»Mmh. Auf einem Fluss.«

Ich vergewisserte mich, dass niemand in der Nähe war, und überprüfte, ob meine Taschenlampe funktionierte.

»Mach es mir einfach nach«, sagte ich mit erhobener Stimme, um das Rauschen des Ozeans zu übertönen.

Tatsächlich fragte ich mich, ob ich es selbst schaffen würde, mit diesem toten Gewicht an Bord eine derart lange Strecke zu paddeln.

44

Das Boot

Falling through wet forests.

The Doors, *Moonlight Drive*

Wir paddelten in der Dunkelheit im seichten Wasser nah am Ufer entlang in Richtung Süden. Das erste Mal erschrak ich, als ich etwas weiter draußen auf der Höhe von Ocean Terrace ein Boot erblickte. Für einen Moment befürchtete ich, es handle sich um die Küstenwache, die den Uferbereich der Keys beobachtete, ein Einfallstor für Drogen aus Mexiko und Kuba.

Aber es war nur ein Sportboot... Ich fragte mich, was es in einer solchen Nacht dort draußen zu suchen hatte.

Wir paddelten weiter. Ein zweites Mal war ich beunruhigt, als wir nur wenige Meter von den Lichtern der Bud N' Mary's Marina an der Südspitze der Insel entfernt über Steuerbord wenden mussten, um unter den Betonplatten des Overseas Highway hindurchzufahren.

Für einige bedrückende Minuten glitten wir dicht an den Pfählen vorbei, an denen die schwarzen Fluten des Atlantiks leckten, während Boote an ihren Ankerplätzen knarrten und die Laternen auf den Anlegern unsere Kajaks in gelbe Lichtpfützen tauchten. Doch zum Glück goss es in Strömen, und die Kais waren menschenleer.

Sobald wir unter der Autobahnbrücke hindurchgefahren waren – wobei wir vom Atlantik in den Golf von Mexiko wechselten –, wurden wir erneut von der Dunkelheit verschluckt.

Ich blickte häufig zu Randy hinüber und blieb so nah wie möglich bei ihm. Er kam gut zurecht. Er war muskulös, hart im Nehmen und imitierte meine Bewegungen, aber trotzdem waren wir nicht schneller als zwei oder drei Knoten. Irgendwann würde ihm vermutlich die Kraft ausgehen. Ich hatte ausgerechnet, dass wir auf dem Hin- und Rückweg ungefähr dreizehn Kilometer lang kräftig paddeln mussten. Für einen Untrainierten war das eine verdammt lange Strecke auf dem unruhigen Meer.

Der warme Regen prasselte wie Hagel auf die Rümpfe der Kajaks. Wir kamen ohne größere Schwierigkeiten voran. Dennoch spürte ich die nervöse Anspannung in sämtlichen Muskeln, den Stress, unter dem sie zu verkrampfen drohten. Vor mir schwankte der Leichnam in dem schlingernden Kajak von einer Seite zur anderen wie ein alter Seemann, der eine Melodie auf dem Bandoneon spielt.

»Ist es noch weit?«, fragte Randy in der Dunkelheit. Nur mit Mühe gelang es ihm, den prasselnden Regen zu übertönen.

Ich ahnte, dass er allmählich müde wurde.

»Wir haben es fast geschafft.«

»Zum Glück, ich hab die Schnauze gestrichen voll«, sagte er und schnaufte.

Es vergingen noch einige Minuten, bevor die schwarzen Umrisse des Mangrovenwäldchens näher kamen. Ich orientierte mich rasch, und kurz darauf glitten wir in eine Art natürlichen Tunnel hinein, der durch den versunkenen Dschungel und zwischen den bis an die Wasseroberfläche reichenden großen Wurzeln hindurchführte. Da wir nun vor Blicken geschützt waren, schaltete ich die viereckige Taschenlampe ein und beugte mich vor, um sie auf die vordere Luke vor den Leichnam zu legen. Der Strahl der Lampe bohrte eine Art Lichtschacht, der die Baumstämme, die Lianen und das Blätterdach beleuchtete.

»Verdammt, müssen wir ihn so weit wegbringen?«, keuchte Randy, jetzt am Rand seiner Kräfte. »Wir hätten auch einfach den Kastenwagen nehmen können.«

Durchnässt bis auf die Knochen, waren wir vom Plätschern der gegen das unentwirrbare Wurzellabyrinth schlagenden Wellen und vom Prasseln des Regens auf das Laubwerk umgeben.

»Wir sind gleich da.«

Nach weiteren zehn Metern erreichten wir eine sternförmige Kreuzung, an der mehrere Kanäle aufeinandertrafen. Unserer und der von links kommende formten eine Spitze, wo es besonders viele miteinander verschlungene Wurzeln gab, die an Tentakel erinnerten. Ein natürliches Gefängnis, eingetaucht in ein Meter vierzig tiefes Meerwasser. Ich paddelte auf die Stelle zu und packte eine Wurzel, um das Kajak näher heranzuziehen.

»Hier werden wir ihn versenken«, erklärte ich. »Wir klemmen ihn unter das Wurzelwerk, dann taucht er nicht wieder auf. Ich habe irgendwo gelesen, dass Wasserleichen sich mit Gas aufblähen und wieder an die Oberfläche steigen. Das werden diese Wurzeln verhindern. Den Rest erledigen die Fische, und außerdem kommt hier sowieso nie jemand vorbei.«

»Super«, sagte Randy und sprang ins Wasser. »Ein richtiges kleines Paradies, ich muss schon sagen. Beeilen wir uns, ich hab von dem Regen hier echt die Schnauze voll.«

Ich tat es ihm nach. Wir konnten zwar stehen, aber das Wasser reichte uns mal bis zur Brust, mal bis zum Kinn. Der Regen peitschte die Wellen auf. Ich machte das Kajak an ein paar Wurzeln fest, Randy tat es mir mit seinem gleich. Dann zogen wir die Leiche aus dem Boot ins Wasser.

Ich richtete die Taschenlampe auf den Körper. Er war blass, die Augen wirkten glasig, die schwarze Kleidung bewegte sich im Rhythmus des Wassers, und ich schloss vor diesem Anblick des Grauens die Augen.

»Du hattest recht, Tom«, sagte Randy plötzlich. »Das hier ist das perfekte Versteck.«

Sein Blick und seine Stimme hatten jede Feindseligkeit verloren. Als hätte das, was kurz zuvor passiert war, uns einander nähergebracht. Und so war es auch, obwohl ich keine Sekunde lang vergaß, wie er sich Kay gegenüber verhalten hatte.

»Bereit?«, fragte ich.

Er nickte. Ich klemmte die Taschenlampe zwischen die Wurzeln und richtete den Lichtkegel nach unten, um das dichte Pflanzennetz zu beleuchten. Das Wasser brach den Lichtstrahl. Unter anderen Umständen hätte ich es schön gefunden. Dann tauchten wir gleichzeitig unter und drückten den Leichnam in dem Lichtstrahl so weit wie möglich nach unten, ehe wir ihn horizontal zwischen die Wurzeln schoben, als wollten wir ihn dort einbetten ... was exakt unsere Absicht war. Das Manöver gestaltete sich wegen des guten alten archimedischen Prinzips – des Auftriebs – nicht ganz einfach; der Körper bestand stur darauf, immer wieder an die Oberfläche zu kommen. Wir mussten ihn also gegen die Strömung nach unten drücken und gleichzeitig versuchen, ihn unter die Wurzeln dicht über dem Boden zu schieben. Die ersten beiden Versuche blieben erfolglos, und der Leichnam stieg wieder auf wie ein schwimmendes Spielzeug in einer Badewanne. Ich tauchte auf und schnappte nach Luft.

»Brauchst du eine Pause?«, fragte ich.

Im Licht der Taschenlampe sah Randy erschöpft aus.

»Nein, alles gut, weiter geht's.«

»Okay, dann ist es besser, nicht zu trödeln«, sagte ich.

Wir wollten gerade einen weiteren Versuch starten, da glaubte ich, in der Ferne durch den prasselnden Regen ein Brummen zu hören. Ich legte Randy eine Hand auf den Arm zum Zeichen, sich nicht zu bewegen. Als ich genauer hinhörte, erkannte ich deutlich Motorengeräusche. Ein Bootsmotor. Randy hatte es ebenfalls gehört. Reglos standen wir da und lauschten.

»Verdammt, was ist das?«, fragte er schließlich.

Ich griff nach der Taschenlampe und schaltete sie aus.

»Es kommt jedenfalls auf uns zu«, sagte ich und zog die Beine an, um unterzutauchen.

Randy tat es mir nach, sodass nur noch unsere Köpfe aus dem Wasser ragten. Die Kajaks hingegen waren gut zu sehen, genauso wie der treibende Körper. Plötzlich durchbrach in einigen Dutzend Metern Entfernung der Strahl eines Scheinwerfers den Dschungel. Das Geräusch wurde immer lauter, bis wir an der Bewegung des Scheinwerfers erkannten, dass das Boot auf einem anderen Weg in das Mangrovenwäldchen gefahren war.

»Scheiße«, flüsterte Randy neben mir.

Wir folgten dem Weg des Scheinwerfers durch den Wald, der von ihm zum Leben erweckt wurde. Er schien etwas zu suchen. Oder jemanden. Wenn er weiterhin auf diese Art durch die Kanäle kurvte, würde er bald auf uns stoßen. Es konnte sich nur um die Küstenwache handeln, und meine Kehle war wie zugeschnürt, weil ich mich bereits die Freuden der Gefängnisse von Florida entdecken sah. Warum nur hatte ich mich bereit erklärt, diese Leiche verschwinden zu lassen? Die waren nicht zufällig hier, sondern hatten uns vermutlich vorbeifahren sehen. Dann dachte ich an das Sportboot, dem wir unterwegs begegnet waren. Welchen Grund könnte es haben, uns bis hierher zu folgen?

»Sie fahren weg«, sagte Randy.

Er hatte recht. Wir sahen, wie das Licht des Scheinwerfers aus dem Mangrovenwald herauskam und sich entfernte, hörten das Motorengeräusch leiser werden. Wir tauchten wieder auf. Mein Herz schlug wie verrückt. Ich hütete mich, die Lampe allzu rasch wieder einzuschalten.

»Oh, *fuck*«, sagte Randy, »ich dachte echt, ich mach mir in die Hose.«

»Warte!«

Draußen auf dem Meer hatte das Boot inzwischen einen großen Bogen gefahren. Entsetzt sah ich, dass es wieder auf die Mangrove zufuhr, es hielt direkt auf uns zu, auf den natürlichen Kanal, durch den auch wir hierhergekommen waren.

Und es legte die Strecke in sehr viel kürzerer Zeit zurück, als wir dazu gebraucht hatten. Kaum eine Minute später wurden wir nicht nur wie zwei Alligatoren auf dem Overseas Highway von Scheinwerfern geblendet, sondern aus dem Boot ertönte auch eine Stimme.

¡*Hola vatos!*, rief sie auf Spanisch.

Mexikaner... oder Kubaner. Was zum Teufel hatten die hier verloren?

Das Boot glitt weiter, bis es nur noch wenige Meter von uns entfernt war. Geblendet von dem Scheinwerfer, konnte ich nur Umrisse erkennen. Ich zählte vier Gestalten.

Von denen mindestens zwei eine Maschinenpistole in Händen hielten.

Das da war nicht die Küstenwache...

Und Randy und ich gaben ein prächtiges Bild ab, wie wir da bis zum Kinn im Wasser standen, während zwischen uns ein Toter trieb.

»Wer von euch beiden ist Tom Baldwin?«, fragte jemand.

45

Rette sich, wer kann

> You can't stop me, guh-fuh 'cause I'm on a boat.
>
> The Lonely Island, *I'm on a Boat*

»Wer von euch beiden ist Tom Baldwin?«

Der Mann, der sich über die Reling beugte, war, soweit ich sehen konnte, etwa Mitte vierzig, hatte regelmäßige Gesichtszüge, schwarze Haare und sprach ein tadelloses Englisch. Er lächelte. Es war das Lächeln einer Kobra.

»Das bin ich«, sagte ich, und es gelang mir, Ruhe zu bewahren, obwohl in meinem Kopf sämtliche Alarmglocken schrillten. »Und Sie? Wer sind Sie?«

Das Lächeln wurde breiter. Er trug eine wasserdichte Jacke, aber trotz des Regens keine Kopfbedeckung, was ihn überhaupt nicht zu stören schien.

»Freunde von Mr Wailand. Sagt dir das was?«

Ich erinnerte mich, dass Byron Woodruff mir etwas von fragwürdigen Geschäften meines Ex-Schwiegervaters erzählt hatte. Von seinen Verbindungen nach Mexiko. Ich traute meinen Ohren nicht. Konnte es sein, dass diese Männer *sicarios* waren? Dass Raynard Wailand mexikanische Auftragskiller auf mich gehetzt hatte?

»Warum sind Sie uns gefolgt?«, brachte ich mit vor Furcht erstickter Stimme heraus.

»Was wollen Sie?«, meldete sich nun Randy in überheblichem Tonfall zu Wort... aber ich merkte, dass auch ihm äußerst unwohl zumute war.

»Erst mal wollen wir, dass ihr einsteigt«, sagte der Dunkelhäutige seelenruhig.

Wir gehorchten. Was hätten wir auch sonst tun sollen? Aus der Nähe betrachtet ähnelten ihre Waffen den mörderischen Spielzeugen, die man in Filmen sieht: leicht und problemlos handzuhaben, aber mit Projektilen, die einen in Stücke reißen können. Und die Typen, die sie schweigend in Händen hielten, sahen aus, als würden sie, ohne zu zögern, von den Dingern Gebrauch machen. Randy hatte vermutlich genug Zeit im Gefängnis verbracht, um echte Scheißkerle zu erkennen, wenn er welche sah, denn er nahm all seinen Mut zusammen und ergriff das Wort: »Hört zu, Jungs, ich habe mit der ganzen Sache nichts zu tun! Ich weiß nicht, wer ihr seid. Ich würde euch auf der Straße nicht mal wiedererkennen. Wenn die Polizei mich danach fragen würde, könnte ich nicht sagen, ob ihr mexikanische Arschlöcher, kubanische Hurensöhne oder Wichser aus Honduras seid. Und ich will in diese Sache nicht hineingezogen...«

»Halt's Maul«, fiel ihm der Anführer des netten Grüppchens ins Wort und ging auf Randy zu.

»Wir sind mexikanische Arschlöcher, und mein Name ist Diego Fonseca.«

»Ich will es nicht wissen!«, brüllte Randy. »Ich habe nichts gehört!«

Der Mann drückte ihm den Lauf seiner Waffe unters Kinn.

»Ich hab gesagt, du sollst das Maul halten... Und wer ist der da?«, fragte er mich und deutete auf den Leichnam, der im Wasser trieb.

»Notwehr«, sagte ich, »ein Killer, bezahlt von Raynard Wailand.«

Ich war mir nicht sicher, ob das Notwehr-Argument etwas galt in Gegenwart von Killern, die selbst von meinem Ex-Schwiegervater oder einem seiner Geschäftspartner hinter der Grenze beauftragt worden waren. Auf dem schwankenden Deck hielt ich nur mit Mühe das Gleichgewicht, und für eine Sekunde zog ich in Erwägung, einfach ins Wasser zu springen und davonzuschwimmen. *Um dich von einer Gewehrsalve zerreißen zu lassen?* Bei diesen Spielzeugen standen meine Chancen auf eine gelungene Flucht eins zu tausend, ich würde keine zehn Meter weit kommen.

Aber letztlich konnte ich mein Glück einfach versuchen, Gewehrsalve hin oder her.

»Moment mal«, sagte ich, einer plötzlichen Eingebung folgend, »arbeiten Sie für Señor Eufemio Rojas?«

Für eine Sekunde herrschte Schweigen. Ich sah deutlich, wie Fonseca, der gerade mit dem Rücken zu mir stand, erstarrte. Sehr langsam drehte er sich wieder um, leicht schwankend auf dem schlingernden Boot, und seine Augen funkelten dermaßen bösartig, dass ich schon glaubte, er würde mich auf der Stelle erschießen. Fünf Sekunden vergingen.

»Woher kennst du diesen Namen?«

Ich schluckte meinen Speichel hinunter.

»Arbeiten Sie für ihn oder nicht?«

Im Licht der Taschenlampen wirkten seine Augen wie zwei schwarze Löcher, und er starrte mich auf eine Art an, dass ich glaubte, sein Blick müsse meinen Kopf durchbohren und am Nacken wieder austreten. Plötzlich drückte sich etwas Hartes, Metallisches an meinen Adamsapfel und raubte mir den Atem.

»Antworte, Tom Baldwin«, sagte er. »Oder ich jage dir auf der Stelle eine Kugel in den Kopf, bei der Jungfrau Maria und allen Heiligen.«

Ich schluckte erneut, aber es war kein Speichel zum Schlucken mehr da, und auch meine Kehle war so trocken wie die Sonorawüste.

»Ich habe Informationen für Mr Rojas«, sagte ich mit zitternder Stimme.

»Was für Informationen?«, fragte Fonseca allzu sanft.

»Ich habe den Beweis, dass Mr Wailand einen Teil des Geldes veruntreut, das Mr Rojas ihm anvertraut, und dass dieser Betrug schon vor Jahren begonnen hat. Ich kann die Beweise an jede Post- oder E-Mail-Adresse schicken, die Sie mir nennen. Aber dazu muss ich nach Hause.«

Ich sah, wie der schwarze Blick zu flackern begann, erkannte, dass das Gehirn des Mexikaners auf vollen Touren arbeitete.

»Du bluffst«, sagte er, »du versuchst, Zeit zu gewinnen.«

»Ich habe alle nötigen Beweise. Die Konten auf den Cayman Islands und in Curaçao, auf denen mein Ex-Schwiegervater das Geld deponiert, und wie er es anstellt, dass ihr nichts merkt.«

Fonseca kniff die Augen zusammen, aber zwischen seinen Lidern funkelte es intensiver denn je.

»Woher hast du diese Informationen?«

»Die Frage kann ich nicht beantworten.«

Erneut stieß Metall gegen meinen Adamsapfel, und ich verspürte einen scharfen Schmerz auf der Höhe des Kehlkopfes, während mein Kopf nach hinten kippte.

»Woher?«

»Was Sie interessiert, sind doch die Informationen selbst, oder?«, brachte ich keuchend mit gerecktem Kinn hervor. »Und nicht, woher ich sie habe. Sobald Sie darüber verfügen, haben Sie alle Zeit der Welt, um zu überprüfen, ob das, was ich sage, wahr ist. Und Sie werden doch keinen Unschuldigen umbringen, nur um einem Typen einen Gefallen zu tun, der seit Jahren Ihren Boss bescheißt, oder? Was würde Ihr *jefe* dazu sagen? Er will doch sicher über alles informiert sein, oder? Und jetzt nehmen Sie dieses Ding da weg, *bitte*.«

Zu meiner Überraschung und großen Erleichterung tat er, worum ich ihn gebeten hatte. Dann ging er in die Kabine und kam mit einem Satellitenhandy wieder heraus.

»*Jefe*«, sagte er dreißig Sekunden später in das Telefon, »ich bin's. Tom Baldwin ist bei mir«, fügte er auf Spanisch hinzu. »Nein ... ich habe ihn noch nicht erledigt. Es gibt Neuigkeiten.«

In den folgenden Sekunden hörte er zu und übersetzte dann Wort für Wort ins Spanische, was ich ihm gerade erzählt hatte. Er besaß ein ausgezeichnetes Gedächtnis. Dann lauschte er erneut. Der Regen prasselte auf meinen Kopf, aber ich spürte ihn nicht mehr. An mich gewandt, sagte Fonseca: »Er will Sie sprechen« und reichte mir das Handy.

Mein Adamsapfel fühlte sich wie ein großer Pfirsichkern an, der schmerzhaft in meiner Kehle verkantet war und sich abwechselnd hob und wieder senkte.

»Mr Baldwin«, drang eine erstaunlich fröhliche und höfliche Stimme aus dem klobigen Gerät. »Wie geht es Ihnen? Entschuldigen Sie die Unannehmlichkeiten. Ich hoffe, was Sie da sagen, ist wahr. Sie erzählen es doch nicht nur, um Zeit zu schinden, oder? Denn das wäre wirklich keine gute Idee. Meine Männer würden derart unangenehme Dinge mit Ihnen anstellen, dass Sie sie anflehen würden, Sie endlich zu erschießen.«

»Es ist alles genau so, wie ich es Ihnen sage, Mr Rojas.« Meine Stimme klang bizarr, unwirklich ... Ich erkannte sie selbst kaum wieder.

»Und sagen Sie, Mr Baldwin, wie haben Sie das alles erfahren?«

Ich beobachtete Fonseca, der mich nicht aus den Augen ließ, Randy, der mich nicht aus den Augen ließ, und die mit Maschinenpistolen bewaffneten Männer, die mich ebenfalls nicht aus den Augen ließen. Alle warteten. In den darauffolgenden Minuten erzählte ich von dem Unfall. Ich erzählte von meinem Sohn, davon, wie mein Ex-Schwiegervater mich glauben gemacht hatte, er sei tot, und wie ich entdeckt hatte, dass es nicht stimmte. Ich erzählte von den Ermittlungen, die ich angestellt hatte – die Namen Franklin Stamper und Byron Woodruff erwähnte ich nicht –, um meinen Sohn zu finden, und wie ich dabei auf diese Informationen gestoßen war. Ich sprach sogar über die Leiche, die direkt neben dem Boot im Wasser trieb. Ich stammelte, wiederholte mich, fing von vorne an, wenn ich ein Detail vergessen hatte, und verhedderte mich bei meinen Erklärungen mehrfach, um mich sofort zu korrigieren. Ich war mir fast sicher, dass Rojas mir nicht glauben würde. Ich weiß nicht, ob er alles verstand, was ich ihm erzählte. Mehrmals versicherte ich ihm, dass ich die Wahrheit sagte.

»Und was wollen Sie jetzt gegen Mr Wailand unternehmen?«, fragte er mich sehr ruhig, als ich fertig war. »Ihn bei den Behörden Ihres Landes anzeigen?«

Ich zögerte, fragte mich plötzlich, welche Antwort er wohl hören wollte.

»Ich werde den Großvater meines Sohnes nicht ins Gefängnis schicken«, sagte ich. »Ich will nur meinen Sohn wiedersehen. Das ist alles.«

In dem langen Schweigen, das darauf folgte, wurde ich mir des Summens in meinen Ohren bewusst. Ich registrierte das Pochen des Blutes in meinen Schläfen, die fünf Männer in dem Boot, die mich im Regen noch immer schweigend anstarrten und ihre Waffen auf mich richteten.

»Danke, Mr Baldwin, und jetzt geben Sie mir bitte Mr Fonseca«, beendete Rojas höflich das Gespräch.

Ich reichte den Apparat an den schönen Mann mit dem Schlangenlächeln weiter. Randy und ich ließen ihn keine Sekunde aus den Augen, während er die Anweisungen seines Chefs entgegennahm. Danach legte er das Handy in der Nähe des Bootsrandes auf eine kleine Bank und musterte uns nacheinander aus sehr braunen Augen. Im strömenden Regen stehend und vor Angst zitternd, erwartete ich das Urteil und wurde mir einer Sache vollends bewusst: Ich würde meinen Sohn möglicherweise nie mehr wiedersehen. In diesem Moment war dies das Einzige, was zählte. Nachdem ich endlich erfahren hatte, dass er noch lebte, wollte mich jemand daran hindern, ihn zu finden, wollte mir jemand dieses Wiedersehen verwehren. Nein, so grausam, so beschissen konnte das Leben nicht sein. *O doch, das kann es,* flüsterte die negative Stimme in meinem Inneren.

»Holt den Typen da an Bord«, befahl er seinen Männern und zeigte auf die Leiche. »Und auch die Kajaks.«

Als beides erledigt war, deutete er auf den Ausgang des Mangrovenwäldchens.

»Wir fahren los«, sagte er. »Aufs offene Meer hinaus, so weit weg von der Küste wie möglich.«

»Wohin fahren wir?«, fragte ich beunruhigt.

Er antwortete nicht.

Das Boot beschleunigte und steuerte direkt auf das offene Meer zu. Bald darauf geriet das Ufer außer Sicht, und Fonseca gab den Befehl, vom Gas zu gehen. Das Boot verlangsamte die Fahrt, bis es beinahe still stand, nur noch vom Seegang gewiegt wurde. Der Wind pfiff, die Gischt benetzte mein Gesicht. Ich betrachtete den Ozean, der uns umgab und der so schwarz und leer war, dass in der Dunkelheit außer den weißen Schaumkronen der Wellen nichts zu erkennen war.

»Werft die beiden *pendejos* ins Wasser!«, rief der Mexikaner plötzlich.

»Nein!«, brüllte ich, zunächst verblüfft, um dann gleichzeitig meine Naivität und seinen Zynismus zu verfluchen, während bereits Hände nach mir griffen.

»Ihr Arschlöcher, lasst mich los!«, brüllte Randy, der

sich heftig wehrte und auf alles eintrat, was sich in Reichweite seiner Füße befand.

»War nur ein Scherz«, sagte Fonseca breit grinsend.

Er drehte sich zu seinen Männern.

»Lasst sie los! Und sucht etwas, womit ich das Ding da beschweren kann.« Er zeigte auf die Leiche. »Ich will es ins Wasser werfen.«

Immer noch grinsend, sah er mich an. »Mr Rojas nimmt deinen Vorschlag an, Tom Baldwin. Du bist ein echter Glückspilz.«

46

Ich gehe

Every day, I keep thinking about you and I.

Ghostly Kisses, *Touch*

»Mr Rojas weiß Ihre Hilfe sehr zu schätzen und ist der Meinung, dass Sie eine Belohnung verdient haben«, fuhr Fonseca fort. »Er lässt Sie vorläufig am Leben, und in Anbetracht dessen, was wir über Sie und diese... Leiche da wissen, stellen Sie ohnehin keine Bedrohung mehr dar.«

Der Mexikaner zeigte mir das Display seines Handys mit dem Foto, das er zuvor aufgenommen hatte: Randy und ich sahen darauf aus wie zwei Hasen, die mitten im Mangrovenwald im Scheinwerferlicht erstarrt waren. Und die Leiche, die zwischen uns trieb, sah exakt nach dem aus, was sie war: ein Mann, dem man den Schädel eingeschlagen und eine Kugel in die Brust gejagt hatte.

»Wenn dieses Foto eines Tages auf den Rechnern der Polizei von Florida oder des FBI landet«, fuhr er fort, »werdet ihr euch kaum auf Notwehr berufen können.«

»Und Wailand?«, fragte ich schlotternd.

»Keine Sorge, er wird nicht ungeschoren davonkommen, aber wir brauchen ihn noch für unsere Geschäfte in den

Staaten. Für ihn ist eine andere Art von Bestrafung vorgesehen. Eines schönen Tages, wenn er überhaupt nicht damit rechnet, wird Raynard Wailand in seinem New Yorker Domizil von Unbekannten angegriffen werden. Oh, keine Sorge, er wird es überleben. Aber wenn Sie meine Meinung hören wollen: Danach wird er nie wieder auf Fotos in Illustrierten oder im Fernsehen zu sehen sein. Die Sache wird zweifellos sehr schmerzhaft und sehr hässlich werden. Noch ahnt er nicht, welche Strafe ihn erwartet. Soll er sein Leben noch eine Weile genießen.«

»Das ging ja schnell.«

»Unsere Leute sind überall, Señor Baldwin, vergessen Sie das niemals.«

»Keine Sorge«, sagte ich, »ich vergesse es bestimmt nicht. Und Sie werden nie wieder von uns hören.«

»Nun, dann bringen wir Sie jetzt zurück. Dies ist das letzte Mal, dass wir uns sehen, Mr Baldwin«, sagte er zufrieden und reichte mir die Hand, als wären wir zwei Geschäftsmänner, die gerade einen wichtigen Vertrag unterschrieben haben. »Freut mich, Sie kennengelernt zu haben.«

Die Rückfahrt war wesentlich kürzer, denn Fonseca setzte uns einfach in Strandnähe auf freien Fuß. Als wir das Ufer erreicht hatten, ließen wir uns trotz des Regens auf den Sand fallen, um wieder zu Atem zu kommen. Randy blickte lange auf das offene Meer hinaus. Schließlich sagte er: »Ich gehe.«

Ich drehte mich zu ihm.

»Was soll das heißen, du gehst?«

Unsere Blicke trafen sich.

»Ich hau ab. Wenn ich hierbleibe, bringe ich einen von euch beiden um. Oder alle beide.«

»Ich habe keine Ahnung, wovon du sprichst.«

»Versuch bloß nicht, mich zu verarschen, Tom Baldwin.«

Er sagte es ohne jede Feindseligkeit. Es war ein anderer Randy, der in jener Nacht dort am Strand saß. Sein Blick verriet eine entsetzliche Einsamkeit. Und was mich anging, so wusste ich selbst nicht recht, wie ich mich fühlte. Ich glaubte zu schweben. Seltsamerweise hatte ich mich nie zuvor in einem solchen Zustand befunden, hatte mich noch nie so lebendig gefühlt. Vermutlich ist es das, was Menschen empfinden, die einen Schiffbruch überlebt haben oder bei einem schrecklichen Sturm in den Bergen nur knapp dem Tod entronnen sind.

»Und wo willst du hin?«, fragte ich.

Schulterzuckend nahm er eine Handvoll Sand und ließ sie durch die Finger rieseln, aber der feuchte Sand blieb zum Teil in seiner Handfläche kleben. Er ließ sie vom Regen sauber waschen.

»Ich gehe zurück nach New York.«

»Weiß Kay Bescheid?«

Randy musterte mich.

»Nein, noch nicht. Bring du es ihr bei. Wir sollten alles zusammenpacken, bevor sie aufwacht.«

Er klopfte mir auf die Schulter und stand auf.

Der Regen hat aufgehört. Die Sonne glüht als Halbkreis am Himmel, dicht über dem Ozean. Sein Glitzern blendet mich. Die Palmen rauschen. Tausende Vögel fliegen im grellen Morgenlicht umher. Ich weiß nicht, wie lange ich schon hier sitze. Randy hat mir geholfen, die Kajaks zu säubern und an ihren Platz zurückzubringen. Danach ist er ins Haus gegangen, um sich umzuziehen und seine Sachen zu packen. Zehn Minuten später kam er mit einer Reisetasche wieder heraus. Dann stieg er in seinen Ford Transit. Ich war am Strand geblieben. Für einen Moment schaute er mich aus der Ferne an, schweigend, einen Arm auf die Wagentür gelegt. Dann fuhr er davon.

Seltsam, wie sehr mich dieser Abschied bewegt. Ich möchte gern glauben, dass er Kay nie geschlagen hat, aber sicher bin ich mir da nicht. Vielleicht sagt sie es mir eines Tages.

In den Stunden vor der Morgendämmerung, als schließlich ein Hauch von Grau den Himmel erhellte, habe ich geduscht, mich abgetrocknet und umgezogen. Dann habe ich mich wieder in den Sand gesetzt, an genau derselben Stelle am Meer. Zehntausend verwirrte Gedanken, in denen Josh, Kay, mein Ex-Schwiegervater und meine Ex-Frau, ja sogar Chris und Tucker vorkamen, gingen mir in diesen Stunden durch den Kopf, während der Himmel immer heller wurde. Ich war angriffslustiger denn je, so als hätte ich in der Nacht eine Dosis Koks oder irgendein anderes Zeug genommen, das einen in den Wahnsinn treibt. Ich dachte auch an meine Hypnosesitzungen bei Dr. Veronica Fox. Ich weiß, dass ich keine mehr brauchen werde.

Ich atme die salzhaltige Luft ein, den Geruch des

Ozeans. Es ist der wunderbarste Duft der Welt. All meine Sinne sind zehnmal so scharf durch die neu entdeckte Lust auf Leben. Ich höre die hohen Rufe der Vögel, das beruhigende Geräusch der Wellen. Ich spüre die Brise, die meine Wangen liebkost. Es ist schon warm. Ich kann es kaum erwarten, dass Kay endlich aufwacht. Dennoch bin ich nicht besorgt.

Nichts als friedliches, vollkommenes, nicht enden wollendes Glück.

Als die Fliegengittertür hinter mir endlich quietscht, drehe ich mich nicht um, sondern blicke weiterhin auf das blendende Meer hinaus.

Ich stelle mir vor, wie sie in der Sonne zwischen den Palmen hindurch über den Rasen geht, meinen Rücken betrachtet, sich mir mit nackten Füßen nähert, und das Herz hämmert mir so sehr gegen die Rippen, dass ich Angst habe, ohnmächtig zu werden.

»Was machst du da?«, fragt die liebenswerteste Stimme der Welt.

»Ich habe auf dich gewartet.«

Kay setzt sich neben mich in den Sand. Sie streckt die gebräunten Beine und die Zehen den Wellen entgegen, die einen Meter vor uns ausrollen... und sie ist genau so, wie ich sie in Erinnerung habe: schon beim Aufwachen unglaublich schön.

»Randy ist weg«, sagt sie. »Und sein Ford auch. Er hat mir nichts gesagt, und ich habe geschlafen wie eine Tote... seltsam.«

Die leichte Brise weht mir ihren Duft in die Nase.

»Ja, ich weiß«, sage ich.

Fragend blickt sie mich aus grünen Augen an, und die Intensität meiner Liebe zu dieser Frau verblüfft mich selbst.

»Randy ist fortgegangen, Kay.«

»Was?«

»Heute Nacht ist eine Menge passiert. Ich erzähle es dir…«

Epilog

Ein Ende, das keines ist

Hold on to me, don't let me go.
Pharrell Williams, *Freedom*

In New York nahm Raynard Wailand an diesem Morgen in aller Ruhe auf dem Balkon seiner Wohnung an der Fifth Avenue sein Frühstück zu sich – American Coffee, frisch gepresster Orangensaft, Avocadotoast und Räucherlachs –, während der Central Park im Morgenlicht zum Leben erwachte. Er dachte an Kilgore.

Der hatte kein Lebenszeichen mehr von sich gegeben, nachdem er ihm zwei Tage zuvor befohlen hatte, das Problem namens Baldwin aus dem Weg zu räumen. Was hatte dieses Schweigen zu bedeuten? Er hatte versucht, ihn zu erreichen, war aber sofort auf der Mailbox gelandet. Und sein Handy hatte man in Mexiko geortet. Das machte Wailand sehr nervös. Er wusste nicht, was Kilgores Handy in Mexiko zu suchen hatte, es sei denn …

Er schluckte gerade den letzten Bissen Avocadotoast hinunter, als ihm ein Briefumschlag mit seinem Namen darauf gebracht wurde. Raynard Wailand öffnete ihn. Darin befanden sich ein USB-Stick und ein in der Mitte gefalteter Zettel:

Es ist nicht der Stick, den du gesucht hast, aber ich glaube, dieser hier wird dich noch viel mehr interessieren.

Tom

Zunächst reagierte Raynard Wailand überhaupt nicht auf diese Nachricht. Er tat nichts weiter, als mit verträumtem, geistesabwesendem Blick auf den Zettel zu starren. Dann stand er auf.

Er ging in sein Büro, schaltete den Rechner ein, der auf dem großen Arbeitstisch aus Nussbaumholz winzig wirkte, und schob den USB-Stick in den entsprechenden Slot.

In Bezug auf seine Bankgeschäfte verfügte Raynard Wailand über ein geradezu übermenschliches, beängstigendes Gedächtnis. Er wusste bis auf den Cent genau, welche Beträge wann, woher und auf welche Art über seine Konten liefen. Und obwohl in diesem Augenblick Hunderte von Zahlen auf seinem Bildschirm auftauchten, erkannte er sie sofort: seine Konten auf den Cayman Islands und in Curaçao. Die Geldwäscheaktionen. Die Unterschlagungen. Die bescheidenen Beträge – die tatsächlich so bescheiden nicht waren –, die er Woche für Woche, Monat für Monat, Jahr für Jahr vom Geld des Kartells abzweigte. Heimlich, still und leise.

Er schluckte und legte den Kopf in den Nacken, um an die Decke zu blicken.

Hunderte, Tausende belastende Zahlen, sollten sie in die falschen Hände geraten. Wie war Tom Baldwin, dieser kleine Wichser, an seine Daten gekommen?

Das war doch nicht möglich.

Beim Klingeln des Telefons sprang er auf, als hätte jemand eine Waffe abgefeuert. Raynard Wailand sah die Nummer auf dem Display, und ihm gefror das Blut in den Adern. Vielleicht blieb ihm noch genug Zeit, zum JFK zu rasen und in ein Flugzeug zu steigen, dessen Ziel nur er selbst kannte. Vielleicht sollte er den Hörer nicht abheben, sondern einfach alles stehen und liegen lassen – seine Tochter, Josh, sein Luxusleben, das Netzwerk von Freunden und anderen Kontakten, seine Geschäfte –, wenn er diesen Tag überleben wollte. Dennoch hob er langsam ab und steuerte, das Telefon in der Hand, auf die Balkontüren zu. Öffnete eine. Der Lärm von Manhattan drang zu ihm herauf, als er erneut auf den Balkon und in die Sonne hinaustrat, den Central Park zu seinen Füßen.

Er beugte sich vor. Unten auf dem Gehweg auf der anderen Seite der Fifth Avenue standen zwei Typen, die zu ihm hochblickten.

»*Hola,* Raynard«, sagte die Stimme, die am Telefon immer so kultiviert klang, »wie geht es dir, *amigo?*«

Chris Georgiadis nahm gerade im *Gianni's,* seinem Lieblingsrestaurant am Ocean Drive in Miami Beach, sein Frühstück zu sich – Rührei, Bacon, Arme Ritter, schwarzen Kaffee –, als sich ein blonder, wie aus dem Ei gepellt aussehender Mann um die dreißig zwischen den Tischen hindurchschlängelte, den Stuhl Chris gegenüber herauszog und sich setzte.

Verwirrt musterte er den aufdringlichen Gast, während dieser ihn mit einem freundlichen Lächeln bedachte und dem Kellner ein Zeichen gab.

»Sie müssen sich im Tisch geirrt haben, ich erwarte niemanden«, sagte Chris ganz ruhig, »und ich möchte gern in Ruhe frühstücken.«

»Ich auch, Chris«, sagte der blonde junge Mann mit dem makellosen Gebiss und der perfekten Sonnenbräune lächelnd, »darum will ich es kurz machen.«

Der Kellner näherte sich.

»Wer sind Sie?«, fragte Chris und musterte ihn aus schmalen braunen Augen mit einem Blick, so hart wie der eines Raubvogels.

»Ich nehme das Gleiche«, sagte der Blonde zu dem Kellner und zeigte auf den Kaffee, die Rühreier und den Speck. »Und bringen Sie uns zwei Gläser Champagner. Wir haben etwas zu feiern, Mr Georgiadis und ich.«

»Ich wiederhole meine Frage: Wer sind Sie?«, fragte Chris, deutlich kälter diesmal, als der Kellner gegangen war.

»Ich heiße Rick«, sagte der Mann und streckte eine Hand über den Tisch. »Freut mich, Sie kennenzulernen, Chris. Ich bin Mr Baldwins neuer Agent, und wir haben einiges miteinander zu besprechen.«

Schwer ziehen die Wolken über den Ozean dahin. Die Kiefern in Carmel-by-the-Sea an der Küste Kaliforniens rauschen und heben sich wie Schattenspiele gegen den grauen Himmel ab, während die Kinder aus der Schule strömen.

Kay drückt kurz, aber nervös meine Hand.

»Alles wird gut«, sagt sie.

Ich möchte ihr gern glauben.

Zum ersten Mal seit meiner Kindheit richte ich ein Gebet an jenen Gott, den es manchen Leuten zufolge irgendwo gibt, ihr wisst schon, so etwas wie: »Du da oben, du hast mir schon genug Ärger gemacht, meinst du nicht auch? Also bitte, ich flehe dich an, sieh zu, dass ich meinen Sohn wiederfinde, und dann lass uns endlich in Ruhe.«

Mit zugeschnürter Kehle mustere ich die Kinder am Schultor. Den Tränen nah halte ich nach ihm Ausschau. Ich versuche, meine Gefühle zu unterdrücken, sie auf Abstand zu halten, aber vergebens, sie überwältigen mich. Ich kann es einfach nicht glauben. Es ist so weit, endlich sehe ich ihn wieder. Meinen Sohn. Bis zum letzten Augenblick zweifle ich daran. Irgendetwas wird passieren und unser Wiedersehen verhindern. Wie bei den Malen zuvor. Aber diesmal nicht. Nein, diesmal nicht. Denn in der nächsten Sekunde taucht er auf, kommt inmitten der anderen Schüler zur Tür heraus, ein Lächeln auf den Lippen. Josh. Mein Josh.

»Da ist er!«, rufe ich.

Ich traue meinen Augen nicht. Er ist da ... mein Junge ... kaum fünfzehn Meter von mir entfernt auf der anderen Straßenseite. Mein Sohn! Es hat eine Viertelsekunde gedauert, bis ich ihn erkannt habe, denn in diesen drei Jahren hat er sich sehr verändert. Er ist größer geworden, seine blonden Haare sind länger, dichter, die Gesichtszüge klarer und weniger kindlich, so als hätte ein Bildhauer eine Statue im Lauf der Jahre immer weiter bearbeitet. Er trägt Cargo-Shorts und ein bedrucktes kurzärmeliges Hemd, an den Füßen Air Jordans.

Aber er ist es, daran gibt es keinen Zweifel. Josh ...

Nun kommen mir endgültig die Tränen. Ich möchte ihn anschauen bis in alle Ewigkeit, ich möchte auf ihn zustürmen und ihn in die Arme schließen.

»Bist du bereit?«, fragt Kay mich leise.

»Ja. Ich bin bereit.«

Sie drückt meine Hand, dann lässt sie sie los und gibt mir einen Schubs, als wollte sie sagen: »Nun geh schon!«

Inzwischen ist Josh bei seiner Mutter angekommen, die sich lächelnd über ihn beugt.

Sie steht mit dem Rücken zu uns.

Ich laufe los.

Renne über die Straße. Ich starre meinen Sohn an, als befürchte ich, er könne sich in Luft auflösen und ein weiteres Mal verschwinden. Um mich herum nichts als Lachen, Rufe, Schreie, das Zuschlagen von Autotüren, laufende Motoren. *Das unaufgeregte Leben ganz normaler Eltern.* Als ich näher komme, dreht Josh plötzlich den Kopf, und ich kann es kaum glauben, aber er erkennt mich. Er wirkt überrascht. Mehr als das ... verblüfft, fassungslos.

»Dad?! Bist du es?«

»Hallo, Buzz, mein Großer«, bringe ich mit zugeschnürter Kehle heraus, als hätten wir uns gestern das letzte Mal gesehen.

»Dad, du lebst?«, sagt Josh, und mir wird klar, dass er nicht begreift, was vor sich geht.

Verdammt, ich kann vor lauter Tränen nichts mehr sehen, vor meinen Augen verschwimmt alles, aber ich zwinge mich zu lächeln.

»Ja, mein Großer«, sage ich und gehe vor ihm in die Hocke. »Ich werde dir alles erzählen, es ist eine lange

Geschichte. Aber jetzt bin ich da. ›Bis zur Unendlichkeit und noch viel weiter‹, weißt du noch?«

Joshs Lächeln wird breiter, sein Gesicht beginnt zu leuchten, und mein Herz explodiert fast vor Glück, als er sich in meine Arme stürzt und seinen kleinen Körper mit aller Kraft an meinen drückt.

»Oh, Dad! Warum bist du einfach so verschwunden?«

»Ich werde es dir erklären, Buzz. Aber damit ist jetzt Schluss, es ist vorbei. Ich bin wieder da.«

Tränen strömen mir über die Wangen und mein Kinn; ich schmecke sie auf den Lippen, und die Tränen meines Sohnes durchnässen den Stoff meines Hemdes.

»Was machst du hier?«, fragt Annabelle, die jetzt extrem blass ist und zwinkert wie eine Eule.

Ich hebe den Kopf. Auch sie hat sich verändert. Ihre Züge sind härter geworden, ihre Wangen hohl, harte Linien und Kanten überall; ihr Blick ist so stumpf wie eine alte Münze.

»Siehst du doch«, sage ich lächelnd. »Ich bin wieder da.«

Ich erhebe mich, um ihr ins Gesicht zu sehen, und zerzause meinem Sohn zärtlich die Haare, während ich mir mit der anderen Hand über die nassen Augen wische. Ich merke, dass die Umstehenden uns verstohlen mustern.

»Wie hast du uns gefunden?«, fragt sie mit derselben harten, schroffen Stimme wie zuvor.

»Auch das ist eine lange Geschichte, Annabelle.«

»Ich werde nicht zulassen, dass du noch einmal das Leben unseres Sohnes gefährdest«, faucht sie und streckt eine Hand nach Josh aus, aber mein Junge beachtet sie gar nicht und klammert sich weiterhin an mich. »Du hast den Unfall doch sicher nicht vergessen, oder? Du hättest Josh beinahe umgebracht, weil du betrunken warst!«

»Ich war nicht betrunken«, entgegne ich. »Es ist mir wieder eingefallen: Ich hatte damals bereits mit dem Trinken aufgehört. Und ich habe auch in den letzten drei Jahren keinen Tropfen Alkohol getrunken.«

»So ein Quatsch! Ich werde mir eine einstweilige Verfügung besorgen, ich verbiete dir, ihn zu sehen und mit ihm zu sprechen.«

Meine Ex-Frau ist beängstigend bleich. Sie will gerade weiterreden, da berührt eine Hand ihren Ellbogen, und sie dreht energisch den Kopf zu dem aufdringlichen Mann im grauen Anzug mit schwarzer Krawatte und dem Lächeln eines Infarktpatienten, der nahe an sie herangetreten ist und sie unverwandt mustert. Zornig und verwirrt blitzt sie ihn an.

»Mrs Wailand?«, sagt der Neuankömmling ruhig. »Guten Tag, Mrs Wailand, mein Name ist Simpson, Rechtsanwalt aus Monterey. Ich vertrete die Interessen des hier anwesenden Mr Tom Baldwin.«

Ich schaue zu Josh. »Wollen wir ein Eis essen gehen?«, frage ich ihn, während Simpson vor meiner Ex-Frau zu einer langen Rede ansetzt. »Mama braucht hier noch ein bisschen.«

Er blickt zu seiner Mutter auf und fragt: »Mama, darf ich?«

Aber Annabelle hört ihn nicht. Stumm und blass nimmt sie zur Kenntnis, was Simpson ihr zu sagen hat.

»Um Fische in der Mangrove zu fangen, braucht man Geduld, viel Geduld. Man muss schlau und gleichzeitig behutsam vorgehen«, flüsterte Tucker, während er seine Angel im Blick behielt, die in das kaum dreißig Zentimeter tiefe Wasser getaucht war. »Es ist anders als beim Hochseefischen, verstehst du, mein Junge? In der Mangrove sind weder dicke Muskeln noch große Angelrollen gefragt. Was du brauchst, ist das hier.« Er tippte sich mit dem Zeigefinger an die Schläfe.

»Onkel Tucker, mir ist langweilig. Können wir jetzt zurückfahren?«

Tucker Devine stieß einen tiefen Seufzer aus.

»Typisch Stadtkind«, sagte er und legte die Angel ab. »Na schön, Cowboy, wir fahren zurück.«

Tucker griff nach der Stange und stieß sie ins Wasser. Vorsichtig manövrierte er das Plattbodenschiff auf das offene Meer zu. Als sie etwa zehn Meter zurückgelegt hatten, ließ er den Motor an.

»Dieser junge Mann ist noch kein richtiger Bewohner der Florida Keys«, sagte Tucker, als er in der Sonne auf mich zukam.

Ich beaufsichtigte den Grill zwischen den Palmen.

»Was meinst du, Buzz, stimmt das?«, fragte ich, während ich das Fleisch wendete. Das Fett zischte.

Josh zog einen Schmollmund, doch gleich darauf lachte er uns fröhlich an. »Ich will einen Hai angeln!«, rief er. »Wie in *Der weiße Hai!*«

Mein Sohn imitierte einen Angler, der sich über seine Rute beugt und an der Rolle dreht.

»Ist er für den *Weißen Hai* nicht ein bisschen zu jung?«, fragte Tucker. »Okay, okay«, räumte er ein und hob die Hände zum Zeichen der Kapitulation. »Da ihr beide nur dumme Touristen seid, nehme ich euch beim nächsten Mal zum Hochseeangeln mit. Aber ich warne euch, es ist eine wackelige Angelegenheit.«

»Toll!«, rief Josh. »Hast du das gehört, Dad?«

»Ja, ja ... Ich hab's gehört.«

»Josh, hilfst du mir, den Tisch zu decken?«, ließ Kay sich vernehmen.

Ich blickte auf die Uhr: Es war Zeit zum Aufbruch.

»Kann ich nicht noch ein bisschen bleiben?«, fragte Josh nahezu flehend.

Mein Magen zog sich zusammen. *Ach, mein Junge, wenn du wüsstest, wie gern ich Ja sagen würde!*

Aber die Vereinbarung, die Annabelle und ich unterzeichnet hatten, besagte, dass Josh zwar die Hälfte der Ferien bei mir verbringen, aber weiterhin die Schule in Carmel-by-the-Sea besuchen würde. Es stand mir außerdem frei, ihn zu besuchen, sooft ich wollte, unter der Bedingung, dass ich meine Ex-Frau mindestens eine Woche vorher darüber informierte. Ich hatte Byron gebeten, sie im Auge zu behalten. Sie sollte sich nicht ein zweites Mal mit dem Jungen aus dem Staub machen können.

Als zweiten Schritt erwogen Kay und ich, die Keys zu verlassen und uns an der Küste Kaliforniens anzusiedeln, um näher bei Josh zu sein.

Trotz allem, was ihr Vater und sie mir angetan hatten, empfand ich Annabelle gegenüber keinerlei Groll – sie hatte in dem Glauben gehandelt, unseren Sohn zu beschützen –, und ich sagte mir, dass es schlecht wäre, noch mehr Öl ins Feuer zu gießen. Damit würde ich uns nur das Leben schwer machen, allen voran Joshs.

Für mich zählte tatsächlich nur eines: Ich hatte meinen Sohn wiedergefunden. Und ich war der Liebe begegnet. Viel mehr, als man braucht, um glücklich zu sein, nicht wahr?

Was Annabelles Vater betraf, so war er Opfer eines überaus brutalen Angriffs geworden, bei dem er heftig mit einem Baseballschläger verprügelt wurde. Derzeit erholte er sich im Krankenhaus. Die Ärzte hatten ihm eröffnet, dass er zum Gehen von nun an einen Stock brauchen würde. Er musste ohne Milz leben. Und mit nur einer Niere. Ich meinerseits hatte Horacio – dem Mann, ohne den ich meinen Sohn niemals wiedergefunden hätte – vorgeschlagen, nach Florida zu ziehen. Mein neuer Agent und ich betrachteten es als unsere Aufgabe, ihm neue Kunden zu beschaffen, und ich würde ihm bei seinem Neustart auch finanziell ein wenig unter die Arme greifen.

Am Flughafen begleiteten wir Josh zu seinem Gate, wo ihn eine Stewardess in Empfang nahm. Hinter den Fensterscheiben rollten Flugzeuge über die Startbahnen, andere hoben kurz nacheinander in den blauen Himmel ab.

Kay nahm Josh in den Arm, danach war ich an der Reihe. Josh bückte sich, holte ein zusammengefaltetes Blatt Papier aus seinem kleinen Koffer und reichte es Kay.

»Gib es Dad, wenn ihr im Auto sitzt«, sagte er. »Nicht früher.«

»Alles klar, Champion«, sagte Kay lächelnd.

Mein Herz zog sich zusammen, als mein Sohn mit gesenktem Kopf durch die Glastüren ging. Ich hielt Kays Hand und drückte sie unwillkürlich ein bisschen zu fest. Plötzlich drehte sich mein Sohn um, riss sich von der Stewardess los, lief über die Gangway zur Tür zurück und rief mir zu: »Bis zur Unendlichkeit und noch viel weiter!«

»Jetzt verstehe ich, warum ihr diesen Film so sehr liebt«, sagte Kay und legte mir den Arm um die Schultern.

Die Sonne scheint. Wir fahren auf dem U.S. 1, dem »Highway über den Ozean«, nach Süden, und der Atlantik schimmert wie eine Metallplatte. Ich habe das Wagenfenster heruntergelassen. Ich fühle mich gut. Ein lokaler Radiosender spielt *Freedom* von Pharrell Williams. Ich werfe Kay einen Blick zu. Sie strahlt, ihre Haare flattern im Wind, das Licht lässt ihre Augen funkeln.

»Wo hast du den Zettel von Josh gelassen?«, frage ich.

Kay öffnet das Handschuhfach, nimmt ihn heraus und entfaltet ihn vor mir auf dem Armaturenbrett. Für einen Moment löse ich den Blick von der Straße, um die Zeichnung zu betrachten, die Josh angefertigt hat. Darunter steht geschrieben:

Dad, ich, Kay.

Playlist

Weezer, *Island in the Sun*
Cole Swindell, *You Should Be Here*
Cat Stevens, *Father and Son*
Al Stewart, *Year of the Cat*
Maroon 5, *Memories*
Eric Clapton, *Mainline Florida*
Jack Johnson, *Only the Ocean*
Neil Young, *Harvest Moon*
Lord Huron, *The Night We Met*
Jimmy Buffett, *Floridays*
Midland, *Drinkin' Problem*
Don Henley, *The Boys of Summer*
Elvis Presley, *If I Can Dream*
Bee Gees, *Islands in the Stream*
Aerosmith, *I Don't Want to Miss a Thing*
Billie Eilish, *Your Power*
Otis Redding, *(Sittin' On) The Dock of the Bay*
Josh Ritter, *Homecoming*
Sufjan Stevens, *John Wayne Gacy Jr.*
Radiohead, *Paranoid Android*
Eminem, *Stan*
Steppenwolf, *Born to Be Wild*
Bing Crosby, *Don't Fence me In*

R. E. M., *It's the End of the World as We Know It*
Johnny Cash, *Folsom Prison Blues*
Michael Kiwanuka, *One More Night*
Rupert Holmes, *Escape (The Piña Colada Song)*
The Record Company, *Off the Ground*
Bob Dylan, *Like a Rolling Stone*
Cat Power, *Sea of Love*
Madonna, *La Isla Bonita*
Blue Oyster Cult, *(Don't Fear) The Reaper*
Chavela Vargas, *La Llorona*
Arctic Monkeys, *505*
Sergio Arau, *Mi Frida sufrida*
The Record Company, *Turn Me Loose*
Sam Cooke, *Summertime*
Crosby, Stills & Nash, *Lady of the Island*
The Doors, *Riders On The Storm*
Thea Gilmore, *Bad Moon Rising*
Rolling Stones, *Midnight Rambler*
The Doors, *Moonlight Drive*
The Lonely Island, *I'm on a Boat*
Ghostly Kisses, *Touch*
Pharrell Williams, *Freedom*